STAR WARS

星球大战

盗贼荣耀
Honor Among Thieves

[美] 詹姆斯·S. A. 科里 著　王小亮 译

四川人民出版社

图书在版编目（CIP）数据

星球大战：盗贼荣耀/（美）詹姆斯·S.A.科里著；王小亮译. —成都：四川人民出版社，2017.9
ISBN 978-7-220-10240-0

Ⅰ.①星… Ⅱ.①詹…②王… Ⅲ.①长篇小说－美国－现代 Ⅳ.①I712.45

中国版本图书馆CIP数据核字（2017）第225421号

Copyright © & TM 2018 by LUCASFILM LTD. All Rights Reserved. Used Under Authorization.

Simplified Chinese edition published by Shanghai Guo Yue Cultural and Creative Co. Ltd.

版权合同登记号：图进21－2017－14

XINGQIU DAZHAN: DAOZEI RONGYAO
星球大战：盗贼荣耀
[美]詹姆斯·S.A.科里 著
王小亮 译

责任编辑	王其进
责任印制	祝 健
出版发行	四川人民出版社（成都槐树街2号）
网　　址	http://www.scpph.com
E-mail	scrmcbs@sina.com
新浪微博	@四川人民出版社
微信公众号	四川人民出版社
发行部业务电话	（028）86259624　86259453
防盗版举报电话	（028）86259624
照　　排	四川胜翔数码印务设计有限公司
印　　刷	北京雅昌艺术印刷有限公司
成品尺寸	148mm×210mm
印　　张	9.25
字　　数	185千
版　　次	2018年5月第1版
印　　次	2018年5月第1次印刷
书　　号	ISBN 978－7－220－10240－0
定　　价	38.00元

■版权所有·侵权必究

本书若出现印装质量问题，请与我社发行部联系调换
电话：（028）86259453

献给斯卡莉特

致　谢

　　作者想要感谢雪莉、珍和安妮·格勒尔，谢谢她们给我写作本书的机会。还要感谢所有那些心中还有七岁时的自己，能够在黑暗的剧院里享受惊喜和快乐的星战粉丝。最后，感谢丹尼，你太牛了。

出场人物

巴森·雷　　走私犯（米里亚尔男性）
C-3PO　　男性人格的礼仪机器人
丘巴卡　　千年隼号副驾驶（伍基人男性）
埃西奥·加拉西恩　　星图绘图师（人类男性）
汉·索罗　　千年隼号船长（人类男性）
亨特·马斯　　盗贼（人类男性）
莱娅·奥加纳　　义军，奥德朗公主（人类女性）
卢克·天行者　　义军飞行员（人类男性）
R2-D2　　宇航技工机器人
斯卡莉特·哈克　　义军间谍（人类女性）
萨尼姆　　飞行员（博萨男性）
韦奇·安蒂列斯　　指挥官，义军同盟（人类男性）

很久很久以前，在一个遥远的银河系……

第一章

　　从帝国的核心世界,到环域世界的各个星球,整个银河系生机勃勃。行星、卫星、小行星基地和空间站上挤满了来自数千个不同种族的居民,他们或是汲汲于雄心壮志,或是营营于糊口度日,或是殷殷于皇帝陛下的宏图大略,或是惶惶于何处觅得下一顿口粮,或者成为别人的口粮。每一座城市、每一个镇子、每一个空间站、每一艘飞船,都有自己的历史,有自己的秘密,有自己的希望,有自己的恐惧,有自己那半清不楚的美梦。

　　不过,每一个光点——每一颗恒星、行星,每一个信标和前哨站——它们的外面都有更为广阔的黑暗。群星间的空间总是宽广得令人难以想象,隐藏在其中的秘密永远也无法完全揭示。只要一次失败的跳跃,一艘飞船就可能消失不见。除非有办法发出求救信号,让别人知道"我在这儿,快来找我",否则不论是一个逃生舱、一艘飞船还是一支舰队,都有可能消失在以光速耗费一生也无法穷尽的虚空中。

　　所以,尽管一个会合点可能有一个恒星系那么大,但义军的舰队仍有可能像暴风雪中的雪片一样完好地隐藏其间。几百艘飞船，从粗制滥造、布满等离子灼痕的巡洋舰和三手战舰，到 X 翼和 Y 翼星际战斗机，各种大小的都有。它们静悄悄地在太空中飞行，根据不同的需要时远时近。飞船的外壳上爬满了维修机器人，忙碌地焊接着上次战斗留下的伤痕。它们不慌不忙，因为它们知道，自己就像帝国大海里的一根针，很难被找到。

最大的危险不是敌人，而是设备失灵，以及某类人的应对方式。

"我可没作弊。"汉对着正要低头穿过舱门的丘巴卡说道，"我就是玩得比他们好而已。"

伍基人咆哮了一声。

"我玩得就有这么好，这又不违反规则。再说了，他们拿着那些钱在这儿又能买什么？"

十几个身穿脏兮兮的橘色与白色相间制服的战斗机飞行员从他们面前走过，每个人都在向他们敬礼，汉边走边向他们一一点头。那群人可一点儿也不好看——看起来就像是在家乡行星的酒吧里消磨了太多时间的中年人和毛都还没长齐的毛头小子。自由战士，同时也是糟糕的萨巴克玩家。

丘巴卡发出了一声长长的低鸣。

"你不会的。"汉说。

丘巴卡用蓝色的眼睛与汉对视。伍基人的沉默比他平时发出的那些雄辩的声音要有力得多。

"好吧。"汉反驳道，"不过那可都是你切的牌。你可从没对我手软过。"

"汉！"

卢克·天行者从走廊一头跑过来，胳膊底下还夹着他的头盔。他的身后跟着两个机器人：圆柱形的矮个子 R2-D2 一路哼哼唧唧；金色的高个子 C-3PO 小跑着跟在后面，一路挥动着金色的铬合金手臂，仿佛在回应别人听不到的谈话。卢克的脸红红的，沾满汗水的头发有些发暗，但他笑得很开心,就好像是赢得了什么奖品一样。

"嘿。"汉说,"刚演习完吗?"

"是啊。那帮家伙真是太棒了。你真该看看他们演示的小半径螺旋飞行。我都想在那里再待几个小时呢,不过莱娅叫我回来参加什么紧急会议。"

"公主殿下要开会?"汉问,他们正在沿着主通道往前走。空气中到处都飘浮着焊枪和冷却液的味道。义军同盟的一切闻起来都是一股维修舱的味道。"我还以为她去基亚穆尔参加大会了呢。"

"本来是这么打算的。我猜她是把出发时间推迟了。"

小 R2 发出了两声尖响,汉转向它说:"你想说什么呀,R2?"

C-3PO 赶了上来,它身子前倾,好像是歇了口气一样,尽管它根本就没有肺。它翻译道:"R2 说公主已经延期两次了,停泊港被弄得一团糟。"

"哦,那可不妙。"汉说,"居然有事情能阻止她去坐在大圆桌旁研究整个银河系的未来……我是说,那可是她最爱干的事儿。"

"你知道事情不是那样的。"卢克边说边给一个古铜色的机器人让开路,那机器人看起来就像是刚从垃圾堆里爬出来的一样。"我真不明白你为什么就不能再喜欢她一点。"

"我已经很喜欢她了。"

"你一天尽跟她抬杠。同盟需要杰出的政客和组织者。"

"有政府的地方就有税吏。我们只是都不喜欢皇帝的统治,但这并不代表我跟她是同一类人。"

卢克摇了摇头。他的头发已经快干了,又渐渐恢复了正常的沙土色。

"我觉得你们俩其实很相似,但你装着你们很不一样。"

汉忍不住笑了起来,"你可真是个乐观主义者,小子。"

来到指挥中心门口时,卢克让两个机器人先走。R2-D2 发出一段尖响,

C-3PO 显得很烦躁。指挥中心在雅文战役中受到了直接攻击，重建的痕迹随处可见。颜色白得刺目的新面板盖住了一面墙的大部分，这面墙上原有的面板基本上都在战斗中被击碎了。在更换完成的区域，旧面板的颜色被衬得更陈旧了。几块与眼睛同高的显示屏上显示着飞船在舰队中的位置、舰队在空荡荡的会合点的位置、维修队的情况、传感器阵列的信号，以及一堆其他的信息。不过各个控制台前都没有人值班，数据空自流泻，无人理会。

莱娅正站在房间的前端。墙上新旧不一的斑块与她的造型还挺相衬。她的衣服是黑色的，上面点缀着金色和青铜色的刺绣。她的头发微微拢在脑后，垂在脖颈处，比起在死星上时的那种两侧各有一个发髻的发型显得更加成熟而有力。按照汉从舰队里听到的说法，失去奥德朗让她长大了许多，也坚强了许多。尽管不愿意承认，但汉觉得这场悲剧反而更增加了她的魅力。

她正在和哈森上校说话——哈森上校背对着他们几个，但说话声清晰地传了过来。"恕我冒昧，不过你得明白，不是所有盟友都同等重要。有些派别也会去基亚穆尔参会，对于他们的事，同盟还是不要掺和的好。"

"我理解你的担忧，上校。"莱娅的语气里并没有多少理解的成分。"不过我觉得我们应该都同意，同盟目前还没有资本拒绝任何帮助。雅文战役是胜了，可是……"

哈森举起一只手打断了她的话。这人真是个白痴，汉不由得想。"已经有人抱怨我们把加入同盟的标准放得太松了。为了获得应有的尊重，我们当中不应该有任何不良分子。"

"我也同意。"汉说。哈森上校像只猫一样被吓得跳了起来。"你们得把那些人渣败类都排除出去。"

"索罗船长。"哈森说，"我刚才没看到你，但愿我的话没有冒犯到你。"

"没有，怎么会呢。"汉干笑道，"我是说，你刚才说的肯定不是我，是吧？"

"你对同盟的贡献人所共知。"

"确实。所以你说的一定不可能是我。"

哈森红着脸，微微躬身道："我说的不是你，索罗船长。"

汉坐在一个空闲的控制台前，自在地展开双臂，就好像正在和一群老朋友待在酒馆里一样。也许是他看错了，但他觉得莱娅的唇边闪过了一丝笑意。

"那么我就没有受到什么冒犯。"汉说。

哈森昂着头，挺着胸，转身准备离开，丘巴卡故意停顿了一小会儿才给他让开路。卢克斜靠在一块显示屏上，屏幕上的图像被他的重量压出了一圈圈伪色。

哈森离开后，莱娅叹了口气。"谢谢你们这么快过来。抱歉把你从训练中拽了出来，卢克。"

"没事。"

"我刚才正玩萨巴克呢。"汉说。

"把你从那里拽出来我一点儿也不抱歉。"

"我正赢着呢。"

丘巴卡抱着胳膊笑了两声，莱娅的表情柔和了一些。"我十个标准小时前就该走了。"她说，"不能再推迟了。有些意外情况，需要你们来帮忙加快速度。"

"出什么事了？"卢克问。

"塔尔加思行星系不能作为预备基地的候选地了。"她说，"在那里发现了帝国的探测器。"

尽管只停顿了一小会儿，但刚才那句话带来的失望却是巨大的。

"又来。"卢克说。

"确实是又来。"莱娅抱着胳膊说,"我们还在找替代方案,不过在找到之前,施工和干船坞的计划都只能暂停。"

"维达为了抓你们这些人可真没少下功夫。"汉说,"你们有什么备选方案啊?"

"我们在考虑塞罗班、埃斯蒂兰和霍斯。"莱娅告诉他。

"真是不能再差了。"汉说。

汉一瞬间觉得莱娅似乎还想要争辩,但莱娅只是露出了一副挫败的表情。他们俩都很清楚,义军的秘密基地至关重要。没有基地,某些类型的维修、生产、培训工作就都无法进行,而帝国对此也很清楚。不过塞罗班就是一块没有水,空气又稀薄的烂石头,比会合点好不了多少,而且会遭到小行星的周期性轰击。埃斯蒂兰虽然有空气有水,但岩虫把整个地幔都啃得一塌糊涂。曾经有个笑话说,想在埃斯蒂兰钻洞容易得很,只要上下跳一跳就好了。最后就是霍斯,一个就连赤道地区也只有出太阳的时候才勉强暖和到让人类生存的大冰球。

莱娅走到一块显示屏前,滑动手指切换图像。一幅银河地图显示了出来,无数的按照尺寸模拟的星星出现在了同一块屏幕上。

"还有个方案。"莱娅说,"塞马蒂星系离主航路不远。有证据表明那里可能存在某种智慧生物,但我们的探测器还没有检测到任何情况。那个地方可能会比较适合。"

"这主意糟透了。"汉说,"你不会真想这么干的。"

"为什么?"卢克问。

"塞马蒂附近经常有飞船失踪。"汉说,"很多飞船。它们跃进超空间后就再也没有出现过。"

"那是为什么?"

"没人知道。靠近主航路，又没有帝国驻军，是个不容易被人发现的好地方，也许对某些有需要的人来说是个很有吸引力的地方吧。不过我认识的人都对那里避之唯恐不及。没人愿意去那里。"

卢克若有所思地拍了拍头盔。"不过要是没人去的话，又怎么会有那么多飞船失踪呢？"

汉皱了皱眉。"我只是说那地方名声不好。"

"科学小组觉得那地方可能有某种空间异常，会干扰传感器读数。"莱娅说，"如果真是那样，我们就应该想办法亲自去调查一下。塞马蒂可能就是我们避开帝国注意的最佳地点。韦奇·安蒂列斯巡逻回来后要组织一个护卫队，护送调查队的飞船过去。"

"我也想去。"卢克说。

"我和韦奇谈过这个问题。"莱娅说，"他觉得这是个好机会，可以让你好好锻炼锻炼。他想让你当他的副官。"

卢克笑得非常开心，连汉都看得出来。"太好了。"卢克说。

莱娅身旁的通信面板响了起来。"殿下，引擎已经待命，要是还不走的话，我们就需要重新校准跳跃参数了。需要我们重新确定日程安排吗？"

"不用了，我马上就过去。"说完，莱娅嘀的一声关掉了信器。

汉探出身子。"没事的，我知道在这儿该干啥。"汉说，"米诺思到亨德里克斯的军备运输被掐断了。不过也不是什么大问题，我可以另找方法把军火弄到这里来，除非你想让千年隼号和这小子一起走。"

"其实，我找你不是为了这个。"莱娅说，"是为了别的事。两年前，我们在帝国疆域的边缘安插了一个特工，从那时起，我们从那个特工那里获得了不少极有价值的情报。不过七个月前消息中断了。我们已经做好了最坏的准备。但是就在昨天，我们从萨文行星系的西奥兰收到了这位特工的撤退通信码。"

"那里可不是帝国疆域的边缘。"汉说,"那可是中心呢。"

丘巴卡也哼哼了几声。

"我也没料到会是那里。"莱娅说,"那个撤退通信码里没有任何信息。没有内容,也没有报告。我们不知道从最后一次联系到现在的这段时间里发生了什么。我们收到的只是一个立即派出撤离飞船的信号。"

"哦。"汉慢慢咧开嘴笑道,"哦,没事。我知道了。我完全理解。你们的一个很重要的人被困在了敌方领土,需要被救出来。只不过现在帝国飞船就像巴西亚血蜂一样到处都是,你不敢拿其他人来冒险,只能让最厉害的上,对不对?"

"我可不会这么说,不过差不多就是这个意思。"莱娅说,"风险很大,我不会单靠命令来让任何人去接受这项任务。当然,我们不会让你白干,如果你真愿意干的话。"

"根本不需要命令我们,是不是,丘仔?只要你开口,我们赴汤蹈火在所不辞。"

莱娅的眼神微微温柔了一些。"那么,你会接受这项工作吗?为了同盟?"

汉好像没有听到她的问话一样继续道,"只要一个'请'字,我们就会立马把千年隼号预热起来,嗖地一下飞出去,带上你的人,不等你回过神就回来了。小菜一碟。"

莱娅板起了脸。"请。"

汉抓了抓眉毛。"我能再想想吗?"

伍基人不耐烦地挥了挥双臂,低吼了一声。

"谢谢,丘仔。"莱娅说,"当然,这次任务极有可能失败。那个撤退通信码可能只是个诱饵。到那儿之后请多加小心。"

"一直很小心。"汉说。卢克咳嗽了几声。"干吗?"汉问。

"你一直都很小心?"

"我一直足够小心。"

"第一要务是建立联系,完成撤离。"莱娅说,"如果做不到,就尽可能弄清楚到底发生了什么,确定我们的人到底有没有危险。不过要是觉得那可能是陷阱,只要有一点迹象,就立刻撤离。如果已经失去了她,那也无可挽回,我们不能再因此牺牲更多的人。"

"'她'?"

莱娅又在显示器控制台上按了几下。画面切换,一个绿色的安全警告标志了出来。莱娅输入授权码解除警告,屏幕上出现了一张女性的脸。高高的颧骨,深色的眼睛,深色的头发,尖脸,嘴角微扬,似笑非笑。要是在某个城市里遇见她,汉肯定会多看两眼,当然肯定不是因为她有什么可疑的地方。照片旁列出了一眼看不完的复杂履历。姓名栏显示着:斯卡莉特·哈克。

"可别做些力不能及的事。"莱娅说。

第二章

萨文星系的全息图飘浮在全息面板上空。明亮的橘红色恒星周围，各种不同颜色的小球代表着星系内不同的行星。其中一个小小的蓝色星球正依偎在帝国船舶和独立太空站组成的集群之中。那就是西奥兰，帝国官僚体系的心脏；就算不是心脏的话，那也绝对算得上是肾脏，或者小肠。另一颗更大的亮红色行星飘浮在行星系的边缘，丘巴卡挥动着爪子放大了那片星域，吼叫了一声。

"说的对。"汉说，"星系的边缘，一个一无是处的大气球。没有生命，连气矿工人都没有。从那儿飞到西奥兰还需要点儿时间，不过那儿作为一个四下侦察的观察哨倒是不错。"

丘仔抱着胳膊哼哼了几声。

"听着，我们要去的可是帝国的中心。我可不想一跃出超空间就遇到一艘歼星舰。"

丘仔转过身，开始整备千年隼号。他背对着汉，一边操作一边自言自语。

"等到我们神不知鬼不觉地进入萨文星系，你会感谢我的。"

丘仔咕哝了一声。汉拉下操纵杆，关闭了超空间驱动器。座舱舷窗外，超空间的白色条痕又变回了正常的星空。

"看，现在我们只要……"汉开口道。

"未注册的 YT-1300 货船，这里是'帝国'级歼星舰贪食号，立刻回答。"

两架 TIE 战斗机占据了千年隼的两翼位置，千年隼号的碰撞警报立刻响了起来。与此同时，帝国歼星舰那庞大的匕首形身影也出现在了千年隼号的左舷窗外。

"未注册的 YT-1300 货船……"汉关闭了通信。丘巴卡转身看着他，一言不发。

"又不是我的错。"汉一边说着一边寻找逃脱路线，却一无所获。"他们在这儿干什么？"

丘巴卡咆哮了一声，伸手就要打开偏导护盾。

"先别，等一下。"说着，汉拉住伍基人的胳膊阻止了他，"我应付得了。"丘巴卡大笑了几声。

"嗨，贪食号，我是本船船长——"汉绞尽脑汁搜索着自己的虚假注册码名单，"——波洛·曼迪贝尔，本船是沃坦多号轻型货运船。有什么需要帮忙的吗？"

说完，他用手捂住麦克风，"丘仔，你最好把注册码广播打开，记住是沃坦多号的注册码。"

"沃坦多号。"不一会儿，帝国的回应传了过来，"你的注册码不是标准形式……"

"抱歉。"汉假装大笑着打断了对方，"我的机械师是个伍基人，那家伙修船的时候就爱用非标准件。"

丘仔在他身后发出了威胁的咆哮,汉又捂住了麦克风。"他要是懂伍基语,你刚才那句话可就惹大麻烦了。"丘巴卡又咕哝了一声,听起来一点儿后悔的意思也没有。

"说明目的地与货物。"歼星舰命令道。

"呃——我们要去西奥兰,货物是科雷利亚白兰地和萨科里亚红酒。伙计们今天过得怎么样呀?"

对方的沉默仿佛有几个小时之久。汉开始规划一条尽快脱离这个星系的航线。悬在千年隼号左右的两架 TIE 战斗机看上去就像是两个无声的威胁。

汉关掉麦克风后说:"丘仔,这不行啊。准备调整后偏导护盾,跑路。"

"沃坦多号。"歼星舰回话了,"按照下列路线前往西奥兰。不得偏航。现在入港飞船多,不要扰乱着陆队列。"

"收到,贪食号。祝你们过得愉快。"说完,汉就进入了规定的航路。丘巴卡叫了一声,语气里充满了难以置信。

"嗯,我懂你的意思。歼星舰居然能当交警。"汉加大驱动力,"欢迎来到帝国。"

贪食号并没有说假话。千年隼号等了两个标准时才获得着陆许可。为了消磨时光,汉时不时地检查一下爆能枪有没有充好能,丘巴卡则不断地分解擦拭他的弩枪。汉穿上一件能遮住武器的长外套,他知道西奥兰的气候温暖,根本不需要这种样子的衣服,但他认为这总比把枪佩在人人都能看到的地方好。

"你看——"他一边说,一边在自己舱室的镜子前来回走动着,做着各种动作,好确保爆能枪不会露出来。"这里可是帝国的心脏地带。我不知道会有多少背着能量弩的伍基人在这里晃悠。也许你应该低调点儿。"

丘巴卡咆哮了一声，汉举起双手。"我的意思是说，这又不是我们平常那种放枪跑路的买卖。我们得混进人群，不要吸引太多注意力。"他突然转了个身，好确定衣服不会在转身时旋得太开。丘巴卡一下子笑了起来。

"嘿！"汉叫道，听声音像是受到了伤害。"我正在想办法混进去呢！我能混进去。要是混不进去的话——"他猛地一掀衣服，以迅雷不及掩耳之势拔出了爆能枪，"那就与众不同吧。"

西奥兰的泊港看起来和汉·索罗到过的那上百个其他星球的泊港没有什么不同，只是更干净些，干净得令人不安。同样的维修台架和装载起重机，同样的燃料罐、修理机器人和检验员，看起来却不像是个有人气儿的地方。甲板上没有溅出来的燃料，墙角里没有损坏的维修机器人，检验员的衣服上一点油渍都没有。那感觉就好像是在参加葬礼，祭奠的是停泊港。

一个矮壮的机器人正等在船员舷梯口，自顾自地嘀嗒着。它那方形的躯体顶部安置着一个略似人头的脑袋，周身装设了极多机械臂，底部由橡胶轮胎承载。一看到汉，它突然活跃了起来。

"我是 R-427。"它发出的是一种令人难受的欢快语音，"代表西奥兰港务局和特拉詹尼码头管理合作社欢迎您来到西奥兰。"

"谢谢。"汉一边说，一边侧过身想要绕过这个机器人。橡胶轮胎呼隆隆地转动起来，机器人挡在了汉的前面。

"您在西奥兰期间，特拉詹尼码头管理合作社将竭诚为您服务！"

"很好。"汉说，"不过我真的不需要……"

"需要我帮您拎包吗？"R-427 完全不为所动地继续道，"也许您需要特拉詹尼码头管理合作社的特许维修机器人为您检查一下飞船？燃料加注服务目前正在特价促销中，而且……"

丘巴卡咆哮了一声朝机器人走去,那机器人立刻退到了一边。

"有需要的话我们会告诉你的。"汉笑着挥了挥手,示意机器人离开,丘巴卡又上前几步,直到机器人开动轮胎转身朝门口奔去时才停了下来。

"特拉詹尼码头管理合作社欢迎您来西奥兰,祝您在这里过得愉快!"机器人边跑边说,最后几个字已经几乎听不清楚了。

看到机器人消失在了路口,丘巴卡哼哼了一声,似乎是笑了一下。

"我们要去的是个叫什么斯塔顿公园的地方。"汉边说边朝停泊舱连接街道的出口走去。丘巴卡跟在后面低声哼哼。"嗯,我也不知道为什么不能找个酒吧之类的。这种事都是有规矩的嘛,有时候我真觉得现在懂行的人好像就只剩下我们俩了。"

出口外面是一条宽阔的人行道,不过头顶上的空中交通倒是非常繁忙。飞行艇、登陆艇、个人飞行摩托在空中排成一条条细线,和地面上的道路一一对应。帝国的飞船一直紧盯着穿梭的飞船,惹眼的激光炮对于任何企图违反交通规则的飞船来说都是个显眼的警告。

"可真……有序,是不是。"汉看着天上的交通线感叹道。

身处核心世界让汉又想起了自己最开始时跑到星系边缘的原因。街道两侧,以钢铁和玻璃著称的高耸幕墙仿佛巨大的笼子。他在心里提醒自己,帝国控制下的世界就是这个样子:枪口之下诞生秩序。不过任何政府都有交通法规。皇帝登基之前,共和国就靠绝地武士的锋利光剑来贯彻他们的法律。整个宇宙就是这样运行的嘛,但这并不意味着他必须喜欢它。

"先去喝一杯吧。"

就连酒吧都散发着帝国秩序的臭味。光亮的铬合金台面和不太舒服的椅子很难让人产生休闲的感觉。十几个酒客坐在各自桌旁,无精打采地闷头灌酒。其中几个人在丘巴卡和汉进门时抬头看了看,但也只是看了看而已。一小群似乎是刚刚换班下来的男女士兵挤在一个角落，头挨着头，似乎正在低声商量着什么。

汉在距离那些帝国士兵最远的角落找了张桌子，背靠着墙坐了下来。丘巴卡坐在他的身旁，瞪着桌面自言自语地咕哝着。

汉注意到一个金色的铬合金礼仪机器人正在吧台后看着他，于是指了指一瓶科雷利亚白兰地，竖起两根手指，然后又指了指自己的桌子。不一会儿，两个人就拿到了自己的酒，汉向机器人扔过一枚硬币，机器人接过硬币，什么都没说。

丘仔对着机器人远去的背影咕哝了一声。

"我明白，兄弟。我也不喜欢这地方。"汉慢慢咽下了一口酒，"酒倒是还不赖。有没有发现什么人在跟踪我们？"

丘巴卡抬了抬下巴，叫了两声。

"我也是。"汉说，"头开得还不错。"

他从口袋里取出莱娅给的一次性数据板放在桌上。数据板连接上本地网络，开始更新最新可用的公共数据，并与义军同盟已知的有限信息交叉对比。不一会儿，城市地图就显示出来，上面还标出了从他们当前位置前往公园的路线。危险区域都用红点标识了出来：已知的士兵岗哨、帝国政府大楼，还有摄像头。

"看起来还挺麻烦。"汉说。他们预定的接头地点是公园中心的一处帝国要人纪念地。公园周围从早到晚都有安保机器人巡逻，防止不法行为。街上天上都有帝国军人巡逻，公园里应该也有。城中布满了间隔规则的观察哨，就像是网格的节点一样。

丘巴卡用爪子在平板上笨拙地操作着，来回查看上面显示的地图。

"我也不会把那里当作首选会合点。"汉同意道，"不过也许这才是选择那里的理由。要设圈套，我肯定会把它设在看起来最不像是圈套的地方。

这个斯卡莉特·哈克应该也是个懂行的人,所以在察觉不妥之前我们还是先按她的路子来吧。"

丘巴卡哼了一声表示同意,并将数据板推回给汉。汉按下按钮,伴随着一阵嘶嘶声和一缕青烟,数据板内部融成了渣。完事后,汉将数据板扔进了墙边的垃圾处理器。

"嗯,咱们得把这个数据板也算在劳务费里。说不定我们得毫不引人注意地经过一大堆帝国兵、摄像头和观察哨呢。虽然这可是帝国控制最严密的行星之一,不过希望总是会有的嘛。"

丘巴卡仰起头咆哮了一声。

"这里应该没有贾巴的人。"

第三章

斯塔顿纪念公园暨游乐园是一片占地二十五公顷的绿地，位于宏伟的帝国水处理管理局大楼顶部。整个建筑高出西奥兰德街面五百多米，上面栽满了水培的草坪和树木，还有喷泉。建筑物的边上有个飞空平台，周围徘徊、停泊着不少又轻又薄的流线型机器，准备将那些度完假期的帝国公民摆渡到下一个干净、整洁、消过毒的工作地点。汉感觉自己就像一只不起眼的梅西亚火焰蜥蜴。

"还有其他需要吗，先生？"走下平台时，平台问道。

"不需要。"

"如果您需要休息的话，我可以为您提供公园内餐馆和酒商的名录。"

"谢谢，不用了。"

"那么给您介绍一下分布在这个大西奥兰最怡人的娱乐中心内的各个雕像和纪念馆如何？"

丘巴卡呼地一下从平台那狭小的座位上站起来走了下去。平台似乎一下子又浮升了一些，不过这也可能只是汉的想象。

"我们只想自己转转。"汉尽量摆出一副游客的样子说。

"杰诺私人交通合作社感谢您的惠顾。欢迎您下次出行继续使用我们的服务。"说完，平台收起船架，加入悬浮在空中的机器队列，等待接送下一拨乘客。汉走到公园的边上向下望去。那整个建筑看起来就像一座白色的悬崖，苍白、巨大，一扇窗户也没有。

"请不要靠近边缘，先生。"一个合成语音说，"为了您的健康和舒适着想，请前往公园西南和西北角的观景平台观景。"

汉咬着牙对那个提供服务的小机器人笑了笑说："啊，谢谢，我这就去。"

"祝您在斯塔顿纪念公园暨游乐园玩得愉快。"用欢快的语调说完后，机器人并没有马上离开，它在等汉从悬崖边退回来。

丘巴卡和蔼地哼了一声，摊开双臂摆了个姿势。

"嗯，截至目前一切顺利。"汉说。

丘巴卡又咆哮了一声，摆动着脑袋，厚厚的皮毛也没掩盖住他的笑意。

"我也挺紧张。不知道该怎么说。也许就是我们运气好。"

公园里很漂亮。树木修剪得很整齐，统一高出柱廊六米，在开阔地带还要再高半米。四厘米高的草坪绿得刺眼，所有植被都长在硅胶垫上，一寸泥土也没有。小径曲线优美，细致周到的服务机器人彬彬有礼地站在阴影中，一旦有鸟儿落下鸟粪，就会立刻冲过来打扫干净。清冷的微风中什么气味也闻不到。

汉接触过不少间谍和罪犯，知道一个人的行为会显露出那个人的本质。斯卡莉特·哈克的档案资料上并没有多少反映其性格特征的东西。上面只有简历和有关的数据，看不出她的行事风格。相比之下，挑选这个公园作为接头地点倒是更能体现出她的个性。这简直就是个集帝国缺点之大成的地方。一切都是那么规则，控制都是那么严密，建筑都是那么整齐，所有不符合标准的东西都被消灭干净。汉觉得，斯卡莉特·哈克之所以选择这个地方，就是因为她能毫不显眼地混在这些板着脸、一身灰制服的帝国军人中间。这里的一切都那么整洁规则，所有人都处在监控之下，虚假的礼节勉强掩盖着暴力的威胁，维护着所谓的秩序。真不知道居住在西奥兰这样的地方是个什么感觉，相比之下，汉宁愿蹲到监狱里去。

汉和丘巴卡小心翼翼地绕着整个地方走了一圈，汉越看越不由得咬紧牙关。整个公园里大概有几十人：四个老人正围坐在一张桌旁玩着德贾里克棋，专注的神情就像是工兵在排雷；一张长椅上坐着两个少妇，她们俯瞰着下方的整个城市，不发一言；还有几个人正在草坪上玩一个看起来很复杂的游戏，他们一脸愤懑，似乎游戏没有给他们带来任何享受。

"安保措施没有我之前想的那么严密。"汉说，他们刚转完整个地方，回到浮升平台站旁铺着地砖的庭院，"这是个好现象。"

丘巴卡低声咕哝起来。

"他们当然会看你了。你可是伍基人。"

丘仔怒吼一声作为回答。

"他们应该没有。我跟你说过的，萨文可不是个经常有伍基人来的地方。看到纪念碑了吗？我觉得应该就是中间那个黑乎乎的东西。"

丘巴卡笑了一声。

"剩下的就让我来如何？你可以去那边……玩儿个调虎离山什么的。唱首歌，诸如此类。"

丘巴卡看着他，一声不吭。

"分散下他们的注意力。如果他们都在看你，那就不会有人看我了，那样的话要拿到数据就容易多了。这可是常识，丘仔。"

伍基人叹了口气，慢慢走远。汉又等了一会儿，然后转身朝公园中央那巨大的黑色建筑走去，中间还故意停下来好几次，假装欣赏那些丝毫都不值得欣赏的花花草草。

　　喷泉的高度和周围的树木差不多，对称的水柱从喷泉中喷涌而出，就像一根根弯曲的玻璃棒。喷泉的中央是一个黑色的人类男性雕像，那人一副英勇的样子，右手放在胸前，正在行礼。汉若无其事地看了看周围。一个身材魁梧的男人刚从一个亮黄色的售货亭里买了一碗查卡面。一个老女人正坐在雕像左侧的长椅上，一脸愁容地呆视前方，她的身旁悬停着一个服务机器人。汉用手指抚摸着纪念碑的铭牌，假装在仔细阅读上面的文字。"帝国资源委员会主席莫伊·斯塔顿将臣属物种同化率提高了四倍，受到了皇帝陛下的表扬"等等。汉扭过头，丘巴卡正站在二十米开外的一排修剪过的树木中。汉对他点了点头，丘巴卡没有动。汉又重重点了点头，丘巴卡发出一声悦耳的叫声，并且张开双臂，看起来就像一个歌剧演员。

　　汉身子前倾，一只手撑在铭牌上，将手臂伸入冰冷的水中。水里都是用胶粘连的光滑石头。他用手指来回摸索，不一会儿就摸到了一块硬硬的凸起，他摸到那东西连接在石头上的地方，用力一掰。伴随着一声令人满足的轻响，那东西被掰了下来。

　　那是一只褐色的小盒子，大概有他的手掌那么大。汉把盒子装进口袋，朝一条长椅溜达过去。等丘巴卡表演完，他礼貌地鼓了鼓掌，伍基人走过来，坐到他的旁边，又咆哮了一声。

　　"如果这就是这趟任务你遇到的最糟糕的事，那我们就赚大发了。嗯，看看到底是什么情况吧。"

　　丘巴卡又哼了一声，好像是在发牢骚。

　　"对，我就在这儿打开。你看，要是他们已经注意到了我们，那么无论如何他们都是会跟踪的。要是没注意到，那在哪儿打开又有什么区别？"

　　盒子已经干了，它的外表泛着彩虹般的光芒，就好像昆虫的外壳一样。汉用拇指的指甲摸索着盒子的边缘，直到找到了一条肉眼几乎看不出的缝隙。他身体前倾，使劲一拧，盖子啪的一声打开了，露出了一块小面板，微微闪动着起警示作用的红光。汉小心地输入密码，面板发出一阵欢快的蜂鸣声，变成了绿色。盒子打开了，里面却是空的。丘巴卡愤懑地叫了起来。

"这又不是我的错。"汉在丘巴卡一把抢过盒子时说，"她把盒子放在接头点的时候我又不在。"

丘巴卡把盒子在长椅的扶手上狠狠地敲打了几下，然后又看了看里面。

"好啦。"汉说，"里面没东西。也许这就是个圈套，而我们刚刚上了钩。一旦被他们拦住，咱们可不能松口。咱们碰巧发现了这个东西，咱们不知道这是啥，他们想要的话随便。"

汉看了看四周，装出一副随意的样子。他忍住拔出爆能手枪冲向浮升平台的冲动。暂时还没有冲锋队冲过来。丘巴卡又抱怨了一声。

"我也不相信。"

"索罗。"

一个声音忽然叫道，平静而友善。汉转过身，看到一个身材魁梧的米里亚尔人穿过草坪朝他们走了过来。比起年轻时，他那黄绿色的皮肤颜色已经变得暗淡多了，下巴和脸颊上有几个文身，不过不多。他的步态有些飘忽，看起来好像有点喝醉了，不过汉知道，他这个人从来不饮酒过量。

"巴森·雷？你在这儿干什么？"

"等你啊，多明显。"巴森说，"丘巴卡，很高兴又见到你了。时间过得可真快。"

伍基人吼了几声。巴森一副受到了伤害的表情，"他说什么？"

"他说你看起来不错。"汉说，"不过他也只是客气客气。"

"抱歉。"巴森对丘巴卡点了点头，"我的耳朵不好了。就连听母语都有点儿费劲。不管这个了，伙计，真是好久不见啊。看来你们真的跟着叛军干了呀，嗯？"

"为什么这么说呢,伙计?"

巴森翻了翻眼珠,"哈克刚一发出撤退要求,你就跑到她的接头点了。不需要多聪明就能看出其中的门道,不是吗?说实话,我就盼着来的会是你呢。从核心世界往外带叛军间谍,肯干这种事的不是疯子就是傻子嘛。呃,而且谣传我也听过不少,谁在替谁干活之类的。"

"是吗?我都好久没有听到你的消息了。上次听说时,你还在从霍芬往外跑慢速货运呢。"

"世道艰难,谋生不易啊。谁想到我也和你一样被同一拨势力招募了呢。同盟。所以我才会在这儿。看着接头点,安排接头之类的。"

"你就是接头点的线人?"

"呃,那女人又不傻。你不会真以为她会把跟她联系的方式写到纸上,放在这么公开的地方吧,啊?"

丘巴卡笑着低哼两声,将盒子塞进了巴森的大手里。

"抱歉,啥?"

"他说我们应该离开这儿。我觉得他说得对。你有办法离开这儿吗?"

"这可是我的拿手戏。"巴森说,"跟紧啦。"

巴森头也不回地朝北走去,也不看他们有没有跟上来。他们经过草坪时,几个玩德贾里克的人理也没理他们。来到建筑边缘时,他们看到一艘灰色的悬浮艇正停在半空,舷梯搭在公园的人行道上。之前要求汉不要靠近边缘的那个机器人——也有可能是一个同型号的机器人——正在对一个起重机器人啰唆着什么,却被后者完全忽视了。巴森走上舷梯,机器人又把火都发到了他的身上,但仍然是一点儿效果都没有。汉和丘巴卡从那个机器人身旁走过,上了舷梯,起重机器人跟了上来,在他们身后收起了舷梯。

"我跟你说啊——"汉说,"经过卡尔辛太空站那档子事之后,我还以为再也见不到你了呢。"

"每个人都有不堪回首的往事嘛。"巴森和颜悦色道,"不管以前如何,干活挣钱总是少不了的嘛,是不是?"

飞船内部一股霉味儿,而且内饰一看就是七拼八凑的。后舱里还蹲着三个人,其中两个看起来像是雇佣兵;还有一个要瘦一些,看神情也更紧张不安。三个人都毫不掩饰地佩着爆能枪,尽管比义军士兵的平均状况要干净些,但比起西奥兰的普通公民来可就差远了。巴森在驾驶舱门上敲了两下,飞船一个转弯朝下飞去。巴森一边喃喃自语一边打开墙上的开关,在键盘上输入了一段代码。汉对那三个人点了点头,但没有微笑回应。汉的心头不由得一紧。

"你的这些朋友是谁啊?"汉问巴森,眼睛紧盯着那几个人。

"嗯?哦。加雷特和西姆是我的船员。已经好久了。边上那个,贾佩特?他是个新人。最近加入的。"

丘巴卡发出了一声喉音,显然是警告的意思。不过汉并不需要提醒。他假装随意地将手放在了皮套上,没有握枪,却触手可及。

"很高兴认识你们。"他一脸人畜无害的笑容说。

"嗯,言归正传。"巴森说。他的手里握着一把爆能枪,汉都没有看清楚他什么时候拔出的枪,"请把武器交出来吧。"

丘巴卡龇着牙发出一声威胁的吠叫,不过巴森的枪口纹丝不动。

"你也知道的。"巴森说,"在这儿开枪,你能干倒一两个,不过最后死翘翘的还是你。耐心点儿,后面也许就没事了呢。"

"上一次就是这样。"汉说。

"也许这也是原因之一啊。吸取历史教训嘛。"巴森咧嘴笑着说,"所以你最好还是把武器交给我们,确保这次不死人,好不?"

丘巴卡又吼了一声,目光在汉和巴森之间来回移动。汉权衡着,巴森肯定会死,其他人里面至少要死一个,也可能是俩。

"按他说的做吧,丘仔。"汉举起了双手。

"好小伙儿。有劲儿可以以后再使嘛。"

"你以前可不是这样的,巴森。替帝国卖命,即便是你也不应该下作到这种程度。"

"哦,我可不会那样。把你交给他们,他们很可能会因为我先前惹的麻烦把我先干掉。不不,我对同盟没意见。只不过赫特人钱多,而现在世道又这么艰难。"

"等到你确定贾巴比帝国更值得信赖时再说吧。"

"值得啊,不值得吗?"巴森说,那个被他称作西姆的雇佣兵过来收走了汉的爆能枪。

"哈克出什么事了?"

"据我所知,没什么事。想想看,发觉自己的跑路工具没有如约前来,她该有多失望啊。不过据说她那个人还挺足智多谋的,应该会想出办法。"

丘巴卡看着西姆,龇了龇牙,发出了无声的威胁。西姆咽了口唾沫,不过还是收走了丘巴卡的弩枪和子弹带。飞船遇到一阵气流,微微颠簸了几下。驱动器发出几声轰鸣,抵偿着震动。西姆将武器交给加雷特,然后从一个蓝色塑形工具箱里取出了两副手铐。

"那么会合点的信息呢?"冰冷的手铐铐上手腕时,汉问道。手铐扣得很紧,距离疼痛只有一步之遥。

"扔进回收站了呗,不然呢?"巴森说,"应该已经快变成哪个可怜的帝国公厕里的厕纸了吧。"

"这么说里面是有消息的了?她确实留了消息?"汉说,"把联系她的方法留在公开场合了?"

"当然要留了。"巴森说,"不然就得相信当地人。给她送信的女人又不是傻子。"

第四章

仓库紧挨着机库。涂刷的耐钢墙壁之间堆了好多耐冲击陶瓷货箱,有些一直堆到了天花板上,还有一些被搬了下来当桌椅用。仓库里面冷得就像冰箱一样,空气里满是冷却剂和挥发成分的刺鼻气味。汉坐在地上,手铐泛着蓝光,夹具的磁场弄得他关节疼。丘巴卡蹲在左边几米开外的地方,悠闲地蹭着一个货箱,根本不理汉、巴森和另外两个暴徒。

"别催。"加雷特抬起一只手对巴森说,"咱们离开前,我跟你说过的。要么把我留下为飞船做准备,要么让我去接头点。你让我去接头点,我就去了。现在我才能准备飞船。不可能两件事同时干。"

"不管怎样都得快点儿。"巴森一边用手背蹭着下巴上的文身一边说。

"我已经发了离港申请,萨尼姆在预热引擎,准备好了自然就走。"加雷特说,"想催就去催帝国吧,我等着。"

巴森恶狠狠地瞪了加雷特一眼,但什么也没说。看起来他的船员不多:三个在后舱见过的人类,还有一个一脸苦相,长得好像山羊一样的棕毛博萨人飞行员——显然就是萨尼姆，开飞船的就是他。汉动了动手铐，那东西一点儿都没松动。

加雷特走开了，装卸区的大门嘶嘶地升了起来，好让他进去。汉看了眼机库，一艘老旧的西纳 NM-600 正停在里面，那艘小货运飞船看起来就像是闪亮的船坞背景画中的一块泥巴。飞行员正站在飞船旁边，和一个一身灰衣的帝国公务员说着话。汉在想，不知道现在求救会不会有用。应该不会有好结果。装卸区的门又嘶嘶地落了下来。另一个雇佣兵西姆叫了一声。

"嘿，丘巴卡。"巴森说，"别动那个箱子。"

丘巴卡抬起头，吼了一段颇为复杂的内容。

"他说啥？"巴森问。

"他在感谢你的建议。"汉回答道，他根本没有费心装出在说实话。如果那个博萨人萨尼姆有一点水平的话，那么即使是从完全停机的状态启动，他们准备飞船的时间应该也不会超过一个小时。等到上船离港后，再回来的可能性就微乎其微了。

所以不管采取什么行动，时间都得抓紧了。他看了丘巴卡一眼，丘仔正在用爪子抠货箱的铰链。如果伍基人能拽掉铰链的螺栓，那么他也许——也许——能让手铐的电磁线圈短路。可能不足以解锁，但或许能将力场减弱到丘巴卡用蛮力能够挣开的程度。

要是有办法在不引人注意的情况下告诉丘仔的话……

汉伸长脖子，对上了丘巴卡的蓝色眼睛。他看了眼货箱，希望伍基人能够跟上他的视线，*理解他的意思*。丘巴卡轻叹了一声，几乎可以说是无声的，接着又抬了抬覆盖着棕毛的胳膊，让汉看到藏在身体一侧的铰链螺栓。

啊，汉想。*好吧，得替他掩护一下。*

汉站了起来，西姆和巴森同时举起了爆能枪。

"麻烦你坐下好吗？"巴森说。

"我动动腿嘛。"汉说，"而且你也不会开枪的。这可是核心世界，要是在这儿开枪，不出三分钟就会有一百个冲锋队员冲过来，把我们团团围住。"

巴森苦笑了一声，放下爆能枪，但并没有把枪收回枪套。汉走到对面的墙边，转过身，坐在一个货箱上，放松了下身体。感觉舒服些之后，他摇了摇头。

"咱们这都是怎么了，巴森？以前咱俩可都是以鄙视权威为傲的，现在却要相互为敌，这都是为了什么呀？"

"为了钱。"巴森说。

"主要是为了钱，对。"西姆点了点头，说，"很大一笔钱。"

伴随着尖厉的引擎轰鸣声，一艘飞船离开了机库。不是他们的飞船，不过排在前面的队列又变短了一些。丘巴卡坐在那儿，一脸阴郁，手腕藏在膝盖之间。巴森叹了口气。

"不过，嗯，我懂你的意思。过去的好时光啊，真是不错。"

"还记得那回兰多找你买卡斯肯狼蛇毒吗？只有你建议他先试一剂，好确定那玩意儿是不是真货。"

巴森的眼神变亮了一些，肚子也随着静静的笑意而微微颤动。

"足足有一个月，他的眼前都有个粉红色的小仙女在晃悠呢。"巴森说，"不过那都是以前了，伙计。而且那还是在达斯蒂的事之前。"

"如果我说我为她的事感到遗憾会有帮助吗？"

"反正没什么坏处。"说完，巴森又摇了摇头，"不过也没什么帮助。她终究还是做了想做的事。那事无论如何都会发生，而你只是一个引子罢了。"

西姆看了巴森一眼,无论米里亚尔人是否注意到了,他都表现得毫无查觉。西姆又看向汉,汉耸了耸肩。丘巴卡的肩膀猛地往前一扭,疼得龇牙咧嘴。只有汉看见了。

"你呢,小子?"巴森问,"义军同盟?我都没发现你还好这口。"

汉咧嘴一笑。"好什么?理想主义者?"

"政客。"

"得了!"这个词带来的刺痛感让汉吃了一惊。"没必要说得这么难听吧。"

"随你怎么称呼都行,老伙计,不过都是一回事。叛军有叛军的玩法,反正他们总会重蹈共和国的覆辙,到时候你呢?"

"听着,我只是在帮几个朋友的忙而已。要是惹到了帝国,那也只是副产品而已。"

"朋友,哈?对于你这样的人来说这可是个大词。"

汉想到了卢克,自己居然会那么关心这小子,真奇怪。这么多年来他和不少人交往过,喜欢的也有几个,但是愿意赴汤蹈火的就真是少之又少了。他不由得希望卢克和韦奇·安蒂列斯的短途旅行能有成果;希望自己和丘仔能回到义军的舰队,听那小子畅谈一番。

又一架飞船启动引擎,升空离去。他们快没时间了。丘巴卡的眼睛一直盯着自己两腿之间那副发着光的手铐,汉不知道他把手铐解决到什么程度了。

"不管怎么说,朋友就是弱点,不是吗?"巴森说,"你的哈克也败在这点上。"

"你怎么知道?"

"叛军,他们反抗帝国,站在了法律的对立面。但这并不足以让他们被称为'罪犯',明白吗?他们是对事物有不同的看法的诚实的人。正直。见鬼,有时候还很英雄,我是说他们当中的一些。他们想要改变整个银河系。如果成了——倒不是说他们有机会,但我是假设,你知道——到时候他们就会变成法律。你和我呢,甚至还有我们这里的小西姆……"

"我已经不小了。"西姆插了一句。

"……我们才是'罪犯'。"巴森继续道,就好像根本没听到对方的话一样,"除了和我们自己有关的那部分之外,我们对银河系的利益毫不关心。要是把我们扔到皇帝的宫殿里,走之前我们非得把家具都卖光不可。"

"那哈克呢?"汉说,"她算哪种?"

巴森嘴唇一弯,微微一笑。"不好说。都有点儿吧。只见过她一次,不过可以这么说,我还挺喜欢她的。"

两人身后的丘巴卡又不出声音地使劲拽了一下。他那粗壮的胳膊因为使劲而颤抖,汉忍了好久才没有把视线直接移到他身上。西姆在货箱上挪了挪身子,还没来得及回头,汉就又站了起来。西姆的视线又移回到了他的身上,爆能枪的枪口也指着他。

"那你为什么说哈克犯了和我一样的错误?"汉问,他假装并不在意那把枪,但事实上,他感觉自己脖子上的汗毛都竖了起来。

"她没挑对朋友。"巴森说,"没搞清楚诚实的叛军和不关心政治的罪犯的区别。说实话,她也没有太多选择。西奥兰并没有太多可供叛军生存的土壤。"

"不过罪犯倒是到处都是。"汉说。

"需要人帮忙,挑错了船员,说错了话,结果那位可爱的先生并没有免费替她保密,而是把那些秘密给卖了。"

"卖给了你。"

"价高者得。"

"不,你不可能是价最高的。不管你肯出多少,帝国出的价钱都会是你的一千倍。叛徒不去找帝国的原因和你一样，因为他也见不得光。"汉边说边假装愤怒地用手指指着巴森。丘仔顿了顿，他大口喘着气，牙齿也龇了出来。西姆的爆能枪又抬了抬，汉的脑子在飞转，得赶紧想出几句话来。任何话都行。

"贾佩特。"他说，"就是他，对不对？你说你刚遇见他不久，而且他现在也不在这儿，告密的就是他。"

西姆看着巴森，眼睛睁大了一点儿。老走私犯耸耸肩。"你看出来了呀？嗯，这倒没什么不好承认的。对，贾佩特知道她在为叛军工作，知道她呼叫了撤离。"

"贾佩特怎么知道来的会是我和丘仔？哈克并没有特别要求要我们来。"

"他不知道，对吗？那都是我的功劳。索罗船长投靠叛军了。同盟需要一个足够疯狂、足够勇敢的人来核心世界。这种人可不多。"

"也不少。"汉说。

"那可不一定。政客，军人，都是好人，就是想法和我们这种人不一样而已。他们看不透我们这种人。他们只是犯了点儿错而已，没什么好责备的。"

汉又想起了莱娅在基亚穆尔的会议，以及那些到会的派别。那是一次帝国敌人的秘密集会，不过巴森说得对，其中很多人同样也是反对共和国的。如果信错了人，那他们就都是帝国嘴里的肉了。莱娅，卢克，所有人都是。这就是游戏规则。

门嘶嘶地打开，丘巴卡假装沮丧地抬起头。只要他愿意，这个伍基人在假装纯良无害方面拥有令人震惊的才能。加雷特走了过来，小心翼翼地停在汉可以够到的范围之外。身后，飞船的引擎已经变成了随时准备出发的亮蓝色，看不到飞行员在哪儿。这可不是个好迹象。门又嘶嘶地关上了，汉咬了咬嘴唇，现在已经几乎就是他喜欢说的那种"太晚了"的情况了。

"塔台说我们十分钟后出发。"加雷特边说边回头看了看丘巴卡。

"飞行路线呢?"巴森问。

"五号商路。"加雷特说,"我已经尽力了。他们本来让我们走二号商路的,那样还得多等一个小时。"

"不过二号商路可好多了。"汉说,"我不介意等。"

巴森叹了口气,站了起来。他看起来一下子衰老了很多,更糟糕的是,看起来还很庸俗。以前他总是一副快快乐乐的样子,现在这一切都没有了,只剩下庸俗。如果是在其他情况下,汉有可能还会觉得挺惋惜的。

"把禁闭室准备好。"巴森说。加雷特点了点头,打开门走了出去,"该走啦,老伙计。"

"还有个法子。"汉说,"不管怎么说,义军为这件事投了不少钱。我在最高层有几个朋友,他们绝不希望这次任务失败。只要和正确的人接上头,他们的出价肯定不会比贾巴低,甚至更高。"

西姆看了看巴森,后者的表情告诉汉,这个主意已经不是第一次被提出来了。巴森摇了摇头,又一台引擎轰然作响,然后渐渐远去。

"想得不错,不过那不可能。"

"为什么呢?你可不是那种有钱不赚的人。"

"听着,我已经收了贾巴的钱了。不是全款,大概三分之一吧。而且绝大部分都已经花了,所以就算我想……"

"等一下。"汉说,一时间爆能枪、飞船和帝国都被他抛到了脑后。"我们在这儿蹲着的时候,你已经把贾巴的钱花了?这怎么可能?"

"当然不是在这儿的时候了,不是。而是之前。准备的时候。"

"贾巴早就付过钱了?"

"嗯。"巴森回答,"我大概给他留下了你已经在我手里的印象。之前有笔款子需要付。总之,没什么坏处,只是对你们两位除外。"

汉被惊得张开了嘴，几乎把其他事情都忘了。他看着巴森，就好像以前根本不认识这个人一样。巴森的眼睛发红，脸上文身下面柔软的双下巴因为愤怒而凸起。他认识的巴森·雷是绝不可能在生意上对那个赫特人撒谎的，也绝不会收下靠撒谎得来的钱。

汉笑了起来。"你这个蠢货。你没看到我的遭遇吗？我为了逃避逮捕扔掉了货，但那之后的日子过得简直生不如死。而你居然以为你能骗得过那个赫特人？"

"风险总是有的。"巴森说，"算过，值。而且，恕我直言，你会在贾巴的宫殿里度过五个难受的狂欢之夜，然后变成沙拉克的食物，所以我觉得，汉·索罗船长给我上课这种事应该就快到头了。"

"西姆。"汉说，"你知道他在招惹贾巴吗？"

"无所谓。"西姆说。

"那你就和他一样都是蠢货。或者更糟，因为你居然容许他来发号施令。哦，我知道，他演起友好又厌世的角色可真是拿手。不过他这是把你绑在彻费尔身上，还点火烧它的尾巴呢。"

"我怎么管我的船员和你没关系。"巴森说，"再也没关系了。"

"西姆。"汉说，"要是你能给我找个能够接通外环的通信阵列，我保证你这辈子都有花不完的钱。"

"别和他说话。"巴森叫道，他那黄绿色的脸颊上出现了两团暗色的印记。"要说话就和我说。也别跟我说，你只管自己走上船去。没卸你点儿零件已经是我格外开恩了。贾巴可不在乎收到你的时候你身上还有没有膝盖。所以别……"

"真的，西姆？你真会听他的？你真觉得这就是那种所谓的'长期饭票'……"

巴森的爆能枪顶到了汉的喉咙上。米里亚尔人的脸色变成了不健康的深绿色。之前的面具已经脱下，只剩下愤怒走私犯的真面目——过了鼎盛时期，被愤怒冲昏了头脑，深陷绝望不能自拔，还有危险得难以形容。汉咽了口唾沫，但愿巴森还记得之前他们说过的在这里开枪会招来冲锋队之类的话。

"我的人就是我的人。"巴森说，"任何离间我和他们的话……嗯，都是挑衅。你可别想挑衅我，明白？"

"我不想。"汉说。

巴森恶狠狠地笑了笑，后退一步，放下了爆能枪。

"我真正想要的只是你们俩能一直看着我。"汉说，与此同时，丘巴卡已经如同一座棕褐色皮毛组成的愤怒大山，朝西姆身上压了过来。

第五章

西姆只来得及"哦"了一声就被丘巴卡扔了出去。那个雇佣兵飞过一排排货箱,嗵的一声消失在一堆货箱后。他的爆能枪掉在了地上,距离汉和巴森只有几步。

两个人都低头看着那把枪,然后同时抬起头看向对方。汉计算着自己有多大的可能性能在米里亚尔人开枪前拿到那把枪,他很清楚巴森正在观察他的表情。巴森的脸上闪过一丝阴冷的笑意,似乎是在挑衅,赌汉不敢那么做。两个人就这样一动不动地站着,丘巴卡用胳膊夹着加雷特走了过来。

丘巴卡的吼声差点儿被加雷特惊恐的尖叫声给盖了过去。巴森的爆能枪还指着汉的脸,"我会开枪的,丘巴卡,别考验我的耐心。"

"丘仔说要是你敢开枪,他就把你朋友的胳膊拧下来,而且他很乐意你去考验他。"汉回答。两个人继续盯着彼此,一动不动。

通往船库的门打开了,一个拿着数据板的帝国官员走了进来。"我需要检查一艘……"他抬起头，正好看到眼前的景象，脸都变白了。汉从巴森的表情上看出，巴森觉得他们都跑不了了。

"唉，该死。"说完，老走私犯肩膀一松，放下了枪。丘巴卡叫了一声，将加雷特扔向那名官员。雇佣兵像个洋娃娃一样飞过房间，扑通一声砸在帝国官员的身上，两个人都倒进了一堆货物里。巴森转向伍基人，举起爆能枪，但汉合身扑了上去，两个人都倒在了地上，巴森的爆能枪也掉在了一旁。巴森用膝盖撞击汉的胃，撞得汉气都喘不上来，然后将汉一把推开。老走私犯爬向爆能枪掉落的地方，汉也用尽全力朝西姆的枪冲了过去。

丘巴卡冲向巴森，他的眼中充满了愤怒，仿佛是在威胁要对老走私犯进行严重的人身伤害。巴森够到了自己的枪，他跪在地上，用枪指着丘巴卡的脑袋。"抱歉了。"说完就扣下了扳机。

他握着武器的手从手腕处消失了，整个袖子都因为爆能枪的能量而着起火来。汉不记得自己什么时候捡起了西姆的爆能枪，但那把枪就在他的手里，枪管因为刚才的能量释放还在冒烟。他站了起来，枪口一直对着巴森。

丘巴卡吼了一声表示感谢，然后穿过房间，帮汉解开手铐。

"别客气，伙计。"汉边说边抬起手，让丘仔摆弄手铐，同时爆能枪还指着巴森。米里亚尔人睁大了眼睛。"坐着别动，老朋友，也许我还能忘记我有多生气。"

"你居然打掉了我的手。"巴森说。他的声音里惊讶多过愤怒。

"我瞄的是你的头。仓促一枪就是不准。"

丘巴卡短路了手铐，手铐嘶嘶响了几声松开后掉在了汉的脚边。

"走吧。"汉对丘巴卡说。因为那声未经授权的爆能枪响，现在城里的所有帝国警报系统应该都已经发出警报了。

巴森从他们身上收走的武器放在旁边的一个货箱上。丘巴卡走过去拿起了他的弩枪和汉的爆能枪。汉一脚将巴森踹倒在地,"你可别想跟踪我们。"他说,"帝国会把你扔进监狱的。不过要是再让我看到你,我就让丘仔把你撕成碎片。"

巴森抬起头看着他,目光里混合着戏谑和毫不掩饰的仇恨,"哦,我们会再见的,小子。"

"你还是盼望不会的好。"

"他们从哪儿弄来的这么多人?"汉咕哝道。丘仔吼了一声作为回答,声音里充满了讽刺。

他们正藏在起重机的阴影里,离地大概二十米高。大批的冲锋队员包围了下方的仓库和船库。加雷特和西姆正戴着手铐跪在他们的船库门前,一个身着黑衣的帝国军官正在审问他们。汉听不清他们在说什么,不过那两个人都是一副阴沉的表情。

目前为止他们还没有看到巴森。汉一直在等这个老米里亚尔人出现——戴着手铐,被帝国军人押着——但那个情景一直没有出现。时间一分一秒地过去,汉渐渐担心起来。也许他们是在为被轰掉的那只手改装手铐吧。不过这种可能性应该不大。

"你说他是不是在军队到达前已经跑了?"汉问丘巴卡。

伍基人低吼了一声。

"这老贼滑头得很。"汉说,"你说他会不会找我们寻仇?"

丘巴卡用眼角余光看了看他,哼了一声。

"嗯,看起来那帮一身白的小伙子一时半会儿还走不了,咱们得悄悄闪人了。"

丘巴卡哼了一声表示提问。

"不行,不能去千年隼号。还不行。咱们还得去找那个义军间谍,不然前面的时间不是都白费了？"

伍基人叫了很长一段作为回答，汉举起双手做出了投降的姿势。"好，好。别着急啊伙计。对，是我开的枪，所以我们现在的困境算是我的错。可巴森那时候要朝你开枪啊。我就该放手让他开枪吗？所以说，某种程度上，这是你的错。"

丘巴卡的低哼简短而明了。

"我的意思是，你可以反驳啊。"

丘巴卡还没来得及反驳，汉就滑下起重机的梯子，跑到了两个货舱之间的小巷里。那里散落着老旧的货箱，不过看起来没有什么别的垃圾。不知为何，城市里各种垃圾的极端缺失让人有一种不寒而栗的感觉。和很多其他现象一样，这也是帝国统治的一个标志。不知道那些乱丢东西的人会怎么样。汉不由地想道。不管惩罚措施是什么，显然已经足够吓住任何想乱扔垃圾的人了。

他们藏到巷子尽头的一个空货箱后面，四个巡逻的冲锋队员走了过来。丘巴卡指了指弩枪，又用询问的目光看了看汉。

"别。"汉低声说，"别再开枪了。"

丘巴卡低吼了一声。

"不，不是我'起的头'。"

冲锋队在路口转了个弯，汉也动身朝反方向走去。他们需要一个暂时的藏身处，等到这场大搜查过去了再去找斯卡莉特·哈克。躲避执法人员的追踪可是汉的强项，但那是在外环，那里帝国力量薄弱，普通人也愿意帮忙。而在西奥兰，一声枪响就能引来几百个冲锋队员，而且汉敢用大把信用点打赌，还有好几百个随时待命。再说当地人已经习惯于在帝国的铁蹄面前卑躬屈膝了。他们可不会拿自己的安全冒险来窝藏什么逃犯。这儿也没有那种脏兮兮的酒吧，可供人在黑暗之中躲藏，只要花几个钱就不会有人提问。

　　头顶上，飞行艇和个人飞行器组成的机流在建筑物上投下一道道快速运动的阴影。带玻璃幕墙的灰褐色建筑高耸入云，看起来似乎都在朝人行道倾斜。制式的大型建筑风格单调呆板，追求实用，却显得压抑万分。每个路口，每座建筑物的角落，帝国的耳目无处不在。每座建筑的外墙都点缀着传感器阵列和岗哨。头顶上有流线型的帝国飞行艇巡航，地面上有身着城市镇暴盔甲的冲锋队巡逻。

　　"我们在这儿的麻烦可大了，丘仔。"汉一边说，一边解下武器腰带，将腰带与爆能枪一起装进丘巴卡的挎包里。他又指了指伍基人的弩枪，"这个还是别带了，伙计。"

　　伍基人怒吼了一声，抓握武器的手攥得更紧了。

　　"好啦，拿着。"汉脱下长外套递了过去，丘巴卡将弩枪一层一层地包裹进去，到最后看起来就像个长长的布包，只能隐约看出一点儿武器的形状。"这样应该行了。"

　　丘巴卡把布包扛在肩上，吼了一个问句。

　　"贾佩特。我们就从他开始。"汉回答，"是他出卖了哈克，所以他大概也应该知道哈克的藏身处。而且，我们现在也没有其他的法子。"

　　丘巴卡吼叫了一声，挥手指了一圈，示意这座城市的大小和帝国在这里的存在。

　　"哦，我们会小心的，对不对？"汉有些不耐烦地说，"先去港口的酒吧吧。"

　　丘巴卡自言自语着，耸耸肩，跟上了汉的步伐。

　　"只要保持一脸明快的微笑，迈出欢快的步伐，我们看起来就是两个幸福快乐的帝国臣民了，不是吗？没人会去阻拦我们的。"

　　就算没有被说服，丘巴卡也没有表现出来。

汉朝港区千年隼号停靠的方向走去,他们专门选了一座顶部形状像一把黄铜色矛尖的建筑作为地标。汉边走边在心里希望,那里可别只有他们两个人。他一路留心寻找地图或信息岗亭,但这个区域主要都是货舱;机器人比人还多,基本上没有什么为人类服务的设施。重型装运机器人在各个建筑物之间搬运着巨大的货箱,小一些的技工机器人——主要是R2和R3型——都在不显眼的地方执行着任务。远处偶尔会走过一队冲锋队,汉不得不改变路线,以免撞上他们。

一个清扫机器人走了过来,一边清理出故障的起重机在人行道上留下的一摊油渍,一边小声哔哔地自言自语。汉和丘巴卡经过的时候,机器人顶在长杆上的一只眼睛一直盯着他们。汉对它点了点头,走了过去。

"看到了吗?"他开口道,"只要表现出你就是这里的人的样子……"

"停下。"清扫机器人用低沉的机械合成音说,"请出示在货舱区11-B通行的有效许可证件,否则请等待接受帝国官方拘留。"

"抱歉,不过我们现在忙着呢。"汉边说边对着机器人露出了一个大大的微笑,"所以我们只是……"

"停下。"机器人又说。它那银色的外壳裂成了几半,露出了六七把不同的武器,"请出示在货舱区11-B通行的有效许可证件,否则请等待接受帝国官方拘留。"

机器人身上升起了一个装置,里面又伸出了一个小型传感器,传感器对着他们晃了晃,机器人说:"检测到武器。请将武器放在地上,举起双手或操作用附肢。"

丘巴卡把包裹在衣服里的弩枪扔在了地上,举起了双手。一根多关节的机械臂从机器人身上伸了出来,捡起了布包。机器人竖在长杆上的眼睛还紧盯着汉。"举起双手或操作用附肢。"

"好。"汉叹了口气,"今天已经被抓住过一次,好运气都用光了。"

"举起双手。"机器人坚持道。

汉朝机器人的方向走了一步,机器人立刻后退了同等的距离,眼睛仍然紧盯着汉。

"我敢打赌,你们这些清扫机器人没有权力因为公民没有携带正确许可文件就杀死他们。"

"你说得对。"一个声音在他的身后说,"不过我有那个权力。"

丘巴卡愤怒地吼了一声,像是在斥责什么。

"我只有前面有眼睛。"汉边说边举起双手,慢慢地转了过来,"负责盯着身后的应该是你。"

丘巴卡耸了耸肩。

一个帝国士兵正用爆能枪随意地指着汉,那人穿着一身下级军官的黑色制服,一脸他那个衔级的人常有的沾沾自喜的神色。

"你继续执行任务去吧。"那个军官说。一开始汉还以为他们可以走了。就在这时,机器人又滴滴答答地叫了起来。

"长官,我们……"

"和港区的骚动有关,大概吧。"军官替他补完了这句话。

汉朝旁边走了一步,想要让丘巴卡进入军官的视觉盲区。军官摇了摇头,后退了一步,依然把他们俩同时保留在视野当中。

"别动。"那个军官说,"我的人正在路上,如果能把你们都活捉的话,写在报告上比较好看。"

丘巴卡大吼了一声,军官转身看了他一眼,不过还没来得及转回来,汉就狠狠地一脚踢中了他的肚子。军官跟跄着后退了几步,在摔倒时抓住了汉的脚,将汉一起拉倒在了地上。不过打斗很快就结束了,丘巴卡上前帮汉将昏迷的军官拖进小巷。几分钟后,汉穿着帝国军服走了出来。

丘巴卡用挑剔的目光看了他半天,然后吼了一声。

"嗯，你就使劲笑吧。"汉边说边整理衣袖，然后带上军官的黑色军帽，"至少这样可以佩带爆能枪。你回飞船那边去。"

丘巴卡叫了一声。

"是，可是我们去哪儿找身你能穿的帝国军服去？而且他们现在正在找的是*我们*，不是*我*。所以回飞船那里去吧，把飞船准备好。我去找哈克，然后我们离开这个鬼地方。"

丘巴卡发了几声牢骚。

"我还有个主意。"汉拿起军官的数据板，"我敢打赌我们的贾佩特小朋友在帝国的监视名单上。找找已知的相关人等和藏身地点。我现在可是帝国军官了，那我就去找他谈谈吧。"

丘巴卡怀疑地咕哝一阵。

"得了吧。"汉说，"我不可能*每次*都是错的嘛。"

第六章

四级数据技术员金内尔·佩尔西叹了口气,在显示器上拖出另一条数据,摇了摇头。他所在的数据控制中心正忙得热火朝天。邻桌的米基一脸同情地摇了摇头,尽量没有在脸上露出笑容。私心里,金内尔很享受米基对他的注意。

"是贾佩特·索恩吗,长官?"他说。

"也许是。"汉努·索洛洛中尉在他的耳机里说,"他是什么背景?"

"要他的 NS 档案吗,长官?"

"当然,就是那个。"

金内尔在屏幕上翻动着,"盗窃罪,在曼根三号的劳改营里服刑三年,最近地址未知。"

"有没有……呃……和叛军有没有什么联系?"

金内尔闭上眼睛。"要不要我再去查查 PF 档案,长官?"米基笑了一声,然后赶紧用手背捂住了嘴。

"对，就这么办。"索洛洛说。

金内尔查看着屏幕。"您知道的，您可以在自己的数据板上访问所有这些文件，长官。"

"我的出故障了。加密协议，呃，需要更新。"

"我可以帮您解决这个问题。"

"把他的 PF 档案念我听就好。"

"念给您，是，长官。"看在米基的面上，他回答道，"稍等。好了。是的，长官。他和他们去年在蔡特港抓获的抵抗小组有联系，不过他只是外围人员。他接受过讯问，但没有被起诉。之后没有其他记录。"

"差不多了。"索洛洛说，"他的联系人里有没有哪个人的联系方式是我们已知的？"

金内尔撑在桌子上，手掌盖在眼睛上，尽量用愉悦的语调说："我帮您看看他的 RQ 历史，长官。"米基正拍打着双腿，脸色由于憋笑而微微发暗。金内尔一边干活一边轻声哼着，"已知的，和他关系最近的联系人是一个特兰多沙码头工人，叫西尔·哈斯克，舱位地址 113-624-e45。"

"慢点，慢点，6……2……4……然后是啥？"

"e45，长官。"

"知道了，谢谢，干得好。"

链接中断，金内尔摘下耳机看了看米基。米基笑得前仰后合，眼泪都流下来了。

"这些人都是从哪儿召来的？"金内尔刚问完，另一个通信请求就接了进来。

西尔·哈斯克看着镜中的自己。右边头突上的伤口已经好得差不多了，不过那一块的皮肤看上去就像青少年的皮肤一样，是亮绿色的。他用拇指的肉垫揉了揉伤口,希望能把那里弄得更接近成年男性的灰色。他还不想去买化妆品,不过要是没人看到的话……

有人敲了敲他的舱位门,很响的三下。西尔从镜子前退了回来,下意识地发出几声警告的嘶嘶声。这个舱位很小。从床位走到门口不过四步。

过道里的男性人类穿着一身帝国军官的制服,气质却像个销售员,哈斯克头一眼看过去,就觉得这家伙不招人喜欢。

"西尔·哈斯克?"那人问。

"这得看情况。"

"贾佩特说我在这儿能找到你。说你也许能帮我个忙。"

"他说错了。"西尔嘶嘶着低声说。他想要关门,但那个军官已经走了进来。

"他说得还挺确定的。"帝国军官脱下帽子说。他的头发是棕色的,乱糟糟的一团,一点儿也不像帝国那种剃过似的风格。西尔眯缝着眼睛,瞳孔也不由得收缩了起来。那人摩挲着双手,"也许我们可以去找他谈谈。"

"也许你应该出去。"西尔叫道,"这是我的舱室。"

那人指了指自己的制服,"你觉得我会在乎这是谁的舱室吗?"

西尔龇着牙,胸肌都鼓了起来。这人的制服不合身。肩膀太紧,肚子又太空。尽管歪着嘴的笑容里充满了威胁,但那种威胁是街头式的威胁,不是审讯室里能见到的那种。

"废话少说。"西尔说,"你是什么人?想干什么?又凭什么以为我就会听你的话?"

"我得找到贾佩特。"那人毫不介意地卸掉了伪装说,"你是他的朋友,可以告诉我在哪里能找到他。"

"如果我是他的朋友,那我更不会告诉你在哪里可以找到他。出去。"

"要是在其他情况下,我会的。"那人说,"不过他做了个决定,而那个决定影响了我和我的工作，现在我需要他来纠正错误。"

西尔在心里过了一遍可能的回答。贾佩特就是一小混蛋，这辈子就没干对过什么事。或者，我才不在乎你和你的问题呢，给我出去。或者，要不我们叫保安，看看他们怎么说。最后，他决定还是朝那人肚子上打一拳为妙。那个假军官被打得一口气喘不上来，又被西尔用膝盖顶在了鼻子上，最后蜷缩着倒在了地上。只不过西尔的动作不是很流畅，被那人抓住了机会。他抓住西尔的腿向上一提，西尔挥动着胳膊想要保持平衡，爪子抓到墙上，在金属墙面上擦出了一道火花，但最后还是整个人倒在了地上。周围一下子安静了下来，西尔感觉整个世界似乎都变远了。那人骑到了他的身上，用胳膊锁住了他的喉咙。

"好啦。"那人说，"我可是先礼后兵的。"

"没有。"被勒住脖子的西尔憋出了两个字。

"什么？"

"没有。没有先礼。"

"哦，好吧。能不能麻烦你告诉我在哪儿能找到贾佩特？"

"不能。"

"那好吧。"说完，那人一拳打在他脸上，力道大得惊人。西尔的嘴里全是自己的血的金属味儿。"再请问一下？"

西尔拧过身子，向那人的侧腹伸出爪子。只要再前进一点，他就能剥开这个冒牌帝国军官的皮肉，露出他的肋骨。那人松开西尔的喉咙，向后一退，又给西尔的脖子上来了一记肘击。

"劳您大驾？"

光线似乎变暗了，西尔感觉自己的呼吸声正变得越来越模糊。他使劲翻过身，手脚并用爬了起来。那人又是一脚，想要让他失去平衡，但西尔还是站了起来。他疯狂地挥动着双爪，差一点儿就抓伤了那人的脑袋，但最后只是在金属舱壁上留下了一道刮痕。他缩回手臂,张开手掌向那人的方向抓去。要是被抓到,那人肯定会肠流满地。

一把爆能枪顶在了西尔的脖子上。

"要加糖吗?"

"你要是敢开枪,"西尔说,"真正的安保队就会来……"

"是,是,我知道。不过,要是你能告诉我贾佩特在哪儿,这些事不就都省了嘛。"

西尔舔了舔冒血的嘴唇,他能感觉到自己鳞片下的鼓包。现在再去港区肯定不会有人注意到他额头上浅色的伤痕了。西尔不由得笑了起来。

反正贾佩特就是个蠢货。

"他和阿明妮在一起。他女朋友。"

"很好。"那人说,"那么去哪儿找她呢?"

刚看到他时,阿明妮觉得这个帝国军官就是个麻烦。两杯酒下肚,阿明妮眼中,这人反而渐渐变得可爱起来。再加上一杯,阿明妮不由得想,说不定今晚会很有意思。

"我不信。"那人说。他的笑容狡黠而温暖,阿明妮感觉他似乎是在为她讲的一个笑话而笑,但其实他并没有。"你真没有男朋友吗?"

阿明妮用手指轻轻地滑动着玻璃酒杯的杯沿。

"嗯……"她微微吐了吐舌头。酒吧的另一头,她的室友吉丝做了个略显淫秽的动作以示鼓励。阿明妮没有理会,"以前有,不过那家伙就是个混蛋。我和他分手了。"

"那他知道你跟他分手了么?"军官问,他的手已经放到了阿明妮的膝盖上。

"他肯定知道。我把他和他那堆破玩意儿全都从我的舱室扔出去了。"

"那是自然。"那人好像是自言自语地说。

"他还偷我的东西。我跟他说过,再有一次他就滚蛋。结果他又来了一次,所以他就滚蛋了。不过我还有点儿想他了。也不是特别指他。我就是……你知道"她盯着那人,"想。"

那人又笑了起来,那笑容漫长而舒缓,阿明妮不由地有些脸红起来。她试图回忆起自己到底喝了几杯。也许不止三杯吧。算了,不管了,人生苦短嘛。她从椅子里探出身子,微微有些失去平衡,但又及时稳定了下来,接着就在那人的脸颊上亲了一下。那人搂着她,那只手好像天生就该放在她的腰上一样。她咬着嘴唇,不由得抬了抬眉毛。

"也许我不应该把他赶出去。"她说,声音比平常又低了些。"也许我应该联系你。你就是处理这种事的,不是吗?"

"你是说,'想'?"

"我是说'偷'。"

"哦,那个也是。"那人同意道。

"你加入安保部队多久了?"她问。

那人笑了起来。"这取决于你怎么算。"

她起身去女厕所补妆,等她回来时,那人已经走了。整个晚上剩下的时间,她都和吉丝以及吉丝在资源管理部门的朋友们在一起消磨时间,同时又忍不住胡思乱想和大失所望。然而直到晚上回家的时候,她才发觉自己这一夜的生活真正跌到了谷底。

"怎么了?"吉丝问。

"我的数据板。"阿明妮摸着腰带,"我记得我带了,可能是放在……"

尽管喝了不少,但她还记得曾有个男人把手放在她的腰上,手指抚摸着她的身体。

"班萨养的……"她说。

"亲爱的?"贾佩特从走廊走了进来。他一身浓烈的香水味,手里还捧着从四楼的自动售货机上花半个信用点买来的鲜花。"米妮宝贝?我收到你的消息了。你在吗?"

黑暗中有个东西动了一下,贾佩特微微一笑。

"我看见你了。"他说,"我就知道你会来找我的。我跟你说过,还记得吗?我就说你肯定会来找我的。你是离不开你家大贾的,对不对?你就是不行。"

"你会大吃一惊的。"一个男人在他身后说。

贾佩特转过身,站在阴影里的人一身帝国制服,但那张脸不对。倒不是说畸形或者怎么着,只不过那张脸他好像在什么地方见过。

"你是谁?"贾佩特叫道,"阿明妮呢?"

那人笑着说:"等着吧,会来的。"

贾佩特眯起眼睛。他见过这人,之前见过,就在不久前。他忽然感觉全身一冷,想起来了。他猛地转过身,生怕那个伍基人就站在他的身后。恐惧绷紧了他的神经,让他不由地后退了几步。

"求你了,索罗船长,别杀我。"贾佩特说,"对不起,那都是巴森的错。是他让我干的。"

索罗摊开双手笑了笑,但那笑意根本没有扩展到眼睛。"你知道这种话没人会相信,是吧?别介意,我自己也这么说过好多次。我只不过是想要告诉你,这话从来都没用。"

"对不起。求你别开枪。"贾佩特说。他脚底一绊,摔倒在地上,鲜花撒了一地。汉握着爆能枪,蹲在他身旁。

"这么说吧。我知道你为什么那么干。巴森许诺过要付钱给你。我是商人,我也懂算术。不过就是因为你,我的货丢了。现在必须得找回来,而你必须得帮我。"

"我帮不了你。"贾佩特说,眼眶里充满了泪花。巴森曾发誓说一抓住索罗就离开这个星球。贾佩特不敢猜测其他人都出了什么事。

"你再考虑一下吧。"索罗说,声音也严厉了起来。

"我想帮!问题不是我不想!是我帮不了。我不知道她在哪儿。她又不是什么都告诉我。"

"她告诉你的东西已经足够你给我下套了。"

"她什么都没告诉我。"贾佩特说,"接头点是我从两个叛军的谈话里听来的。我还帮她干过几次活儿,因为报酬还不错。不过都是小事,其他人转移数据板的时候望个风,收集某些个帝国官员的八卦之类的。"

"已经足够她把你当成自己人了。"索罗说。

"我只见过哈克几次。不过下面八层的地方有个那帮人经常出来混的地方,我也经常去那里,大家喝个小酒什么的,里面有人说他们以后再也不用给哈克跑腿儿了,因为她要撤了。"

"她就是和这种人一起干活儿的?"汉摇了摇头,"难怪会出岔子。"

"我猜,是。他们都说她在喷泉那里接头,我就告诉巴森了,这种消息有时候对他那种人有用。"

"所以说,你对我没有意见喽?你只是想破坏哈克的行动而已。"

"巴森给的钱真的很多。"贾佩特怯怯地说。

"你可别问他钱都是哪来的。好吧,我该怎么去找哈克?"

"我不知道。"贾佩特说。

"肯定有能联系到她的法子。"索罗边说边扭头看了看走廊的另一头,确认没有人跟过来。"她认识你吗?"

"不知道。我说过,我们只见过几次。不过我听说她能记住常人不会注意的东西,所以有可能吧。我真不知道。"

"如果我打死你，会上本地新闻吗？"

"你看，你可以这样"贾佩特双手的手指绞在一起，"你可以去找那个说出她在喷泉接头的人。他叫沃里特，住的地方离这儿不远。"

"也许可以。"索罗说，"打死你也没什么好处。虽然我真的很想打死你。"

沃里特把门打开了一条缝，他只穿着内裤，头发还是刚从床上爬起来的一副乱象，但他马上就睡意全无了。那个帝国军人一身黑制服，戴着黑灰色的帽子，一脸恼怒。沃里特用颤抖的手小心翼翼地将爆能枪顶在了门上。只有一次机会，他必须一枪毙命。

"我是义军同盟的人。"那个帝国军人说，"哈克的接头点暴露了，我需要知道她在哪儿。"

沃里特眯缝着眼睛，手指仍然搭在扳机上。

"我怎么知道你说的是不是真话？"

帝国军人耸了耸肩。"首先，我没有带着五十个冲锋队员一起来。其次，我们现在是在你家门口说话，不是在羁押室。第三，在我提问之前并没有刑讯机器人剥掉你一半的指甲。"

沃里特皱了皱眉。

"哦，"他说，"好吧。"

下方的通风井看起来足有五百米深。汉抓着窗框，手指生疼，感觉好像被点着了一样。要是他刚才把窗口再打开一点，手雷就要引爆了。

墙上并排着各个舱室和公寓的窗户，窗户外面只能看到其他的窗户或裸露的墙壁。头顶往上五层楼架着一座天桥。汉的抓钩钩着空无一人的天桥，抓钩的绳索就像蛛丝一样连接着天桥和哈克的窗户。

他之前在门口折腾了一个多小时，眼前浮现出各种情景——哈克可能已经死在里面，可能被冲锋队或是巴森悄悄制服，也可能只是因为睡得太沉而听不到汉的声音。那时候，从后面绕进去听起来还像是个好主意……

汉挪了挪抓住窗框的手，感觉坚持不了多久了。窗户里，一根黑色的单纤维线连接着质子手雷的拉环上，将这个水壶形的小玩意儿拽到廉价早餐桌的边缘。他看不出手雷的保险是不是打开的，万一是的话，掉到地上就会引发一次足以炸穿飞船舱壁的爆炸。除非那东西连着定时器，但要是这样的话，现在他已经死了。

他用尽全力靠近窗户，把嘴靠在打开的缝隙上，屋子里的空气闻起来一股烤辣椒的味道。

"有人吗？"他急切地向屋内叫道，"能帮个忙吗？有没有人啊？"

屋里没有人回答。汉的手指疼得要死。

这么说哈克不在。她离开了自己的老巢，还给可能闯入的帝国军下了个套。安全的做法是顺着绳索回到天桥上去，不过要想找到有关哈克行踪的线索，就只能到窗户里面去。除此之外再没有其他办法了。

"好吧。"汉自言自语道，"也没那么难，我能行的。"

两只手都抓着窗框可干不成，于是他用右手抓紧窗框，把左手沿窗户缝伸到了公寓里。他左手握紧拳头，右手松开。拳头很大，不会从空隙里脱出来。抓钩绳索也很结实，足够支撑他的体重。尽管疼得要死，但这样一来他的右手就解放了。汉取出爆能枪，弹出储能单元，用小拇指和手掌夹住，没让那东西掉进脚下的深渊。短路用两只手更容易弄，但几秒钟后，他还是弄裂了小匣子，导线的热度渐渐超过了常人可以忍受的水平。

汉肩膀用力，又朝窗户靠近了一些。他把右手伸进窗户缝，捏着短路的储能单元按在窗框和单纤维线连接的地方。血顺着他的左手腕流了下来。头顶上有声音响起，有人从天桥上过来了。他更用力地将储能单元按在线上，一股纤维丝烧焦了的味道渐渐盖过了烤辣椒味。

声音越来越近，越来越清晰。是冲锋队。

"快啊。"汉说，"快……"

公寓内，单纤维线断了，像一缕青烟一样飘落下来。汉拉开窗户，剪断抓钩绳索，从窗户爬了进去。他躺在地上，蜷缩着身子，抱着疼痛不已的手。听起来冲锋队并没有发现什么。汉颤抖着坐了起来，质子手雷的保险是打开的，他轻轻地关掉开关，过了一会儿，显示屏上的字终于变成了"关闭"。

通风井对面的窗户里，一个小女孩正在看着这边。灯光下，一头深色头发非常醒目。汉招了招手，那个小孩打开了窗户，大睁着眼睛探出了身子。

"房卡丢了。"汉大声叫道。

"哦。"那孩子说。

汉笑着点了点头，拉上了百叶窗。

所有房间风格都一样，简单、高效。倒不是说是傻瓜式的，但确实是很高效的样子。卧室里还有衣服。储藏室里的食物也还没坏。这说明斯卡莉特·哈克不久之前还在这儿，只不过现在不在了，没有任何线索表明她去了哪里。

他检查了卧室、浴室还有用餐区，想要找出任何一点能够说明房屋主人特点的东西，但没有什么东西能帮他确定哈克的位置。斯卡莉特·哈克喝苏里亚茶，会在睡觉前解数学谜题。她从附近的餐馆订煎蛋和烤辣椒当早餐。除了窗户上和门上的死亡陷阱外，她和其他人没有什么不同。

汉忙活了一个晚上，太阳就要从城市高耸的摩天楼之上的某个地方冒出来了。丘巴卡此时此刻可能正在一边准备千年隼号，一边担心他出了什么事呢。汉坐在桌旁，感觉眼睛里像是被人扬了沙子一样，手腕也疼得要死。这身帝国制服既廉价又不舒服。他准备收工了，看来今天的运气并不是太好。

汉伸了个懒腰，感觉自己脖子上的关节都在响。肯定有办法，肯定有什么东西能指引他找到哈克，或者让哈克找到他。他使劲揉了揉眼睛，眼前都浮现出了虚假的色块。肯定**有办法**。

他的胃叫了起来。从那次失败的接头之前一直到现在他都没吃过东西。前一天的烤辣椒味儿这会儿闻起来变得诱人了。

他皱了皱眉，往前坐了坐。半满的垃圾筒里有隔夜的茶，还有一块机器人的残片。一张油腻的包装纸上印着她的订单——♯29辣椒、煎蛋——旁边还印着一个通信码、哈克的公寓地址，以及一个女提列克人端着一盘食物的极简主义风格标识。**卡伊烧烤：帝国最棒的桑诺斯菜馆！**包装纸的下面还有一张时间更早的包装纸，再下面还有一张，看来这是她的习惯了。看起来不像是什么重要的事，但汉还是感觉哪里不对。

他对着那堆垃圾皱了皱眉。上面为什么会有她的地址？过了一会儿他就明白了过来。是哈克叫菜馆送到这儿来的。如果能外送到这儿，那她也可能会让人外送到其他地方。汉用手指敲打着那行字，笑了起来。

"我点了一份29号餐。"邋遢的中尉一边用一只手击打着另一只手的手掌一边说，"早就*该*送到了。结果害得我还得跑过来。"

卡伊正靠在吧台上，刚上班不到两个小时她就觉得脚疼了。这人对她大喊大叫，一身黑制服看起来好像是被穿着睡了一夜一样，而且看起来他至少一整天没刮过胡子。午餐之前他就会被他的上司狠狠收拾一顿的，卡伊只能这样安慰自己。

早餐时间的人非常多，六七个不同种族的异族人为了一个站的地方而推推搡搡，没有一个看起来精明干练、有点儿官方精英的样子。所有人都是一副又要辛苦工作一整天的疲惫表情。空气中飘浮着浓重的油脂香气，厨房里不时传出三个提列克男人——卡伊的丈夫和两个兄弟——骂脏话的声音。

"你是什么时候点的？"卡伊问。

"今天早上。"那人夸张地挥着手说。

"确切地说是今天早上几点？"她问，脑后的两根列库因为烦躁而抽动了起来。

"过了很久了。"那人说，"非常久。"

"我看看。"卡伊尽量摆出一副笑脸说。她转身用母语对厨房叫了起来，"泰默！外面这个纳夫牛屁股说他订了份29号餐外卖。"

"就快好了。"她的兄弟说。

"怎么还没送出去？"

她的兄弟拿着包装纸从厨房里探出了身子。"订单是十五分钟前刚打出来的，现在人又多，这就是原因。"

一个青铜色和蓝色相间的运送机器人从他身旁走过，蜘蛛式的银色机械臂端着两份桑诺斯菜，举过人们头顶奔了出去。卡伊叹了口气，转身面向那个中尉。

"看来订单是被耽搁了，先生。"她用基本语说，"就快好了。很抱歉给你带来了不便。"

"没事。"那人说。他笑得温和多了，看起来还有点帅。"包好就拿出来吧，我直接带走。"

"当然，先生。"

"我的意思是，我可不想因为这事儿变成纳夫牛屁股。"

卡伊脸红了，不过那人笑得实在温暖，眼睛里还闪动着喜悦，卡伊不由自主地也笑了起来。

斯卡莉特·哈克租的房子里有两张床，一张用来睡觉，另一张上整整齐齐地放满了她的装备：磁力抓钩；三把爆能枪，都使用可以通过帝国安检的不同材料制造；假识别码序列；安全对策包，每一个碳钢工具都安放在该放的位置上，看起来就像蜈蚣的脚一样；数据存储盘，里面有情报指挥办公室以及上下几层办公室的日程表和内部布局。她所需要的所有东西都已全部就位，只缺一样。

门铃响了，她打开门，看到一个男人正站在门口，手里拿着她的早餐，一脸疲惫不堪又自鸣得意的表情。

"斯卡莉特·哈克。"那人夸张地鞠了一躬，送上了她的早餐，仿佛自己做了一件非常了不起的事。斯卡莉特全身一僵，帝国军官……不过，不对。

"你当送货员是不是太老了点儿？"

"那得看你想送什么了。"那人说，"莱娅说你申请撤离了。"

斯卡莉特微笑着接过那人递过来的早餐。"你迟到了。"

第七章

比起档案照片,斯卡莉特·哈克真人看起来要更犀利一些。她跷着腿坐在没有收拾的床边,打开包装纸,干脆的动作让她那微斜的眉毛和挂着若有若无的笑意的嘴唇平添了一丝职业的韵味。加辣的煎蛋味儿瞬间充满了整个房间,让汉再一次想起自己还饿着肚子。他没有理会饥饿的感觉,而是走过来看看整齐摆放在另一张床上的装备,其中有些东西他也不认识,但他很确定,要是真有个帝国安保部队的军官走进这间屋子,为了不错放一个,方圆半公里之内的所有人都会被处决。

斯卡莉特·哈克叹了口气,她的手指正指着外卖包装上印着的地址。

"我早该想到的。"她说,"真是外勤干太多,马虎了。"

"我什么也没说。"汉说。

一个蓝色外壳的秘书机器人从柜子里走了出来。

"CZ,这位是我的船票;船票,这位是CZ-33。"

"很荣幸能认识你。"机器人用婉转悠扬的男低音说。

"那是自然。"说完,汉又转向斯卡莉特,"我叫索罗,汉·索罗。你可能听说过。"

"可能吧。"斯卡莉特说,她的嘴角又微微上提了一些。"考虑到我干的这种活儿,听说过可未必是什么好事。"

"哦,越早把你从这里弄出去,问题越小。把你的玩具打包一下,我们去港区。丘仔应该已经把飞船准备好了。"

斯卡莉特叹了口气,靠到枕头上。"还有件事情,离开前还有件事得做。"

汉摇了摇头。"不,没事可做了。你呼叫我们派艘飞船离开这儿,船来了,该走了。"

"确实。"斯卡莉特塞了一嘴的鸡蛋说,"但既然我有退路了,有些事就能做了。你也想吃点儿吗?你一直在盯着它。"

"既然你这么说我就不客气了。"汉说。

斯卡莉特·哈克把外卖包装袋撕成两半,把一部分早餐放到上面。

"听说过埃西奥·加拉西恩吗?"

"没有,怎么?这人很重要吗?"

斯卡莉特朝机器人点了点头,"CZ?劳驾。"

一个全息投影仪从机器人的左眼伸了出来,在床头投下几个小小的人形。其中一个男人身型像个运动员,一头齐肩长发,正对着一个畏缩在他面前的年纪更大的人大吼大叫。汉观看着,两个悬浮在空中、跟人类拳头差不多大的机器人,跟着长发男子的手势,狠狠撞向年长男子的肋骨和脸侧。年长的人瘫倒了,脸和膝盖血肉模糊。

"那个有陪练悬浮器的人就是。"

"真有魅力。"汉说,"应该不是你前男友吧?"

"是皇帝宠信的宇航制图员。为帝国最顶层的人完成秘密任务,不对任何人负责,但有时候他也会和安全部门分享情报。他就是个自大狂、狂热症,外加杀人犯。"

CZ 关掉全息影像,加拉西恩消失了。汉接过那张包裹着煎蛋和辣椒的包装纸。里面的东西还热着,那股香气越发让他感觉饥饿,食欲也越发旺盛起来。他用两根手指舀起一大块食物塞进嘴里。那味道比他想象的还要好。

"我刺探他的行动已经一年半了。"斯卡莉特继续道,"之前他去执行一项勘测任务,非常低调,回来时看起来非常、非常高兴。据说他发现了些有意思的东西,那种足以让皇帝重赏这位宠臣的东西。只可惜有人盗取了他在蒂班恩的私人空间站里的全部原始数据,清空了他的系统。"

"那个人就是你吧。"汉说。

"很可惜,不是。"斯卡莉特·哈克说,"是个走了好运的菜鸟。事前没有周密计划,事后也没有善后措施。加拉西恩立刻发现他的系统被入侵了,并且做出了反击。所有佣人不是被杀就是被洗脑重新编程了。"

"真是……"汉坐在斯卡莉特的床边说。

"CZ 和我当时也在他家做工。"斯卡莉特·哈克说,"所以,是的。那场面可不怎么愉快。只要再多三天时间我就能悄悄把他的整个数据系统完整拷贝一份,而他根本不会发现我这么干过。结果呢?我只能在一片冰天雪地里东躲西藏了三个星期,用管子呼吸充满霉味的空气,喝循环水。"

"循环水听起来可不怎么样。"汉说。

"主要是不体面。"

"我仍然为此感到遗憾,女士。"机器人说。

"不过,这给了我足够的时间躲避加拉西恩的追捕。"斯卡莉特继续道,"等我再度回到一个文明的港口的时候,他已经开始新生活了。开着自己的私人歼星舰,去了……什么地方。他们还进行了一次全面调查,想弄清楚那些数据的下落。"她吃完最后一口煎蛋,将包装纸揉成一团,"情报部门的专案组为此专门忙活了一个半月,起码审讯了一百多人吧,其中大概有四分之三出来的时候还算完整。"她把那团包装纸扔过房间,机器人接住了它。

"他们发现什么线索了吗?"汉忍不住问。

"发现了。"

"是什么?"

"不知道。"斯卡莉特露出一个灿烂的笑容,"不管是啥,那东西已经让半个帝国的舰队扔下手头的任务,把情报部门弄得跟火堆上的基卡窝一样。"

"需要我帮你扔掉吗,先生?"机器人伸手问。汉一边若有所思地嚼着嘴里的煎蛋,一边将那半张黏糊糊的包装纸放到机器人蓝色的金属手掌上。

"那个宇航制图员一开始找到的究竟是什么?"他问。

"问得好。我一直想弄明白的就是这个,只可惜那个菜鸟在我得手前把一切都搞砸了。"

"呃,帝国方面找回那东西了吗?有没有弄清楚是谁偷的?"

斯卡莉特摊开双手。"不知道。"

汉挠了挠脖子,"呃,这也太……"

"谁说不是呢。不过有个好消息,情报部门关于这次盗窃事件的最终完整版调查报告的存放位置距离我们并不远,坐出租飞行器只需要十分钟。徒步大概得一个小时。那次数据丢失等于让情报部门悄悄发了场病。现在呢,他们知道的一切都在那里,唾手可得。"

汉咧嘴一笑。"万一另一群菜鸟又捷足先登可就不好了。"

"可能性不大。那些数据都在帝国情报勤务中心一个物理隔离的操作台上,用加拉西恩的私人密匙加密,还载了一个后台监控,即使是复制文件也会触发警报。"

"哦，这可真可惜，姐妹。"汉说，"我可不是收了钱来让情报机关轰掉我的脑袋的。我的任务就是进来，找到你，带你出去。我也只打算这么做。"

"那么，姐妹，你就只能等到我完事儿了。我已经准备了这么久，不可能就这么撒手不管。"

"是兄弟。我叫你姐妹，你就得叫我兄弟，明白吗，这可是……"

"CZ，给我们看下图纸。"

"好的，女士。"说完，机器人就将建筑物的五层剖面图投射到了床头。图纸上的线条闪动着亮蓝色的光。

斯卡莉特把手伸到了全息图里。"第一个问题是怎样进入。情报部门控制着整个八十和八十一层。七十和七十三楼倒是有接口，但是没有获得授权，任何人都进不去。"

"首先你就没有。"汉说。斯卡莉特从兜里掏出一张卡片扔了出去，卡片穿过投影，朝汉这边飞过来。她的照片上的身份信息是三级环境技术员乔亚·赛巴斯蒂奥。"我本来想让你乔装成我的学徒，不过现在，看来弄成随行的护卫应该会更好些。CZ？有办法吗？"

"卡已经制好了，夫人。我擅自做主在先生到达的时候拍了照。"

"漂亮。"

"嘿！"汉说。

"进去之后，我们就一路来到这儿。"斯卡莉特的手指沿着小小的、闪着光的走廊示意图移动着，在图上留下了一道淡淡的绿色尾迹。"那里是传感器和探测器编码监管附属委员会。也是情报部门的一部分，不过安保级别更低一些。这里和这里可能有安保机器人，需要注意。"示意图上出现了两个橙色的圆点。"还有常规巡逻队，走这条线路，还有这条。"图上又出现了两条与绿线相交的橙色线。上面还有一闪一闪的橙色小点实时显示着警卫的位置。

"这个计划糟透了。"汉说。

"这里有个电缆管线检修口。"绿色通道穿过地板向上爬升。"连接屋顶通信塔和位于四十几层的信息处理层的主电缆就从这里通过。要是在里面滑一跤就完了,不过从那里能进入情报勤务中心。我们得想办法从这里过去。"

"因为没人会发现我们。"

"我准备了熔融带。"斯卡莉特说,"还有高强度的抓钩绳索,可以帮我们通过垂直管道,到达这里。"一个亮红色的点出现在了地图上,距离绿线的终点非常近。

"嗯,在那里,一切行动都可以光明正大,事情非常容易,没什么危险。"汉说。

"在那里,我可以用在加拉西恩那里干活时弄来的密码和身份验证文件接入系统,弄一份报告的副本到记忆卡上。"斯卡莉特微微一笑,笑容中既有遗憾又有戏谑。汉又看了看那个小红点,但丝毫不明白斯卡莉特这副表情的缘由。

"好吧。"汉说,"那接下来呢?"

"接下来,整颗星球上所有的警报都会响起来,我们就尽快跑路。"

"咱们再复习一下我的上一个论点:'计划糟透了','根本行不通'。"

"这里还有一点小问题。"斯卡莉特说,"我一直没办法完全破解情报部门的反入侵应急协议。不过好处是这一点我们事先就知道了。没人想得到有人会突破这样严密的安保系统……"

"你应该知道他们想不到是有原因的吧?"

"所以我才要等到迅速撤离行星的后路准备好了之后才行动呀。大家都还没搞清楚状况时会有个间隙。我们得赶在他们缓过神来之前进入超空间，不然就完蛋了。"

汉在全息图里挥了挥手臂。CZ将示意图关掉了。

"我们可是在银河的核心世界，又是为义军干活。"汉说，"绝大多数情况下，这两条加起来就已经够让我们完蛋了。我可以马上带你离开这里，那是因为我是这里最好的飞行员。要是在上飞船前就惊动了安保阵列……"

"你的技术还没好到**那种程度**？"斯卡莉特一脸天真地问。

"没人能好到那种程度。"

"就连在十三个秒差距①内跑完科舍尔航程的人也不行吗？"

"是十二个。"汉咧嘴一笑，"我十二个秒差距就完成了。这么说你还是听说过我的嘛。"

斯卡莉特·哈克笑了笑，又严肃道："为了弄明白加拉西恩到底找到了什么，我已经花费了大量的时间，目睹了很多人的死亡，只是因为我让他们帮过忙。在离开之前，我一定要搞清楚这件事。你想在机库等着，随便，只不过有你加入的话，成功率可能会高一点。"

"你看，这话现在听起来更像是你在求我帮忙。"

"我是在求你帮忙。"

两个人都不说话了。汉用手指轻轻敲打着帝国军靴上的人造革。

"我能从中获得什么好处？"

"吹嘘权。"

"这也太少了。"

---

① 这个典故出自电影《星球大战Ⅳ：新的希望》。汉·索罗向欧比-旺吹嘘自己的成就时错误地把"秒差距"当成了一个时间单位，于是有了这个《星球大战》里和"星战"迷们经常拿来调侃的桥段。

"吹嘘权,外加同盟永远的感激。"

"吹嘘权,同盟永远的感激,再加上三千信用点的绩效奖如何?"

"成交。"斯卡莉特说。

汉眨了眨眼。"你说真的?"

"我本来准备提六千,要是你问的话。"

"那我就要六千。"

"已经说定三千了。"斯卡莉特站了起来看了看时间,"如果一小时内出发,那么到那里的时间应该刚好。你还需要做什么准备飞船的工作吗?"

"飞船已经准备好了。"汉说,"你的宠物机器人呢?它和这活儿又有什么关系?"

"夫人?"CZ问,电子合成音里似乎有某种说不清的意味。斯卡莉特看了看那个蓝色的机器人,脸色似乎也变得柔和了一些。一时间,汉感觉有些尴尬,就好像看到了什么不该看的亲密场面一样。

"就这样吧。"斯卡莉特说,"完事儿之后我们就算扯平了。"

"好的,夫人。"说完,机器人微微点了下头。斯卡莉特拍了拍他的肩膀。

"谢谢。"她轻声说。

汉清了清嗓子。"我错过什么了吗?"

"别担心。"斯卡莉特说,她的声音又变得明快而鲜活了。"咱们再过一遍计划吧。"

CZ再次显示出全息示意图,汉和斯卡莉特花了半个小时的时间把全部细节过了一遍。包括建筑物的入口位置、巡逻队的时间安排、管道的布置方式等。其间CZ打断他们一次,送上了一张印有汉头像的假身份卡,卡上还留着刚从制造机里带出来的热量。斯卡莉特迅速打包好了多出来那张床上的装备,效率高得惊人。所有间谍工具都装进了她的裤缝和衣袖里。

准备工作完成后，汉用通信器呼叫了丘巴卡。伍基人的吼声让通信器上的小喇叭都破了音，声音听上去磕磕巴巴的。

"哦，我现在就在汇报情况嘛。"汉说，"我找到她了，不过离开前还有项任务。"

丘巴卡又吼了一声，声音里充满了警告的意味。

"我也不喜欢，不过我说服她事成之后给我三千绩效奖。你只要确保引擎都热乎着，许可都准备好就行。我们可能得说走就走。"

丘巴卡牢骚地咕噜了一声，斯卡莉特抬了抬眉毛笑了一声。汉也不由得笑了起来。

"嗯，我们能有今天的成绩也不是因为小心谨慎嘛，对不对？"他说。丘巴卡的吼声更大了，用词的肮脏程度似乎也更高了一级。汉关掉了通信器，身旁传来了斯卡莉特的轻笑。

"他可真是太了解你了。"她说。

"我们一起跑船很久了。"汉说，"这么干把握大吗？"

斯卡莉特皱了皱眉，"你是穿着这身衣服睡的？"她说，"这副样子太显眼了。CZ，再帮最后一个忙如何？"

"当然可以，夫人。"机器人说。

"谢谢。"

"谢什么？"汉说，"你跟它有什么好谢的？"

斯卡莉特歪着脑袋，"我们得给你熨熨衣服。有时间的话本来应该再剪个头的，不过现在也只能先这样了。"

"好吧。但我正穿着呢。"汉说。

"那就脱了呗。我们时间不多。"

汉犹豫了。

"如果能让你安心的话，我保证不看。"斯卡莉特说。

"不用。"说完,汉有些尴尬地一把扯下腰带,"想看你就看吧。睁大眼睛使劲看。"斯卡莉特转过身面向房门,手指修长的双手背在身后。汉脱下衬衣、靴子和裤子,递给机器人。

"我没看哦。"斯卡莉特用戏谑的口气说。

"我也没尴尬。"汉对着斯卡莉特的背影说,"我长得好看着呢。"

"确实如此,先生。"机器人说,"请稍等。"

第八章

"你的机器人衣服洗得不错啊。"汉对斯卡莉特说,他们正在通往公寓楼屋顶的电梯上。军官制服不但洗干净熨烫好了,而且似乎也更合身了。不过他找了半天也没看出来机器人到底改了哪里。

"它不是我的。它就是它自己。"斯卡莉特说,但并没有就此多做解释。

楼顶上是造型刻板的空中花园,上面支着花架,还有喷泉。看到长椅上没有人,汉微微松了口气。一个看起来像是帝国军官的人和一个看起来像是维修工的人一起爬进出租飞行器看起来一定是一幅非常奇怪的画面,很容易被人记住。一旦斯卡莉特的计划得以实施,帝国安全部队肯定会全城搜索他们的踪迹。汉已经在码头枪击中留下足够多的踪迹了,没必要让他们再注意到那些事和斯卡莉特·哈克间的关系。

"那边。"说完,斯卡莉特走向屋顶一侧的停泊平台。她按下按钮,召来一艘飞行艇,"身上有信用点吗?"

"有一些。"汉回答。

"给我。"

"我不觉得……"

斯卡莉特不耐烦地伸过手来。"你觉得和下级人员一起出行的帝国军官会自己掏钱吗?"

汉把身上仅剩的一点儿信用点递给斯卡莉特。"我之前也被抢过,但从没像这样不打一架就被抢。"

"我们可以打一架呀,如果能让你感觉舒服点的话。"斯卡莉特边说边抬了抬眉毛。她一边看着汉的眼睛,一边将那头黑发绾在脑后,然后插了两根小棍儿作为固定。

汉抱着胳膊耸了耸肩。"听着,在和你们这帮义军搭上之前,我这辈子都没被人这么支使过。这让我不由得好奇,你们这帮人是不是不知道义军这个词的另一个说法?"

"什么说法?"

"叛匪。"

斯卡莉特仔仔细细地将自己那身维修工连体衣从头到脚摸了一遍,好确认所有工具和标牌都在该在的地方。她那有条不紊的个性让汉既觉得熟悉又感到讨厌。

"我们又不是无政府主义者。"斯卡莉特边说边摸了摸袖子上那个显示她是三级技术员的标牌。"我们有我们的目标,那就是推翻帝国。"

"然后用什么来代替呢?"

"你又不是不知道。"斯卡莉特抱着胳膊,看着同样抱着胳膊的汉说,"你在拿我开涮吗?"

"那只是个说法而已。我也听过你们的演讲,甜心。'光复旧共和国。'对于我这样的人来说,新老板也还是老板。"

"那你为什么还帮我们?"

"要听真话吗？这我自己都没搞清楚。"

不知她是否做出了回应，因为逐渐靠近的出租飞行器的噪音和气流声足以盖过她的声音。她登上飞行器，把地址告诉机器人驾驶员。汉也坐好后，斯卡莉特朝投币口投了一把硬币，飞行器蹿上天空，汉感觉胃被拽得一沉。

斯卡莉特向后靠在靠背上，根本不看汉一眼，于是汉推定这场谈话已经结束了。事实上，自从义军舰队离开雅文后，他就时不时地和自己进行着类似的争论。死星已经被摧毁了，他也获得了营救莱娅的奖赏。对他的悬赏依然有效，贾巴正等着他要么还钱要么偿命。但他还是没有下定决心，还是在不断地接义军的任务，和莱娅、卢克一起消磨时光，做一些过去那个汉·索罗永远也不会做的事。三千信用点是不错，但是在核心世界之外的某个地方跑一趟划算的走私差不多也能赚到这么多钱。要想说服自己做这一切都是为了钱真是越来越难了。

部分是因为要照顾卢克。要是说整个星系里还有谁能那样占据他的脑海的话，那就只能是那小子了。还有部分原则是戏弄帝国带来的快感。

但是他的脑中总有一个声音在不断地告诉他，要是加入"叛军"，那么他的自由肯定会变得越来越少。飞去攻击另一座铜墙铁壁的帝国要塞，这可不是个好习惯。

"那边。"斯卡莉特说。她是在和那个机器人说话。飞行器从两座高塔间降了下去，停在了人行道的高度。

他们来到了一条安静的小街。人行道穿过精心修剪的树木植物，插入了高耸入云的建筑物间漏下的一点阳光中。

"感谢您选择……"机器人刚一开口，汉就一把按下开关关上了飞行器的门，截住机器人的话。

"哪边？"他问。

"那边，再过三个路口。"斯卡莉特指了指，声音冷静而专业。"第二个路口有个帝国警戒哨躲不过去。他们主要负责交通事故和街头犯罪，所以我想军官和技术员的组合应该不会引起他们的注意。"

"要是他们注意了呢？"

"CZ帮你伪造了身份，普通盘查应该都能混得过去。我在自己的身份上下的功夫更多，所以更难识破。"

"好极了。"汉一边说，一边检查腰带上爆能枪的松紧度。帝国的手枪很难用，握在手里怎么都感觉不对。他很担心，万一需要拔枪，自己会因为这个而速度变慢瞄不准目标。

"别再折腾你的枪了。"斯卡莉特低声对汉说。他们俩正走在路上，汉硬生生地把反驳变成了一个微笑。这件制服没有口袋，于是他将拇指插在腰带里，边走边模仿其他帝国军人那种僵硬的姿态。

与他们擦身而过的大多数路人都是一身商务装，步履匆匆，没人愿意费心多看他们一眼。一开始，汉觉得应该是他的制服吓住了他们，但没过多久他就注意到，那些人对任何人都不愿意多看一眼。这里是帝国的心脏。害怕根本不需要理由，恐惧就是生活的一部分。也许这就是他要和义军共事的原因吧。这也算是个不错的理由，尽管这个理由跟其他理由也差不了多少。

岗哨处驻扎着五六名冲锋队员，由一名少尉带队。他们经过时，那名军官对汉点了下头，然后疑惑地看了看斯卡莉特。汉耸耸肩，转转眼珠，摆出一副"你准备干啥"的姿势。那名军官笑了笑，也耸了耸肩，这是个表示团结的动作。嗯，只不过是几个低阶军官为了帝国的"荣耀"尽自己的一份力而已。想到这儿汉不由得感觉有点儿恶心。

他们一路畅通无阻，一直走到帝国情报勤务中心的入口处。巨大的金属大门宏伟至极，看上去好像连歼星舰级的涡轮激光炮都不怕的样子。汉和斯卡莉特走到门口，大门自动打开，里面负责守卫的是二十名冲锋队和两名军官，其中一名军官旁边的墙上有一个巨大的红色按钮。汉觉得，那应该就是警报按钮，一按下去，大门就会迅速关上，速度快得能将一只班萨切成两半。

"站住。"一名军官专横地抬起手说。尽管都戴着头盔遮着脸，但他身后的冲锋队员的姿势还是透出了厌烦的意味。"身份。"

"索洛洛中尉。"汉边说边将新制的假身份卡递了过去，尽量摆出了一副同样的厌烦样子。"乔亚·赛巴斯蒂奥。"等到军官看完汉的身份卡抬起头看她时，斯卡莉特说，"环境技术员，三级。"

"事由？"

"通风系统故障。"斯卡莉特边说边拍了拍腰带上的工具。

"在安全限制区。"汉点了点头，"还得有人浪费一整天时间看她拉电缆、补破洞，猜猜谁那么倒霉？"

"我们可以派人护送她。"那名军官说。啊哦，汉想，貌似演过头了。

"不，不用了，我都已经来了。你们还是继续，嗯，守卫吧。这可是最要紧的。"汉笑着对那人点了点头。

"检查通过。"军官说。他身后的冲锋队员们分成了两拨，给汉和斯卡莉特让开路。

"瞧见了吗？"他们通过检查，走过一条长长的走廊，来到涡轮电梯前，斯卡莉特说，"一点儿问题都没有。"

"一说'没问题'，接下来肯定什么事儿都会出问题。"汉说。

他按下电梯开关，门后的装置发出了激活的声音。

"真高兴有你能告诉我这些。"斯卡莉特回答。

一个身着平民服装的人从侧面的大厅走了出来，在他们身旁停下。那人个子很矮，挺着个大肚子，头也是秃的。他对汉和斯卡莉特笑了笑，却没有看他们的眼睛,然后就踮着脚小步来回走动着,低声吹着不成调的口哨。电梯到了,汉让斯卡莉特先进去,自己走进电梯后,把一只手放在那人的胸口说:"你等下一趟。"

"什么?我……"那人刚要开口,电梯门就关上了,将那人和他没说完的话都关在了外面。

"他要是向别人投诉可怎么办?"电梯开始上升后斯卡莉特问。

"不会的。他可是帝国的好公民。要是每次被军官欺负都投诉的话,他就其他什么事都没时间干了。"

"也可能已经被人给打死了。"斯卡莉特说。

"嗯,也有可能。"

斯卡莉特从腰带和衣袖里取出工具,开始为接下来的工作做准备。剪刀、传感器,还有用来沿竖井爬到安保层的抓钩,等等。每样工具都有特定的用途,每一样工具都得到了精心保养,随时可以派上用场。汉想起了千年隼号上那些到处胡乱堆放的工具箱,并在心里提醒自己,他们登船前一定要让丘巴卡去整理一下。

电梯门打开了,外面是一条帝国灰涂刷的走廊,两侧各有一排小一些的舱门。"适合埋伏的地方真是太多了。"说着,汉将手按在了自己的爆能枪上。

"右侧十一扇门后。"斯卡莉特边说边快步走了过去。汉跟在后面,边走边不时回头看一看。

"你在这层干什么?"一个声音问,汉赶紧扭过头,一个高阶帝国军官正一脸不屑地盯着斯卡莉特,那个军官背着双手,一副不可一世的样子。斯卡莉特赶紧低下头,想要快步走过去。那人走到前面用身体挡住她再一次问道:"我说,你在这层干什么?十层以上任何时候都不容许非军事人员进入。"

"呃，我——"斯卡莉特开口道，不过那个军官已经转向了汉。

"你！你应该知道处理进入安保楼层的非军事人员的规定！你的上司是谁？"

"长官。"汉装出一副温顺怯懦的语调，"我们就是去修一下通风管——"

"上尉！"那个军官叫道，"要叫我上尉，中尉。"汉从不知道中尉这两个字里能有这么多鄙视的意味。

"是，上尉，长官。我的意思是……"

"你。"那个军官微微侧身，用下巴指了指斯卡莉特，"你被捕了。先关进羁押室，一个小时之内就会有刑讯机器人来审问你。"

"我觉得这只是个误会。"汉说。

"至于你。"军官转向汉继续道，"没有因为玩忽职守而被枪毙就算你运气了。告诉我你上司的名字。我要叫他立刻过来处理你的事。"

汉摆出了一副最人畜无害的笑容，同时把手伸向了爆能枪。是时候关照一下这个大嘴巴的白痴了，一劳永逸。这点子真是熟悉而又亲切。

汉的爆能枪还没离开枪套，那个上尉就转了半圈，脑袋撞到了墙上。斯卡莉特站在他身后，双手举起，膝盖微曲，汉过了好几个心跳才反应了过来，斯卡莉特摆出的是格斗姿态。

那上尉撞到墙上，又弹回来，跌跌撞撞地转向斯卡莉特，脚下踉踉跄跄。斯卡莉特飞起一脚踢在他的胃上，呼的一声将他踢得跪在了地上。接着斯卡莉特又是一脚，这次踢在肩胛骨上，将军官一脚踢倒在地。斯卡莉特又上前一步，用手臂从他身后锁住脖子。军官微弱地挣扎了一下就再也不动了。

斯卡莉特站了起来，脸因为刚才的剧烈运动还有些红，但看起来一点疲倦的意思也没有。

"他死了?"汉问。

"爆能枪收起来。"斯卡莉特回答,"在这里开火的话,所有警报都会被触发的。"

"好吧。"说着,汉将枪塞回了枪套,"他死了?"

"没有,你的身份卡能打开这些门吗?我们得把他从走廊里弄出去。"

汉按了下最近那扇门旁的按钮,门轰的一声打开了。"能行。"

那是一间小型会议室,一张小桌,六把椅子,里面没人。汉把昏迷的上尉拖了进去,毫不客气地扔在了桌子底下。斯卡莉特则朝他们的目的地走了过去。

"准备好了?"她问。汉点了点头。

斯卡莉特输入密码,门打开了。里面是一个小型技术工作站。墙上到处都是控制面板和显示器,看起来就是那种连接电缆用的房间。

不过在房间的中央本来应该是管道接口的地方却有一个巨大的控制台,一个帝国军官正在旁边操作着。

"我就说这个计划糟透了。"

"有什么事吗?"那个军官问。

"我们没走错吧?"斯卡莉特的这个问题并没有具体的对象。

"非军事人员……"军官开口道。

"不得进入这个楼层。"汉替他说完了,"我们知道。可是,这里应该有条主干线路,有一个管道维修口。"

军官点点头。"是的,但上次安全审计的时候我们觉得这是个安全漏洞,于是把线路重联了。空出来的地方刚好放通信安全工作站。你们需要找电缆管道吗?"

"倒也不完全是。"斯卡莉特回答。自从他们见面以来,汉第一次看到斯卡莉特露出了一丝不知所措的样子。

"这么说,你是负责通信安全的了?"汉问。

"是的。"军官点了点头。

"你的通行卡能进入我们上面的情报勤务中心所在的楼层?"汉微微一笑,一副充满激励的表情。

"当然能,不过他们不可能让非军事……"汉拔出爆能枪,敲向那名军官的脑袋,动作流畅自如,那名军官浑身瘫软地从椅子上滑落到地上。

斯卡莉特朝汉眨眨眼,张嘴想要说些什么,又闭上了嘴放弃了那个念头。

"我们已经试过你的计划了。"说着,汉拿过那人的通行卡,"剩下的活儿就按我的来吧。"

第九章

"这就是你那个更好的计划?"斯卡莉特低声说。

"是。"汉低声回答。

情报部门就是整个西奥兰,或者说整个帝国核心的缩影。墙上、地上、门上一点鲜艳的色彩都没有。只有斑驳的黑灰色阴影。空气里有一股刺鼻的气息,让汉想起清理好血迹、维护完好的审讯室的味道。

"偷张通行卡,然后大摇大摆地走过去。"斯卡莉特说,"我怎么就没想到呢?你知道吗,咱们死定了。"

"没人会注意的。"汉说,"而且是个人迟早都会死。"

"一点儿安慰效果都没有。"

"要么我们干等着,等你再想个不管用的计划出来。要么按我的方法,长痛不如短痛,还能趁早离开这个破星球。"

主控台前的警卫抬起头看了看他们,脸上的表情好奇多过警觉。"你们是不是走错楼层了?"

汉笑着挥了挥手里的通行卡，脚步一点儿也没有减慢。"特别许可。有人把通风系统的电源接到安保设施里了。我们得在造成损失前把它弄回去。"

门卫站了起来，皱了皱眉。"没人告诉我呀。"

"斯克里尔将军不喜欢我们公布未经处理的安全漏洞。"

"斯克里尔？"警卫说，他的眉毛都快抬到脑门子上了。

"一会儿就好。"说着，汉已经走到了厚厚的不锈钢门前。他把通行卡在读卡器上一滑，指示灯哔的一声由红变绿。大门打开了。"看到了？"

他们进入数据中心，斯卡莉特取出存储盘和口袋里的诊断接入器。旁边蓝色的光芒下，无数黑色的陶瓷支柱微微闪着光。除了冷却液的嘶嘶声和供能继电器那几不可闻的嘀嗒声之外，几乎什么声音都听不到。斯卡莉特走向最近的瓷柱，手指拂过表面，找到了控制面板，将诊断接入器插了上去。瓷柱发出一声尖响，上面闪过一排排红色的警示代码。

"有问题吗？"汉问。

"有几个。"斯卡莉特说，"不过这个不是问题之一。"

她的手指在操作界面上优雅地移动着，红色渐渐变成了微弱的蓝色。她从另一个口袋里取出一张安全卡，插入接入器的空卡槽，然后将存储盘插入黑色的瓷柱。

"好了吗？"

"马上就好。"斯卡莉特说，"那么你是怎么加入义军的？"

"什么？问这干啥？"

"随便聊聊。"斯卡莉特说。

"一个老头和一个小孩需要搭船，而我需要钱。"汉说，"那之后就纯粹是运气不好了。"

瓷柱响了一声，斯卡莉特取出数据盘。诊断接入器的界面一闪，开始运行重启程序。

"我们得马上离开这间屋子。"斯卡莉特说。

前台的警卫一脸阴沉,手指无聊地敲击着控制台。汉的心都悬到了嗓子眼儿,手指也不由地又伸向了自己的爆能枪。

"好啦。"汉说,"电源的问题弄好了,还有……"

警报响了起来,他们身后的不锈钢门咣当一声关了起来。警卫站了起来,手里紧握着爆能枪。他还没来得及瞄准,汉就一枪将他击倒在地。两个人快步朝外门跑去,外面的走廊里,红色的警报灯在闪烁,身着帝国制服的男男女女惶恐万端地乱作一团。

"我们得下到街道层去。"斯卡莉特说,"有条补给传送带连接这里和码头附近的设施。"她停在电梯前,所有的电梯上都显示着黑红相间的紧急锁定标志。她从腰带里取出一根小撬棍,撬开控制面板,"我们需要穿过仓库。"

"呃,这些我都知道。"汉说。

斯卡莉特麻利地剥出三根电线,重新连接好,又塞了回去。电线上不断有电火花闪出,但她理也没理。电梯上的指示器恢复了正常状态。电梯门打开,里面有十个冲锋队员端着枪看着他们,一时间,所有人都一动不动。

"啊。"汉说,"谢天谢地,可算是,呃,遇见你们了。你们知道这里有个安全漏洞吧?"

"我以帝国的名义命令你站住!"其中一名冲锋队员叫道,斯卡莉特已经又拔出了电线。电梯门立即关闭,挡住了一阵乱射。斯卡莉特低声咒骂了一句,又撬开了另一块控制面板。

"没时间了。"汉说,"他们用不了多久就能把门打开。"

"我能搞定。"斯卡莉特咬着牙说。电梯门发出轰的一声响,好像是从里面被轰击了。汉不安地挪动着步子。那排电梯旁的一扇门上有手动控制的标志,是楼梯间。汉全身的肌肉都紧绷了起来,似乎是在催促他赶紧跑。斯卡莉特骂了句脏话。电梯门打开了一点儿,一根爆能枪管伸了出来。

"好吧,别再耍什么小聪明了。"汉一把抓住斯卡莉特的肩膀说,"快跑!"

那条楼梯一直向下延伸了一百多层然后又上升二十多层,每一层都被一闪一闪的红色警报照亮着。汉和斯卡莉特一步三个台阶地大步飞奔着,身后不时传来各种混乱而愤怒的叫声。汉大口喘着气,两条腿火辣辣的疼。到楼底的距离似乎并没有变短。

汉停下脚步,尽管他自己也不太清为什么要这么做。斯卡莉特又下了半层,也停了下来,回过头看着他,眼中满是疑惑。不过不一会儿斯卡莉特就也明白了过来,她也听到了:是越来越近的脚步声。汉趴在栏杆上向下看,就在下方距离不到十层的地方,警报的灯光在扶手上投下了移动的阴影,是士兵们正在上来。

"这边。"斯卡莉特边说边朝距离最近的一扇门跑去,但是汉一把拉住了她。

"楼顶。"汉问,"楼顶怎么样?"

"楼顶上什么都没有。没有飞行平台,没有天桥行道。只有通信塔和空气。"

脚步声越来越响了。汉开始转身向上跑。

"索罗?"

"跟上!"汉叫道,"我有个主意。"

向下跑已经够费劲的了,向上跑则还要糟糕一千倍。每一层台阶似乎都比刚才更长。两人跑过情报勤务中心,来到他们进来时的地方,又从那里跑了过去。身后,门被踢开的声音和扫描机器人的尖叫声不时传来。汉强鼓着劲儿继续向前,全身的肌肉感觉都要烧了起来。下方似乎有人在叫,接着一道亮红色的射束就射了上来,烧灼着楼梯井里的空气。

"得加把劲儿啊。"斯卡莉特说。

"我已经在加劲儿了。"

"还得再快些。"

斯卡莉特停在了下一层楼的楼梯口,把什么东西绑在扶手上。汉靠在墙上喘着气。

"我昨晚一整晚都没休息。"汉说。

"好吧。"

"我就是告诉你一声,平时我跑得比这快多了。"

斯卡莉特抽出一根比头发还细的单纤维丝绑在门把手上,拉过台阶,就在齐腰高的高度。红色的警报灯光下,那东西几乎看不见。下面的脚步声更近了。

"这是……"汉咽了口唾沫,"这是什么玩意儿?"

"这是新争取到的几秒钟时间。"斯卡莉特说,"走吧。"

汉转过身,使劲迈开步子。他们又上了两层,正用肩膀蹭着墙爬楼时,楼下响起了放电的爆裂声。先传来的是一个人惊恐的叫声,接着另一个人的叫声又将前一个人的声音压了过去。

"是咱们干的,对吗?"汉说,"咱们干的?"

"能让他们慢一点儿。"斯卡莉特说,"但愿你所谓的主意真是个好主意。"

"我也'但愿'。"

他们终于跑到了顶楼楼梯口的门板前,感觉好像已经过去了一小时、一天,又好像只过了几秒。门板上面覆盖着一层抛光的金属网格,透过网格,汉能看到外面的亮光。斯卡莉特刚从腰带里抽出一个电子解锁器,汉就一枪打在了锁上。伴随着一阵烟雾和震动，网格打开了。

"这样也行。"斯卡莉特说边把解锁器收了起来。

屋顶展现在他们眼前，满是各种管道、网格状的人行道和大型通信塔。最高的通信塔足有一百多米高，直插云端，塔内的支架和楼梯清晰可见。汉指了指高塔。

"那边。"他说，"快走！"

他们奔过高低不平的地面，冲到高塔的阶梯下。与此同时，第一个冲锋队员也冲上了楼顶，朝他们举起了枪。汉把斯卡莉特推了上去，接着自己也跟了上去。他一只手抓着栏杆，一只手掏出通信器。能量束不时从他的身旁飞过，将高塔的钢架灼烧得一团漆黑。

"你的计划还有什么内容？"斯卡莉特边爬边问。

"我正忙着呢。"汉说。通信接通了，"丘仔！是我。快告诉我千年隼号已经准备好了。"

通信器里传来了伍基人的叫声。

"'快好了'可不行。"汉说，"我现在就需要你。我在帝国情报勤务中心楼顶的通信塔上，一大堆人正冲我开枪呢。"

丘巴卡的叫声又从通信器里传了出来。屋顶上已经涌入二十多名冲锋队员。他们的指挥官正在大幅度地打着手势，看起来仿佛是在笨拙地摇摆。斯卡莉特已经上到了梯子顶部的架子上，她停了下来，翻找着腰带上的工具。

"我有个更好的主意。"汉说，"要不你先飞过来接我，然后我再跟你解释这一切是怎么发生的？"

斯卡莉特拿出一根黑色的圆柱体夹在指间，脸上浮现出满意的微笑。汉朝那东西疑问地点了下头，斯卡莉特则摇了摇头。她做出"你继续"的口型，并趴在他们刚上来的梯子上摆弄了起来。丘巴卡还在咕哝着。屋顶上，冲锋队正在有条不紊地包围高塔。

"不，没事的。"汉叫道，"她和我在一起。我们都在塔上。我们需要你把我们从这儿弄出去。"

汉又来到另一节梯子前，他回头看了看。斯卡莉特正弓着腰快速朝他这边跑。身后一团红色的火焰在之前的梯子上升腾而起。丘巴卡又叫了起来。

"哦，你可能得试试不申请许可就起飞。罚金从我那份里支出。"

道道爆能枪的光束穿过钢架，激起阵阵火花。汉回击了几次，根本不在乎有没有瞄准。通信器里时不时地还会传来丘巴卡的吼声，但汉根本听不清他在说什么。通信随即中断，斯卡莉特也追了上来。

"你干什么了？"汉对着斯卡莉特身后点了下头问。

"还记得我准备用来进入竖井的熔融带吗？那东西正在熔化梯子呢。反正我们也用不着了，不是吗？"

"确实用不着了。"汉说。说完两个人就继续向上爬。

他们爬得越来越高，塔身的支架也内收得越来越近。冲锋队围住了塔基，不时向上射击，不过大部分火力都被钢架和蛛网般的梯子与管道挡住了。斯卡莉特不断地破坏着身后的路。他们只有不断向上，最后爬到了一个小平台上，塔身的四条支柱在这里汇成一点。他们距离地面大概有七十多米，剩下的三十米只能踩着焊接在塔上的把手上去。这么高的地方，就连钢架都在风中微微摇晃。汉觉得自己的双腿就像细绳子一样，后背生疼。斯卡莉特的头发都贴在了脖子和额头上，整个人在风中瑟瑟发抖。熔融带都用光了，她两只手里各握着一把爆能枪。下方的冲锋队员看上去就像一个个白色人偶。高塔摇摇晃晃，金属吱嘎作响。

"嗯。"斯卡莉特·哈克说。

"你说什么？"

"下面。"

汉探着身子向下望去。四个冲锋队员正吃力地摆弄着一门小型等离子炮,他们的指挥官在对着他们大叫,距离太远,听不清他在叫什么。

"他们不会那么干的。那样连塔都会一起毁掉。"

斯卡莉特咧嘴一笑。一时间,她看起来更像是个沉浸在混乱所带来的愉悦中的自然精灵,而不是一个精于算计、冷静理性的间谍。不像个军人,倒像是个罪犯。"我们也许已经让他们觉得那么做也没那么不妥了。我就是奇怪,他们怎么不呼叫飞行器。"

"飞行器?"

"是我的话就会。弄几架双人飞行器或者是一个战斗机器人,直接把我们击落,根本不用在地面上费那么大劲儿。"

汉点了点头,然后把头靠在金属支架上休息了片刻。三十米,要爬也得费点儿劲,他不敢确定自己是不是还有那个劲。他闭上眼睛,听到了那微弱而又熟悉的引擎声。是了。就是这个。"也许是因为还有其他东西要他们忙活吧。"

"比如?"

"快。"他说,"我们得抓紧了。"

城市在他们周围延展开去,灰色的轮廓在阳光下显得明亮而模糊。下方不时有鸟群在巨大的建筑间飞过。阳光照亮了云朵。汉的手脚感觉到了一阵震动,是等离子炮。过了一会儿,他才听到了爆炸声。他竭尽全力向上爬。斯卡莉特紧跟在他的身后,他每抬起一只脚空出一个把手,斯卡莉特的手就握了上去。风非常冷,空气稀薄。第二炮让整个通信塔都颤动了起来。每前进一步,塔顶黄色的导航灯光都变得亮一分。

"快到顶啦,索罗。"斯卡莉特·哈克说。她声音虚弱,喘息不止。

"上面可没有顶。"汉说,"看。"

地平线上，在比最高的建筑稍高的地方，出现了一幕雷暴似的景象。黑色的阴影不断翻腾，笔直的、亮如闪电的光束不时划过。在飞行器、机器人、帝国警察和港务执法人员组成的风暴映衬之下的，就是千年隼号那美丽的灰色身影。高塔又抖了一下，开始倾斜。汉朝空中开了三枪。四枪。千年隼号调整了航向，朝他们飞了过来。

"准备好。"汉说，"机会只有一次。"

放出舷梯时，千年隼号微微倾斜了一下，随即又调整好了姿态。飞船的速度很快，但丘仔不能把速度降得太低，半个西奥兰的飞船都跟在千年隼号后面呢。汉爬上塔顶，尽量不去理会眼前的深渊。斯卡莉特爬了上来，站到他的身旁。她的眼睛很亮，脸上带着笑意。

"计划一般。"她说，"不过很有格调。"

千年隼号的船腹射出雨点一般的能量束，打散了下方的冲锋队。舷梯迅速放下，在空中拉出几道凝结尾流。汉深吸了一口气，看着自己的飞船越来越近，越来越大。

"跳！"他大叫着飞身一跃。

忽然，他恐慌了起来，觉得自己错过了时机。一夜没睡，又被一堆枪子儿追着爬了一百米。之前的那天过得也不怎么样。错过百分之几秒也是完全正常的。他觉得自己就这么飘在空中，死亡近在眼前。斯卡莉特在他的右侧，形状一片模糊，高举的双臂就好像是在庆祝胜利一样。

舷梯撞上了汉的身体一侧，他在舷梯上弹了几下，感觉好像全世界都一下子变小变安静了。等到他回过神来的时候，耳中能听到的只有引擎的尖啸，作动器收起舷梯的声音，还有斯卡莉特的笑声。汉坐起来，看了看斯卡莉特。斯卡莉特正在咧着嘴大笑，她的头发乱成了一团，一头撞上飞船时嘴唇也被划破了，牙上全是血。斯卡莉特摇了摇头，仿佛是要把那些都弄干净。

她伸出一只手把汉拉起来。意识到自己正紧靠着斯卡莉特的身体，汉有些不自在了。他是男人，斯卡莉特可是女人，最奇特的是，他们刚才居然都没有死掉。

　　"嗯。"斯卡莉特一边擦嘴上的血一边说，"剩下的就是比较难的部分了。"

第十章

爆能射束击中千年隼号护盾的声音不时传来。丘巴卡为了甩掉追兵，将推力杆猛地推到底，飞船猛地一颤。驾驶舱里传来伍基人的吼叫，听起来却好像相隔千里。金属吱嘎作响，飞船的上层结构在巨大的作用力下开始变形。

"抱歉，宝贝，我知道这对你来说太粗暴了。"汉说。

"再糟的我也见过。"斯卡莉特边说边皱起眉，"还有，别叫我'宝贝'。"

"飞船。我说的是飞船。"汉边说边跌跌撞撞地沿走廊跑向驾驶舱的方向，"这顿炮火都是因为你。你得对它好一点儿。"

丘巴卡正坐在副驾驶席上，系着安全带，猛拉操纵杆，操纵飞船在城市里爬升。帝国飞行器紧追在后，等离子炮和涡轮激光的绿色炮火不时从飞船旁擦过。身后的控制面板上，红色的指示灯正在不停闪烁，提示护盾已经过载。

汉一屁股坐进驾驶席，并点头指了指旁边的座位。斯卡莉特会意坐下，系上了安全带。

"嘿，伙计。多谢救命。"汉说。

丘巴卡吼了一声，挥手指了指所有的损伤指示。

"嘿，相信我，完事儿之后，公主殿下会为飞船上的每道划痕付钱的。"

"'公主殿下？'"斯卡莉特问。

"说的也不是你。"说完，汉猛地一拉操纵杆，驾驶千年隼号大角度倾斜，躲开了一股密集的火力。等到飞船飞得平稳一些了，他扭头看了看斯卡莉特，"你看，并不是所有东西都和你有关。"

"我也没觉得所有东西都……"斯卡莉特开口道。

"嘘。"汉说。斯卡莉特愤愤地闭上了嘴。汉指了指前方已经由深蓝变为黑色的天空，"我们已经飞出大气层了。那些飞行器追不了我们了。"

丘仔解开安全带，朝船尾走去。

"嘿！你要去哪儿？"汉叫道。

丘仔回吼了一声，但一点停下脚步的意思都没有。

"哈！"斯卡莉特说，"看来觉得你的计划糟糕的人不只我一个。"

汉转过座椅面向斯卡莉特，"嘿，我可是把你完好无损地从这个星球上弄出来了。还帮你把那些珍贵的数据从帝国安保措施最严密的机构里弄了出来。你说到底谁更牛呀？"

斯卡莉特翻了翻眼珠。汉忽然想起了一件事，"嘿，你会说伍基语吗？"

"除了伍基人之外没人会说伍基语。"斯卡莉特说，"呃，我是说，点个饮料，问问卫生间在哪儿我还行……"

斯卡莉特忽然不说话了，她睁大了眼睛，脸色苍白。

"这是怎……"汉开口道。

斯卡莉特摇了摇头，指了指汉的身后。汉转过椅子，看到四艘帝国歼星舰正在朝他们的方向驶来。

"啊。"汉说,"这个应该是预料之中的才对。"

"快。"斯卡莉特说,"快把我们从这儿弄出去。"

"我已经很快了。"汉边回答边调转航向,把推力杆一推到底。

"再快点儿。"斯卡莉特说。

"你继续叫。再喊勤点儿说不定还有点用。"汉打开了飞船的内部通信系统,"嘿,伙计,我需要你来稳定飞船护盾!"

一声伍基人的怒吼响彻了整艘飞船。

"啊,你又没跟我说你已经在忙了,我怎么能知道你已经在忙了啊?"

斯卡莉特解开安全带,来到副驾驶的座椅上重新系上安全带坐好,"告诉我需要做什么。"

"调整后部偏导护盾,弹开他们的火力。"汉说,"我们还需要时间计算跳跃。"

"要多久?"

飞船一晃,侥幸躲过一艘歼星舰的远程炮火。"要更久了。"汉一边说,一边在计算机前敲击起来。

"这台导航电脑有多老了?你还在用米纳希-吕跳跃协议跳跃吗?"斯卡莉特一边问,一边飞快地操纵偏导护盾。汉不得不承认,她的技术非常娴熟。不过不知道够不够对付四艘同时盯上了他们的帝国歼星舰。

"也没那么老啊。"汉反驳道,"再说我本来就打算去升级的,只不过最近太忙了。"

"忙?"

"对抗帝国。"汉边说边用系统能接受的最快速度输入跳跃数据,"你应该听说过那些事吧?冲锋队、死星、达斯·维达?"

歼星舰的距离更近了,火力也更加凶猛,千年隼号又剧烈颤抖起来。

"你的脾气可真不好。"斯卡莉特说。

"去年和以上三样都干过仗的人请举手。"说完,汉就自己举起了手。

斯卡莉特笑了起来。"你还是专心开船吧。"仿佛是为了印证她的话,飞船又在一轮炮火中剧烈颤动了起来。

"我们进入他们的射程了。"汉说。他操作着控制台,让千年隼号向右来了个急转。歼星舰的速度很快,火力也很猛,但转起弯来就像喝醉的班萨。他还得为导航电脑再争取一点时间。

"哦,真令人失望。"斯卡莉特说,飞船还在剧烈的炮火中颤动着。

"什么令人失望了?"

"这些。"斯卡莉特说,四架TIE战斗机排着菱形编队与他们擦身而过,然后又向左滚转,再次朝他们飞来。"我们能甩掉他们吗?"

"可以试试。"

"那就试一下吧。"

偏导护盾发出了紧急警报,船尾的护盾眼看要失效了。

"丘仔!"汉对通信系统大叫道,"我们需要护盾!"

一长串大声的吼叫响彻整艘飞船。

"你朋友说脏话真有天赋。"斯卡莉特说,"导航电脑如何了?"

"很好,就快好了。"汉叫道,趴在控制台前低声说,"加油啊,宝贝,赶紧。"

TIE战斗机掉转航向朝千年隼号飞来,激光炮不断开火。汉驾驶飞船急转躲避,想要让宽扁的船体穿过炮火。护盾不断地受到轰击,舷窗外已经变成了一片刺目的白色。警报再次响起,船首的护盾也快失效了。

"丘仔!"汉再次在通信系统里叫道。

"不如这样……"说着,斯卡莉特掏出了一个东西想要插到电脑上。但她没有弄成,控制台在一片火花中一下子断了电。她拍了拍衣服,扑灭了上面的小火苗。

"你干什么了?"汉一脸难以置信地问,"你干什么了!"

"我什么也没干!"斯卡莉特吼了回去。

汉一拳打在控制台上。"加油啊,宝贝儿,醒醒啊!我们可正在挨打呢。"

控制台闪了一下,然后就又黑了。外面的TIE战斗机一个急转又朝他们冲了过来,火力全开。

丘巴卡的叫声从后舱传了过来,就在控制台又亮了起来的同时,护盾警报也停了。

"看到了吗?"斯卡莉特说,"我就说了不是我!"

"干得好,伙计。"汉在通信系统里说,"你能再劝导航电脑快点儿吗?"

丘巴卡叫了一声,显然是在表达对汉只表扬了这么一句的失望。

"你想让我们都被炸飞吗?你觉得那样如何?"

丘巴卡咕哝了一声。

"你就这么一个朋友是吧?"斯卡莉特说,"也难怪。"

"丘仔可不是我唯一的——"汉刚说了半句,就又忙着操纵千年隼号躲避起TIE战斗机编队的下一轮进攻。警报再次响起,是歼星舰靠近了,那些大家伙上面成排的涡轮激光炮火力可强多了。千年隼号面对TIE战机还可以周旋,一旦进入歼星舰的射程,帝国的大家伙足以瞬间撕碎它的护盾。

汉在导航电脑控制台上拍了几下,催促电脑再快些。"还有卢克·天行者,举个例子。"

"谁?"斯卡莉特边操纵偏导护盾应对即将到来的歼星舰的威胁边问。

"我的另一个朋友。"汉说,"好朋友。起义军的英雄,非常好的朋友,卢克·天行者,嗯。"

"我知道他是谁。"

"知道你还问。"

"我没太注意你在说什么。"斯卡莉特说,"可以跳跃了吗?"

TIE 战斗机已经不再向他们射击了,而是紧逼飞船,想要迫使他们转弯。TIE 战斗机承担的任务就是:把飞船逼向重型舰只,让歼星舰的巨炮解决敌人。典型的帝国战术。汉一边在心里赞赏他们的技术,一边思考该如何干掉他们。

"去炮塔。"汉说。

斯卡莉特大笑起来。"你觉得我们能杀出一条路来吗?"

"试试又不会死。"

"得发生奇迹才行。"

仿佛是要让她的话应验一般,四架 TIE 战斗机飞速离开了他们。歼星舰也笨拙地转向行星的方向飞去。千年隼号上的警报一个接一个地停止了鸣响。

汉连气都不敢出,但什么事也没有发生。帝国飞船还在不断地远离。

"他们……这就走了?"斯卡莉特难以置信地问。

汉坐在椅子上,抱着脑袋。"我有没有说过我是最棒的?"

"你觉得这都是你的功劳?"斯卡莉特问。

"我承认,这不是我的最佳成绩。"汉解开安全带站了起来,一边查看导航电脑一边说,"五艘,我的最佳成绩应该是五艘。"

"五艘?"斯卡莉特问。

"歼星舰。以前有一次从塔图因走私香料,我和五艘歼星舰周旋过。那才是我的最佳成绩,如果没记错的话。不过四艘也不错了,已经比你们这些普通太空飞行员能对付的多多了。"

"你就是。"斯卡莉特点了点头,"你就是在抢功劳。不是你把他们赶走的,是他们自己走了。肯定是出其他事了。等一下。"

她戴上丘巴卡的耳机,然后开始搜索信号,那东西的头环几乎和她的小臂一样长。"我不知道。军用频道里听着挺吵的,不过都是加密信息。肯定是有其他事在让他们忙。你就不担心吗?"

"一点儿也不。"汉一边用拳头敲打着导航电脑一边说。他又坐回到了椅子上。"因为断电,电脑要重启一下,不过马上就会好的,我们马上就能超光速跳跃了。你马上就能和你的义军伙伴们见面啦。"

"你,"斯卡莉特说,"就是个疯子。考虑到他们居然派你来接我,我都怀疑起我的'义军伙伴们'到底有多喜欢我了。"

汉靠在椅背上,夸张地捂住胸口,笑着说:"你可伤到我的心了。把你从巨大的邪恶帝国里救出来的可是我呀。"

丘巴卡踏着重重的脚步回到驾驶舱上,吼了一声。

"嗯,干得确实不错。"汉说,"不过你可别想让我们的这位朋友再夸你了。看起来她更喜欢说风凉话。"

丘巴卡又吼了一段颇为复杂的内容。

"哦。"汉说,"那我们还是在我们的帝国朋友决定回来前抓紧时间修好吧。"

"怎么了?"斯卡莉特在丘巴卡走开后问,"我没太听明白。伍基语的技术术语我不太熟。"

"丘仔说重启的时候电流把导航电脑的几个线路搞坏了。不是啥大事。他马上就能弄好。不过我们已经挨了一顿打,这趟的差旅费绝对不会便宜。所以我希望你拿到的那什么东西对义军来说确实值这个价。"

斯卡莉特笑了笑,一副不敢相信的表情道:"你可别忘了,在帝国军队被其他事情吸引走之前,你除了挨打外可是什么都没做。"

"你看,你要么说可就不地道了……"

"而且这可是帝国最危险的星球之一,我在这儿花了几个月的时间费尽心思，你却质疑我的价值？"

"嘿，姐妹，我可没想到你会把在我面前证明你的价值看得这么重。"汉咧嘴一乐。

斯卡莉特刚要张嘴说什么，敌情警报就又响了起来。

"他们回来了？"她问。

"没有。"汉看着那艘接近的飞船说，"是其他东西。"

斯卡莉特身子前倾，在副驾驶的控制台上飞快地按了几下，"西纳舰队系统公司的设计。"她说，"不过改装了不少，看起来像是 NM-600 系列的。"

"等一下，我认识这艘船……"

伴随着几声杂音，通信系统激活了。

"汉·索罗，我的老朋友。"

汉惊讶地摇了摇头，"巴森？我没打中你吗？"

巴森·雷笑了起来。"当然打中了，孩子。我正在努力从哲学层面接受这个事实，不过挺难的。之前你说过的一些话可伤我的心了。真的残忍得很。"

斯卡莉特疑惑地看着汉。汉关掉了通话器。"巴森·雷，赏金猎人。就是因为他我才没有马上找到你。他端了你的接头点，给我下了个套。"

"你被赏金猎人盯上了？"

"还在吗？"巴森问，"告诉我咱们还有交流空间，孩子。二话不说就这么开炮射你我会伤心的。"

汉再次打开通话器。"嗯，啊，嗨。呃，巴森，老伙计，我们正准备跑路呢，不过等见到贾巴麻烦你给带个话儿，我会马上带着现钱过去的，真的。"

"孩子啊。"巴森吼道，刚才假装的那些幽默全都被抛到了一边。"我好像已经解释过了吧？没有你我就不能回去，不然插在贾巴长矛上的可就是我的脑袋了。当个乖孩子，准备迎接我登舰吧。"

"好吧。"汉说，"这个问题的回答是'不'。然后呢？"

"那我就把你炸成渣，装在瓶子里带给贾巴。"巴森说，他的语气听起来非常讲道理。

汉再次关掉通话器。"丘仔，电脑重启怎么样了？"

"所以你还是按我说的做吧。"巴森继续道，"说不定我会放伍基人和那个女人走呢。这种条件我可只提一次。"

"他是不会放过你的。他会把你卖给帝国。"汉对斯卡莉特说。

"这我相信。"斯卡莉特回答。

汉再次打开通话器。"是这么回事，呃，巴森，这样如何？你去塔图因等我，我直接把钱给你。贾巴那份由你交给他，跟他解释清楚误会，这样一来大家共赢。"

伴随着几声响动，汉身后的导航电脑重启完毕。斯卡莉特悄悄挪了过去，低声问："去哪儿？"

哪儿都行，只要快。汉用唇语说。

"索罗，我的孩子。"巴森说，"你把我当傻子，这可真让人心痛啊。就连断手的伤痛都没有你的轻视让我伤心。不知道你有没有想过自己为什么这么不受欢迎，这可能就是原因呀。你的自我感觉太良好了。"

"我的朋友多的是。"汉说。

"不，不，我亲爱的孩子，你没有朋友。你那些都只是同伙而已。"

斯卡莉特忙着准备跳跃。丘巴卡似乎让一切都运转得不错。虽然巴森看不到，但汉还是靠在椅背上，咧嘴一笑，说："又被你看穿了。你总是这样，一眼就能看透我。"

"我敢打赌你刚才正在庆祝自己从歼星舰那里逃脱了吧，嗯？"

斯卡莉特眯缝着眼睛，一副"我说什么来着?"的表情。

"呃。"汉说，"我可不敢……"

"是我，孩子。我给帝国频道发了一条假消息，说叛军舰队正在逼近。那是个更大的威胁，需要调动所有可用的战力前去应战。我用他们的一个星系外警戒哨放出消息，至少给你赢得了一个多小时的时间。"

"这也管用?"汉说，真奇怪自己之前怎么没想到。

"两个选择，要么逼我杀掉你，要么关掉引擎，咱们像绅士一样把这事儿了结了。我在贾巴耳边说几句好话，没准儿能替你省掉不少痛苦，谁知道呢。"

丘巴卡探头看了看驾驶舱，吼了个问题。汉指了指顶层的炮塔，伍基人笑了两声，然后大摇大摆地离开了。

"考虑到我把你的手都轰掉了，你还肯替我考虑，实在是值得赞颂。"汉说。

"你是要激怒我吗?"巴森问，"还是说你打算拖延时间?"

"不，不，我完全没有那种意思。"汉说，"只是希望在回答你问题的时候你不会走神。"

"嗯，这个目的你已经达到了……"巴森还在说话，但汉已经关掉了通信频道。

"让他尝尝。"汉通过内部通信频道对丘巴卡说。

顶层炮塔倾泻出连串炮火，重创了巴森的飞船，汉一把将推力杆推到了底。

"完事了没?"他问斯卡莉特。

"快了。"斯卡莉特说，"那家伙好像真的很恨你呀。"

"我也不怎么喜欢他。不过这暂时也没什么要紧的。丘仔！给我使劲打，坚持到我们跳跃！"

伍基人吼了一声作为回答，顶层炮塔的火力一刻都没有停。

"好啦。"斯卡莉特说，"完工。"

"希望你真懂自己干的活儿。我们这就……"汉的"出发"两个字被尖厉的敌情警报给打断了。飞船在巴森的激光炮火下颤动了起来。那几炮击中了飞船的顶部，其中一炮还打中了驾驶舱。护盾警报又响了起来。

"快快快！"斯卡莉特叫道。她是在催促计算机，不是汉。一股力量像锤子一样击中了千年隼号的后部，是巴森发射的导弹，不过损伤似乎还不算太严重。这是一枚哑弹，可是下一枚可能很快就会袭来。丘巴卡冲进驾驶舱，愤怒地大吼起来。

"系好安全带。"汉对他说，"我们这就走。"

"等一下。"斯卡莉特说，"飞船上还插着一枚导弹呢！跳跃的话不会……"

她的话还没说完，汉就启动了超空间驱动器，周围的星空变成了一道道细线。

第十一章

星空静止了。控制台上，六七个不同的警报在滴滴作响，指示灯和错误代码在不停地闪烁。汉面前的屏幕上有一道长长的裂缝，不过还好整块屏幕还没在战斗中碎成两半。汉瘫坐在椅子上，深吸了一口气，然后又愉快地呼了出去。战斗时的紧张感已经消退，此刻的汉只觉得浑身发软，有些头晕。身旁的丘巴卡愤愤地吼了一声。

"怎么？"汉说，"这不成了吗？"

"太惊险了。"斯卡莉特说，"我们真的安全了吗？还是说插在你船上的那枚导弹马上就要把我们都炸死了？"

"要么安全，要么不安全。"说着，汉站了起来，"我去看看到底是啥状况。丘仔？我们这是在哪儿呢？"

丘巴卡夸张地耸了耸肩。

"哦，那你看看能不能确认位置吧。我们已经成功跳跃一次，再来一下就彻底脱险了。"

"我得接入你的电脑。"斯卡莉特掏出偷来的数据盘说,"我需要解码。"

"丘仔用不着的都归你。"汉边说边走出舱门,"不过记着,优先计算跳跃数据。"

"是,船长。"斯卡莉特说,她的语气里混合着戏谑与讽刺。

"算你识相。"汉反击道,不过此时此刻没有什么能够影响他的好心情。并不是每次战斗都能给他带来好心情,但今天的这场还不错。等到肾上腺素消退,疲惫感袭来,他很可能会一下子崩溃掉,但在那之前还有好多事要做呢。

汉顺着梯子爬上炮塔,把脸紧贴在透明钢上,这样刚刚能看到巴森的导弹击中飞船的地方。那是个灰绿色的圆柱体。长度可能在一点五米到三米之间——取决于插入千年隼号的部分到底有多长。看着像电缆线一样的东西散落在导弹周围。汉退了回来,运行诊断程序,发现导弹击毁或是切断了部分电力系统,周围冷却液泄漏得很厉害,那些电缆样的东西可能就是凝结的冷却液。没有爆炸物和入侵蛋白的痕迹。也没有微型机器人被注入进来拆解飞船或是阻碍跳跃。如果有弹头的话,那弹头也没有爆炸或激发,应该是哑弹,不过要是能把这玩意儿从飞船上弄下来,感觉还是会好很多。

丘巴卡吼出一长串出了毛病的系统的名单。无源传感器天线的信号时断时续。一个货运驳夹开裂卡住了。加速补偿器的能量波动触发了超空间驱动器保护性关闭。左舷的护盾发生器过热,很可能是冷却液泄露的缘故。

汉掰了下指节。

"更糟的情况我也见过。"他说。

丘巴卡大吼了一声,船体深处的某个地方,女人的笑声伴随着那吼叫声传了过来。

汉不记得自己是什么时候睡过去的。他能想起来的最后一件事就是手脚并用地爬过一片狭窄得几乎无法穿过的空间，嘴里咬着液压扳手，第三次调整动力耦合器。接下来他就在自己的铺位上从如夜空般深沉的睡眠中醒了过来。汉翻了个身，打了个哈欠，慢慢坐了起来。他感觉自己后背僵硬，身体右侧因为擦伤一直在疼。他还穿着那身黑色的帝国制服，上面满是油渍和褶皱。他脱下制服扔到一边。船上的计时器显示，他已经睡了差不多十四个标准时。他又迅速查看了飞船的主要数据，看起来这段时间里丘仔一直在努力干活。除了冷却液泄露和无源传感器天线偶尔断路外，飞船已经能够出发了，至少在身上插着一枚导弹的情况下，已经达到了所能期望的最好程度。

穿上衣服前，汉先检查了一下身上的伤痕。手腕上是挂在斯卡莉特·哈克的窗户外时受伤留下的血痂。屁股和肩膀上有撞到千年隼号舷梯上时留下的青紫色的瘀伤。胸口还有一道长长的擦伤，这东西的来历他倒是想不起来了。他就像这艘飞船一样伤痕累累。想到这儿，他摸了摸飞船的甲板，感受到了引擎那微弱的震动。

"我们又逃过了一劫。"他轻声说，"虽然就差那么一点点。"

他又等了好久，就好像飞船会回答他一样，然后才穿上了衣服。

休息室内，斯卡莉特正和丘巴卡坐在小桌旁，吃着各自骨色碗里的食物。汉下来时，斯卡莉特抬头看了看，随即露出了明快的欢迎笑容。她穿着一条深色裤子，浅色的开领衬衫看起来有点儿大。汉觉得自己就好像刚刚和兰克比画了三个回合，而斯卡莉特则像是刚度假回来一样，根本不像是在绝望、欺骗、秘密和暴力中煎熬了几个月。

"早上好啊，睡神船长。"她说。

"你也好。"汉回答，"你穿的是我的衣服吗？"

斯卡莉特耸耸肩。"我也不想这么穿，只不过这次出来带的行李实在太少了。"

汉转向丘巴卡。"你把我的衣服给她了?"

丘巴卡指了指自己身上的皮毛,抬了抬粗大的棕色眉毛。

"好吧,说的也是。"汉说。

"你要是不乐意的话……"

"没有的事。"汉说,"完全没问题,你穿挺好看的。"

斯卡莉特假装整理了一下妆容,然后就继续吃了起来。事实上,当她放下深色的长发,甩掉身处危险的紧张,汉觉得她比在西奥兰时有魅力多了。她的眉毛是两道弯弯的曲线,笑容里透着戏谑,脸上略显古怪的线条让她无时无刻不带着一丝俏皮的挑衅神情。汉对着桌上的碗点了点头,不由地笑了一下。

"还有什么剩的吗?"

"我们给你留了点儿。"斯卡莉特冲着他身后的案台点了点头。汉转身拿起剩下的那只碗。碗里大概有半碗食物,是软软的绿色叶子和肉糜混合物。与此同时,斯卡莉特把自己碗里的东西吃了个一干二净。

"是你做的萨比耶?"

斯卡莉特摇摇头,然后朝丘巴卡的方向点了点头。

"看来我这位朋友对你有点小爱慕啊。"汉说,"他从不给我做萨比耶。"

丘巴卡哼了一句,又咧嘴笑了笑。

"谁说我不懂欣赏?我现在不就在欣赏吗?"汉满嘴食物地说,他又转向斯卡莉特,"嗯,尽管导弹还插在飞船上,不过看起来一时半会儿还爆不了。其他情况都很好,我们会把你带回舰队的。"

斯卡莉特点点头,又低下头对着碗底说:"说到这个……"

"不行。"

她抬起头,一副假装单纯的表情。"不行?"

"不管是啥都不行。我的任务就是飞到帝国的心脏地带，找到你，带回去。现在这里面已经附加了从严密防护的情报机构盗取数据的内容。我可是已经干了好多原来不打算干的事了。不论你又想要求什么，答案都是不行。"

"我已经破译了密码。一开始加拉西恩的编码确实把我给难住了，不过我对安保机构的习惯也有足够的了解。文件里是对数据失窃的完整调查报告，不过也有一些部分暗示了被盗数据的内容。加拉西恩发现的可不是什么小玩意儿，那东西可能很有用，毫无疑问也很危险。他已经去进行后续调查了，帝国担心得要死，就怕他完成调查前情报先被泄露了出去。"

"嗯，我敢说起义军舰队的各位将军会很乐意听你汇报的。"

"关键是他们已经查出那个贼了。"

汉又吃了一口萨比耶，然后用指甲掏牙缝里的肉。"不管怎么说都是不行。"

"那家伙是森达韦利益共同体雇来的。听说过吗？"

"当然听说过。都是些埃尔卡辛恩和萨宁来的三流军火走私犯。绝大多数都是克兰丁人，也有几个人类。在被赫特人没收所有玩意儿之前，他们的名头还挺大的。"汉说，"不过这情报不对。帝国的任何数据对森达韦共同体都没什么用。他们如今只是一群小虾米而已。"

"他们自己可不这么看。"斯卡莉特说，"按照帝国情报部门的说法，他们很有野心。那个窃贼名叫亨特·马斯，是个人类。看起来他有个带领共同体复兴的宏伟计划。大概来说，他打算利用那些偷来的数据为共同体谋取更大的利益，如果不行，就给自己谋个出路。至于你和我在帝国情报部门的那些朋友？他们都不喜欢这个计划。想知道他们的应对措施吗？"

"应该是些让人不爽的玩意儿。"汉说。

"一支齐装满员的打击力量——突击部队，五千名常规冲锋队员，还有皇帝的特别许可，可以清空任何太空航路，暂停任何现行法律和帝国规章。"

汉不由得瞪大了眼睛，但他用大笑掩饰了过去。丘巴卡咕哝了两声，收拾起了桌上的碗。

"姐妹。"汉说，"如果你想通过这种法子劝我加入，那你的技术也太差了。之前我的回答是不，现在是一百个不。"

"这数据对帝国至关重要。"斯卡莉特探着身子，胳膊肘支在桌子上说，"不管加拉西恩要找什么，那都是他们非常在乎的东西，在乎到可以让他们变通法令，而他们憎恨变通法令。"

汉细嚼慢咽着嘴里的食物，嘴角闪过一丝笑意。帝国居然也有害怕的时候，这种念头他可一点儿也不讨厌。丘巴卡笑了两声，摇摇头，转身朝厨房走去。

"为了防止别人发现加拉西恩的目标，他们会杀死很多人。"斯卡莉特说。

"我可不会是其中之一。而且更重要的是，你也不应该是。等到一回到舰队……"

"等回到舰队就太晚了。一周前他们刚对南蒙尔的共同体基地进行了一次侵袭。亨特·马斯逃走了，不过他们动员了核心世界一半的远程侦察舰。这个数据里说，他们接到的命令是找到他，然后呼叫突击部队，杀死他以及所有知道那些情报的人。必要的话可以烧融整颗星球。"

汉把最后一点萨比耶倒进嘴里，嚼了嚼，咽了下去。整个过程中斯卡莉特都一言不发地看着他。驾驶舱里的警报响了一声，然后又归于沉寂。

"那么，你的意思是，尽管我和义军之前达成的条件并不是这样，而且我之前的作为也已经远远超出了这些条件，但你还是想要我介入帝国的大型狩猎派对，阻止他们把那个小混蛋变成一团油脂。"汉说，"而你的理由仅仅是帝国不想让我这么干。"

"对。"

"那我就跟你理清楚我不同意的理由。首先,拯救那些自以为能够干掉皇帝的蠢蛋不是我的职责。其次,我的飞船上还插着一枚没有爆炸的导弹,我需要到一个条件不错的友善港口,找几个排弹专家,帮我在加固码头里把它给弄掉。第三,我的回答是……"

"帝国不知道马斯的去向。我知道。我们能在他们之前找到他。"

"我的回答是'不行'。"他说完了,顿了一下才又说道,"等一下,你知道他的去向而他们不知道?你是怎么知道的?"

"丘巴卡告诉我的。"

"丘仔?"

"呃,他告诉了我很多最新情况,是我根据那些情况自己想出来的。"

"我不知道你是根据什么想出来的——"汉说,不过下句话他自己咽了回去。还没确切意识到是什么之前,恐惧的苦味就淹没了他的嗓子眼。

一个小型犯罪集团把从帝国盗取来的情报当作赌注,押到一张巨大的赌桌上。这张赌桌大得足以决定银河系的未来。如果他是亨特·马斯,那么他的选择就只有一个:那个叛乱分子、盗匪、罪犯和自由战士联盟的秘密集会。他会去基亚穆尔,把自己介绍给义军同盟,成为同盟的新盟友。

所以,等到帝国的大锤落下的时候,被砸死的将不光光是森达韦利益共同体的残部,义军的各个潜在盟友也将难以幸免。那些没有来参会的也会因为参会人员的尸首而变得止步不前。

更重要的是,莱娅也去参会了。

"丘仔?"汉站了起来说,"你在哪儿呢?"

他进入驾驶舱,调出星图,开始规划从这个鬼知道是哪里的地方前往基亚穆尔的路线。这条路线并不是距离最短的,不过只要稍微偏离这么几度……

丘巴卡摊开两条长臂出现在了门口,又吼又叫,但汉理也没有理会。这次跳跃规划得并不完美,也不干净利落,但在可行性上没有什么问题,这就足够了。

"我正在准备跳跃。"他说。

伍基人咬着牙又叫了几声。

"上一回也没爆炸嘛。"汉说,"所以这一次应该也炸不了。巴森买军械的时候向来一毛不拔。所以他才在食物链底端绝望地挣扎,而我们却在银河系遨游驰骋。"

丘巴卡愤怒地举起双手,不过汉十分了解他,看得出来在那戏剧性的表演之下,丘巴卡其实松了一口气。斯卡莉特也抱着胳膊从走廊里探出了头,她眯缝着眼睛,双唇微张,看起来就像个发现了特别有趣的新样本的科学家。汉没有理会她。

"我们这是要跳跃到哪儿去呀,索罗船长?回舰队吗?"

汉看着屏幕上的读数。冷却液泄露影响了很多不同的系统,不过都没有严重到会影响跳跃的程度。应该没有,但愿吧。

斯卡莉特坐在副驾驶座上,看起来非常瘦小——这个座位的主人通常都是丘巴卡。"不打算去基亚穆尔了吗?"

"想听我的回答吗?"

"想。"

"我的回答在这里。"汉指了指斯卡莉特,低垂着眼睛说,"做人太聪明不招人喜欢。"

第十二章

基亚穆尔大气上层，宏伟的山脉上卷起亘古不变的上升气流，数千种鸟类就在这长风中飞翔。长久的经验已经教会了这些动物躲避那些穿过稀薄大气层下降的飞船。千年隼号飞入大气层，炙热的尾气周围不时有鸟群盘旋。白色的云朵映衬着黑点般的鸟群，看起来就像是宇宙的负片。汉趴在控制台前，打心眼儿里确信下一秒钟就会有无数的小尸体撞在碎裂的屏幕上，撞坏起落架、维修面板，将本来就已经一团糟的飞船弄得更加不堪。不过那些鸟儿都很有经验，早早就让开了路。

刀锋般的白岩山脉穿过云层，当地的植物在山上织出一道道纹理，仿佛是攀附在墙壁上的常春藤。山顶冰盖的颜色如浮云一般，山峰之间的裂谷都有五六英里深，最深者甚至可达十英里。侧风让飞行变得十分困难，岩石和坚冰筑起的高墙则让这趟旅程变得更加危险。

"你确定我们没走错吗？"汉问，"我怎么什么都没看到？"

丘巴卡张大嘴叫了两声。

"我知道我才是飞行员。"汉说,"可是你不是在负责……"

"那边。"斯卡莉特说。她越过汉的肩头,指了指断崖上一片颜色暗淡的区域。那是种金属的灰色,一侧有种棱角似的形状。是激光炮。如果不算鸟群、狂风和山石的话,这就是塔拉斯廷城的第一道防线。他们飞驰而过,要塞的炮口紧随着他们飞行的方向转动着,无线电通信也被激活了。

"嘿,身份不明的货运飞船,我们有约吗?"

"没有。"汉说,"我们没时间提前申请飞行路线。"

"那你们可就有麻烦了。"

"我们是……呃……和奥德朗难民救济合作社一起的。"汉说,"也是代表团的。"

"哦,啊。你们是义军同盟的?我们很尊重你们,但尊重并不意味着有地方安置你们呀。"

丘巴卡又抱怨了起来。眼前的山谷正变得越来越窄,两侧山峰的距离越来越近。

"能帮我们查查看吗?"汉在无线电上问,"如果只能掉头出去的话,那我就得抓紧时间了。"

"好啊,稍等。"

左侧的悬崖上趴着一个像蛇一样的东西,侧面的鳞片闪着金光,比千年隼号还要长。汉不耐烦地敲打着控制台。丘巴卡哼了一声,减慢航速。那只蛇形生物将黑色的眼睛转向他们,同时张开了大嘴。

"燃料还够吗?"汉问。

丘巴卡吼了一声回答。

"太糟了。"

"哦。"斯卡莉特说,"至少看得出他们不是帝国的。"

"嗯。"汉附和道,"比起过度监管,我宁愿选择低效和腐败。"

伴随着导航信号，无线电又响了起来。"好啦，身份不明的运输船。你们去四号船坞三号泊位。不过你们们得为没有事先提交飞行计划交笔罚款。"

"交什么？"汉说。

"规矩又不是我定的，老爷爷。不喜欢的话就飞走吧。"

"得交多少？"

"大概八百信用点吧，不过你这人看起来还不错，打个折四百，就此完事儿。"

"宁愿选择低效和腐败？"斯卡莉特笑着问。

"我们这就过去。"汉叫道。

"欢迎来到基亚穆尔。"无线电里的声音说，"祝你们玩得愉快。"

塔拉斯廷城位于狭窄的谷底，所有的建筑物都紧紧地挤在仅有的那几平方公里平地上。城中最拥挤的地方，各种建筑物都沿着两侧的悬崖延展上去。高耸的山脊让城里几乎终日不见阳光，只有每天中午阳光直射的时候能看到几个小时的太阳，整座城市就像是在井里一样。

汉跟随着导航信号来到了开凿在山脊一侧的泊位。整个峡谷里有几十个类似的结构在发光：苍白岩石上的拱形洞穴里挤满了各种运输船和货船，时不时地还有小型战机在洞口露头。基亚穆尔空气潮湿，闻起来有股木头的味道，让人感觉身处雨林。一个老式的 LOM 礼仪机器人朝他们走了过来，它的胸壳上有一块旧伤造成的杂色，凹陷已经被扳回原位，外面镀了一层铜。汉让丘巴卡去和那个机器人讨论泊位费和税费的问题，他自己则仔仔细细地绕着千年隼号转了一圈，从外部查看飞船受到的损伤。帝国的战机和飞行器在飞船表面留下了不少伤痕。船体上布满烧黑的焦痕，电路板和作动器烧焦的味道闻起来熟悉得令人悲伤。

那枚导弹——如果真是导弹的话——牢牢地插在船体上。周围那些黏糊的东西不仅仅是冷却液。灰绿色的圆柱体上有一些肉眼可见的结构，嵌进了千年隼号的金属船体。斯卡莉特来到了他的身旁，他们俩都抱着胳膊，看起来就像是彼此的镜像一样。

"跟踪信标？"斯卡莉特问。

"是啊。"

"这么说你那位叫巴森的朋友知道我们的动向了。"

"是啊。"

"真遗憾。"

"呃。"汉说，"也许我们运气好，他跳跃出来的时候正好遇到帝国的大规模进攻。"

两个人都不说话了。

"不开玩笑，我会让丘仔先去把这东西拔掉。"汉说。

"好主意。"

价格谈妥后，老机器人摇摇晃晃地朝办公室走去，丘巴卡则拖出了修理用的工具包。汉和斯卡莉特穿过在山岩上凿出的隧道进入了城市。街上到处都是简陋而粗笨的畜力车，拉车的是看起来紧张兮兮的蜥蜴。一个海象模样的阿夸利什女人在阴暗的人行道上走来走去，低价售卖着飞船部件。空中不时有安保巡逻机器人飞过，不过它们似乎对什么都不加理会。头顶上那一缕真正的天空正在从下午的湛蓝变成傍晚的金色。

汉去过无数个类似的地方，它们遍布整个银河。自然，每个地方的细节各有不同，感觉却是一样的。有的有一个恒星系那么大，有的小到仅仅是酒馆里面的一间小黑屋，到处都是这种情境的缩影：权威少了一点，自由多了一点，谈判的内容可能包括藏起某个漫天要价的人的尸体。若要寻求正义，可以求助于当地官员，也可以先大打出手，再给收拾烂摊子的酒保留下一笔小费。那可都是暴力之地，但也充满了各种乐子，同样也都不能长久。通常食物都很烂，音乐会好一些。只有在这种地方，一群非法团体、宗教和政治运动的代表才能聚到一起进行谈判。任何一个更有秩序的地方——不论是帝国控制下的秩序，赫特人控制下的秩序，还是黑日犯罪辛迪加控制下的秩序——都不会受到这种谈判的参与者的欢迎。汉深深地吸了口气，紧张的感觉逐渐消退，之前他都没有发觉自己一直有那种紧张感。

"回家真好。"他说。

"你是基亚穆尔人？"斯卡莉特一边挥手召唤蜥蜴车一边问。

"从没来过这儿，也不打算久待。只是因为这儿不是核心世界罢了。"

赶蜥蜴的车夫是一个左眼上长着暗绿色斑块的德雷斯尔人，他朝他们点了点头，拽住蜥蜴的皮革牵引绳，问："去哪儿？"

"大家都去的地方。"汉爬上蜥蜴车坐好，然后准备伸手拉斯卡莉特上来，但斯卡莉特已经从另一头上了车，根本不需要帮助。

"最高议场。"车夫说，"你们和阿索斯家族一起的？"

"谁？"

"阿索斯家族。"车夫边说边爬上蜥蜴的后背，那蜥蜴看起来挺紧张，不时摆动两下身子。"你们是来传教的？"

"不是。"汉说。

"很好。"车夫吐了口痰，"最讨厌那些扯淡的宗教了。"

蜥蜴开始前进，从静止到全速一点过渡也没有。城里的街道又窄又黑又挤。飞行艇和蜥蜴车摩肩接踵。运输机器人在街上横冲直撞，就连过十字路口也不看周围的交通状况是否容许通行。蜥蜴车的坐垫又脏又旧，还朝中间陷下去，汉和斯卡莉特·哈克坐在上面，由于重力的作用不由自主地靠向对方。斯卡莉特的目光越过街道，掠过他们经过的爬满藤蔓的石壁。街上的小贩在大声叫卖，用到的语言足有十几种，卖的东西从新摘的水果到电脑硬件，再到各种武器不一而足。

"我有个问题。"斯卡莉特说,"你之前说过,如果义军胜了,他们最后也会变成他们所反对的那种东西。你说这话的时候是真心的吗?还是只是为了吸引眼球?"

汉咧嘴一笑。"我在说真心话的时候也能吸引眼球。"斯卡莉特的眼神并不严厉,但里面也没有多少温暖的成分。一个乞丐跑到街上,蜥蜴跌跌撞撞地绕了过去。汉耸耸肩。"嗯,我说的是真心话。"

"那么如果我们胜了,你会起来反对我们?"

"我这人很专一的。"汉说,"如果最后我们落得个相互敌对的下场,那变了心的肯定不会是我。"

斯卡莉特想了想。"你觉得所有政府都一个样?"

"我觉得所有那些爱告诉我什么能干什么不能干的人都一个样。看起来你并不这么觉得。"

"我觉得,你可以窝着双手捧住水,但握紧拳头就不行。"斯卡莉特说,"这只是个比喻。"

"我知道这是比喻。"

"我不太确定你知道,因为……"

"我知道什么是比喻。"

车夫在蜥蜴身上转过身看了看他们。"你们俩真不是传教的吗?"

"真不是。"汉说。

最高议场是一座独立的圆顶大厅,横贯整个山谷。建筑与山体同色,拱形结构一层一层逐级上升,直到顶部光滑的石质穹顶。建筑物的底部停着几十架小型飞行器、飞行艇、蜥蜴车和其他交通工具,将街道和小巷堵了个水泄不通。一眼看过去,汉就已经发现了十几个不同的智慧种族,绝大多数都是同类相聚,警惕地盯着外人。金属大门里,一个格兰人正用全部三只眼柄礼貌地看着三个一身黑袍、怒气冲冲的鲁纳人。斯卡莉特探身拍了拍车夫的肩膀。

"我们从这儿走过去吧。"她说。

"好极了。"老德雷斯尔人说,"反正再往前也没地方停车。"

汉跟那人结账,与此同时,斯卡莉特下了车,朝那个格兰人的方向走去。从汉站着的地方可以看,街上那些外星人对斯卡莉特都很感兴趣。又来了个新人,所以人都立即表现出了好奇:她的身份,她的立场,她会如何改变圆顶下正不知进展如何的会谈的平衡。

汉赶上来时,斯卡莉特正在向格兰人致谢,并向三个鲁纳人鞠躬做正式道别。汉还没来得及说什么,斯卡莉特就挽住他的胳膊,温和而坚定地看了看他,朝打开的大门方向使了个眼色。

"我们得去三楼的回廊。"斯卡莉特说,"同盟的代表团正在开会。"

"走吧。"

最高议场的内部和外部一样华丽,甚至犹有过之。露台花园精致可人,看起来就像是长在墙上的一样。头顶的巨大穹顶上,排成圆环的十二盏明灯缓缓旋转着,整个议场都沐浴在有如正午阳光的光芒之下。到处都有人在谈话,在争论,在带着一脸的阴沉愤怒或狡猾好奇观望。汉很清楚,每增加一个派别,谈判的难度都会呈指数型增长。仅仅是从庭院里走过,他就能感受到聚焦在他们身上的目光产生了仿佛辐射热一般的效果。那种人人都在玩心眼的感觉确实让人很有压力。汉有些惊讶,居然没人过来让他把爆能枪放在外面。

宽敞的石阶从庭院里绕着一根巨大的石柱渐渐上升,石柱上刻着许多张汉不认识的某个种族的脸。拾阶而上,一个开放式花园出现在眼前,两列穿着不同颜色制服的加莫人正在互相争吵,一对录音机器人穿插其间,试图记录下他们的每一声尖叫和每一句咕哝,忙得不可开交。另一组台阶通向左侧,连接着上面一层。

"你确定我们没走错吗？"汉边往上走边问。

"不确定。"

他们走上一个筑有石头栏杆的宽阔露台，那个露台可以俯瞰下面围墙内的花园。两个身着亮黄色长袍、剃着光头、戴有颅骨植入物的人正站在栏杆旁，他们目不斜视，植入物上的灯一闪一闪的。斯卡莉特想要拉着汉绕过他们，但汉一把将她拉了回来。

"在下面。"说着，他指了指栏杆外的地方。

下方围墙内的花园里，几个人正坐在花园里的一张石桌旁，一边是三个人类，一边是两个罗迪亚人。两个人类男性穿着同盟最高指挥部的制服，坐在中间的莱娅穿着一身白色长袍，别着亮蓝色的胸针。她的头发盘在脑后，表情里带着快乐、愉悦乃至慷慨的意味，但汉只看了一眼就断定，那表情假模假式得就跟梅里亚的三角马一样。

"这边走。"说着，斯卡莉特进入了露台边上的一条拱廊。拱廊里，一条窄一些的台阶通向花园，两个人三步并作两步地走了下去。来到公园边缘的凹室时，两个罗迪亚人已经站了起来，颇为敷衍地向那几个人类鞠着躬。莱娅的笑容里什么信息也没有透露。她的姿态就像提列克舞者一样优雅闲适。汉停下脚步。再等几秒钟就好，他们不用打扰莱娅的会面。

行礼结束，罗迪亚人离开了，边走还边用母语交谈着。汉来到园内，斯卡莉特站在他的身旁。看到他时，一名指挥官惊讶地抬了抬眉毛。

莱娅转过身，她的脸线条柔和，苍白的脸颊上泛着一丝红晕。不用再讲究礼节后，她显得有些疲惫，讥讽的笑容让她的嘴唇显得更加纤薄。她的目光在汉和斯卡莉特之间来回移动。

"看来不是什么好消息吧？"

第十三章

"我们得走了。"汉说,"现在就走。"

莱娅看着汉,就好像他是在胡言乱语似的。汉几乎可以感觉到那种轻蔑神情的重量压在他的身上。

"好吧。你跟她说。"汉转向斯卡莉特,想要把莱娅的注意力转移到别人身上。斯卡莉特上前一步,点头行礼。

"公主,我们在追踪一个名叫亨特·马斯的罪犯。他的手里有帝国非常想要保密的情报。"

"不对。"汉打断了她,"不对,这可不是我们眼下要干的事。"

"我没听过那个名字。"莱娅一边说,一边用细长的手指轻轻敲着脸颊。"没见过这个人,他也来参会了吗?"

"帝国的一支突击部队正在找他,他们随时都可能跳进这个星系。"汉告诉莱娅。

"我认为他应该在这儿,"斯卡莉特说,"不过应该不会是受到正式邀请的代表团成员。他有东西要卖,所以应该会召开秘密会议,并且在酒吧、派对之类的地方寻找买主。"

"而且,"汉补充道,"有个赏金猎人还在千年隼号上安了追踪器,所以他应该也正在过来的路上。"

"好吧。"莱娅说,"我会询问一下,看看我认识的人里有没有人跟他联系过。他手里的有什么情报?"

"或者赏金猎人已经把我们的位置出卖给帝国来换取赦免,"汉说,"或者是告诉贾巴了。说实话,那家伙可很难对付啊,为了以防万一,我们真的必须马上离开了,就现在。"

"他手里有一份埃西奥·加拉西恩远征探险的原始报告。"斯卡莉特说。

"这人我听说过。"莱娅说,"是个宇航制图员,对吧?"

"还是个杀人狂,喜欢用自己的定制机器人把人活活打死。我在他那里住过,这人让我印象深刻,不过不是好的方面。"

"好吧。"莱娅说,"这么说我们需要买下那份被盗的报告?"

"不。"汉说,"我们需要马上离开。"

"或买或偷。"斯卡莉特说,"因为害怕情报泄露,帝国动用了大量资源,这架势我从来都没见过。"

"是吗?"莱娅说,"这就有意思了。"

"我不知道那份报告里到底写了什么。"斯卡莉特说,"但我知道我要弄到它。"

莱娅点了点头,若有所思地说:"我也想。"

"丘仔会准备好飞船,几个小时之内就能走。"汉说,"我觉得我们应该现在就回码头去。"

"我还有个会要参加。"莱娅说,"结束后,我会告诉你我的发现的。"

"不行,因为……"汉说。

"我们到时见。"斯卡莉特说完就走开了,根本没费心等汉。

莱娅转身准备离开,但汉一把拉住她的胳膊把她拉了过来。"这可不是开玩笑。"他压低嗓门厉声说,"一旦帝国舰队跳跃过来,他们就会干掉这个马斯以及和他身处同一大陆的所有人。"

莱娅推开汉。"别拉我。"

"你没听我说话吗?帝国突击部队!"

"我听到了。"莱娅抱着胳膊说,"不过斯卡莉特·哈克作为情报特工可不是浪得虚名。她在这上面花费了数年的时间。如果她觉得这个亨特·马斯和他手里的情报值得我们冒险,那就值得。"

"可一旦帝国舰队跳跃过来——"

"而且,"莱娅打断了他,"这次会议上到处都是同盟的潜在盟友,也就是说,我们有义务警告他们有危险——用适当的方法。"

"可是——"

"还有,"莱娅说,"我在这儿的工作还没结束。我还有一场演讲和几个重要会面。"

"呃,你可别指望我匍匐在你的脚边。要是你觉得演讲比——"

"要是我中途离开,那还不如一开始就不要来。资助同盟的就是这些团体,汉。你以为我们的钱都是哪儿来的?就是从这种地方来的,那些想要终结帝国,却没有足够决心,没有足够武器,没有足够人力的团体。他们给我们资金,我们替他们来干。如果我们表现出恐惧,那一切就都完了。"

"这我不知道。"汉说。事实上,他从没认真思考过同盟的资金来源问题。要说考虑过,那也是考虑如何把其中的一部分弄到自己手里。

"我们会把这个亨特·马斯揪出来,还要为加强同盟、募集资金再敲定几笔交易,然后赶在帝国舰队抵达前低调地警告那些需要知道的人。这些我可以做到,我就是做这个的。"

汉低下头看着莱娅的眼睛，他都快忘记那双眼睛的颜色有多深了。你能做的就是招惹麻烦。他想要这么说，但他已经想到莱娅可能会有的七八种回答了。莱娅轻轻抬了抬眉毛。

"呃。"汉说，"好吧，公主。你把我给说服了。"

"哦。"莱娅微微一笑，"我本来也没打算要求你必须待在这儿。"

汉坐在一个小小的公园似的庭院里。大树在本就阴暗的冰冷石凳和喷泉上投下了更深的阴影。蜿蜒的小径之间种满了绿草和精心培育的花朵。这里没有人，于是汉坐在长凳上，靠在一棵树上，尽情地伸展四肢。头顶那一道细长的淡蓝色天空中点缀着朵朵白云。基亚穆尔是一颗美丽的行星。汉在心里描画着帝国的震荡炸弹和等离子射束撕裂那道天空时的样子，就像愤怒的神灵射下了闪电，把精心养护的景观变成布满烟雾缭绕的陨石坑。死星已经没了，帝国可能已经失去了一击摧毁一颗星球的能力，但他们仍然有能力将行星表面变得无法居住，烧成焦土。

汉看着湛蓝的天空，不知道飞船会在什么时候出现，轰炸会在什么时候开始。

不过这一切并没有发生，于是他呼叫了丘巴卡。

"嗨，伙计，情况怎么样？"

伍基人吼了一长串受损系统的清单，最后一声则表达了对身陷维修工作里的愤懑。

"嗯，抱歉。我们刚见过莱娅。但她打算先做完演讲，等斯卡莉特找到那个叫马斯的家伙再走。"

丘巴卡吼叫了一段内容，又哼了一声。

"嗯，我也这么跟她说了。但是很显然，她的想法和我不一样，她并不觉得这事儿很紧急。我们说的可是莱娅，那女人根本听不进你跟她说的事。"

丘巴卡用伍基人的方式大笑了两声。

"说起来，千年隼号上的那枚导弹弄出来了吗？"

丘巴卡吼了一声。

"嗯，我知道要是我在的话进度会更快些。我会回去的，不过我得先熟悉一下周围的情况，知己知彼。"

发了一大通牢骚后，丘巴卡关掉了通信。汉又抬起头看了看蓝天。轨道上并没有播撒烈火和死亡的帝国舰队。路上的行人聊着天，没有人尖叫，也没有人四散奔逃。建筑物没有熊熊燃烧，只是反射着阳光，死亡还没有光临基亚穆尔。

暂时还没有。

汉找到的第一家酒吧完全是用蓝水晶和柔软如天鹅绒般的青苔造的。他坐在一群灰脸的内莫伊迪亚人中间，那些人都戴着精致的帽子，正兴高采烈地抱怨帝国海关官员的严苛和贪婪。汉把话题引向埃西奥·加拉西恩和亨特·马斯，换来的只是不明所以的耸肩和白眼。

第二家店是一个地下酒馆，就在议场外面一条狭窄的巷子里，门口的保安是一个体覆绿鳞、面似爬虫的巴拉布人，看起来既能阻止斗殴又乐于挑起争斗。保安皱了皱眉头，但还是放他进了酒馆。酒馆舞台上尖厉的音乐听起来就像山体滑坡与宇宙里持续时间最长的激辩的混合体。汉坐在吧台边，跟酒保和一个萨勒斯特人攀谈起来。那个两颊的赘肉和耳朵上有华丽文身的萨勒斯特人声称自己认识埃西奥·加拉西恩。汉请他喝了三轮酒才确认那个吹牛皮的家伙只是在编故事骗酒喝。

第三家酒吧是临时开的，设在一个改装过的舞厅里。机器人正在布置桌椅，大概能坐几百人。舞厅一侧的小舞台上竖着一座讲台。房间很大，即使已经摆了几十张桌子和几百把椅子，看起来也还是空荡荡的。装饰墙壁的壁画画的就是环绕这座会议中心的山脉，这让汉觉得很蠢。为什么要用一圈墙壁挡住风景，然后把风景画到墙上？

壁画上的一道山脉的山脚下就是吧台，一个机器人正在向六七个人提供酒水，其中有两个身着棕袍的代表团成员。汉点了一杯塞科沙威士忌。那股火辣辣的感觉顺着他的嗓子眼儿一路流了下去，还算有点提神醒脑的作用。汉知道再过几个小时还要去和莱娅见面，所以并没有大口痛饮。

"我觉得……"汉左边的一个人举了举手中的白兰地说。那人穿着一身朴素的灰色衣服，上面没有任何能表明衔级的肩章、腰带之类的东西。汉向那人点头致意，那人将杯中的酒一干而尽。"想在这儿活下去，就只能靠酒精带来的兴奋。"

汉不置可否地笑了笑，轻啜了一口自己的酒。

"我是和一个贸易代表团一起来的。"那人说，"不是公会。"

走私犯。汉想。"我也是。"

"值得再干一杯！"那人说。

我敢说是个由头就值得你再干一杯。汉笑着又喝了一小口。"我说，你认识一个叫亨特·马斯的家伙吗？森达韦共同体的人。"

"卖武器的。"那人回答，看来他至少知道森达韦共同体是干吗的。"可别在武器上花费太多。"

"我和马斯有点私人恩怨，需要弄清楚他的下落，听说那家伙现在在这儿。"

"报仇？欠债？爱情？"

"这种烂大街的理由你会信吗？"汉说。

"不！"那人大笑道，"不，我不会信的。不过这也不干我的事。我只是听说过共同体的名声。老实说，一句好话都没有。所以抱歉，我也帮不上什么忙。"

"我本来也没抱太大希望。"汉说,"那埃西奥·加拉西恩听说过吗?"

"名字挺耳熟的。我知道一个人类,好像是叫类似的名字。是个古董商,探险家。不过那都是副业,是爱好,不为钱。后来不知怎的又和帝国搞上了。"

"就是他。"

"我听说他是个虐待狂。"那人耸耸肩。

"哦,这么说他在帝国里还挺出众的。"汉冷冷地说,他的同伴笑了起来。"下一轮我请吧。"他朝酒保机器人挥了挥手,指了指空空的酒杯。

"谢谢,伙计。"那人说,"好人有好报。你和这个加拉西恩也有私人恩怨吗?"

"也许吧。现在还不好说。具体还得看这次会议的结果。"汉回答。

那人耸耸肩,看起来只是宽阔的肩膀在宽松的灰色外套下动了动。"能与志同道合的人谈生意是件挺不错的事,所以我和我的朋友们才会来这里。不过我相信这次会议的结果是所有人手拉着手宣誓推翻帝国吗?绝不。只有傻子才会那么想。不管叛军炸掉了多少战斗太空站——如果他们真干了的话——帝国也还是帝国。"

"我很确信他们干了。"

"随你怎么说吧,我反正没见过叛军的舰队在我待过的星区里打胜仗。我们还是得悄悄从歼星舰的鼻子底下溜过去,躲避帝国港口的税吏。叛军在取得胜利吗?我是没看出来。"

汉觉得这就像是在和过去的自己谈话。如果自己当初没有扔掉贾巴的货物,没有因为惹上大麻烦而不得不带着卢克和本·克诺比进行他们的自杀任务,那么坐在旁边的这个人就是多年后他自己的写照。他肯定也会就这么坐在酒吧里,谈论帝国还在统治的事实和义军取得胜利的幻想。这让汉产生了一种奇特的疏离感。就好像自己是在从远处观看这场对话一样。

"不过那个奥德朗公主,"那人沉默了一会儿又道,"她可不一般,是不是?"

"莱娅·奥加纳?"

"就是她。看到她让我不禁希望自己能年轻十岁,或者富有十个亿。"

汉咬着牙勉强对那人笑了笑。酒保机器人又送上一轮酒。汉快速摇了摇头,示意机器人离开。之前他注意到的那两个身着棕袍的代表团成员已经离开,取而代之的是一群鬼鬼祟祟的兰尼克人。他们头挨着头,一直在急切地低声交流着什么,声音太小,汉根本听不到。已经有人开始陆陆续续地进来坐在了桌旁,汉不由得盼望演讲能快点儿开始。

"不过嘛,人人都爱同盟。"那个走私犯说,"我们都怀念老共和国的荣光与自由。而她也很会演讲。我敢说肯定有不少人在争着要提供支持和友谊。他们当中有多少人会被关进帝国的审讯室呢?应该不会太多。不过我们已经拿下六份新合同了。而且公主演讲的时候也挺养眼的,再说食物也不赖。"

"嗯。"汉说,"我也怀念共和国的自由荣光:欢迎新税吏,和旧税吏也没差多少。"

"说的在理。"走私犯和汉碰了碰杯。

第十四章

整个大厅就像机库一样长。高耸的拱形屋顶用的也是那种灰白的山石，并由异星种族雕刻出各种复杂的花纹，让汉不由得想起了鸟骨头。暗黄色的光亮透过屋顶投了下来，房间的一侧摆着一排桌子，上面堆满了供十几个不同种族享用的食物和美酒，让整个屋子里都充满了迷乱的香气，足以让任何种族都感到刺鼻。另一侧，升起的讲台正在等待演讲者。等待莱娅。汉满脑子想的都是，万一有人拿爆能枪开火，这地方能提供的掩护也太少了。

他本以为椅子会摆成一排一排的，或者绕成一个个同心圆。如果根本不去费心看费心听，那要个演讲人还有什么用？不过会场被布置成了一个个基本上独立的小单元。椅子、桌子，放不了椅子的地方就放着小凳子。三个比思人乐手充满切分音的刺耳音乐盖住了嘈杂的说话声，整个环境感觉更像是一场俗丽的歌舞秀。一个老旧的铜色服务机器人咔咔喳喳地走到汉的身旁，手里端着一盘麦饼，上面抹着一些绿油油、闻起来像是海藻的东西,还有半打没有贴任何标签的黑瓶子。汉摇了摇头。机器人叫了一声,又向汉挪近了一点。

"我说了'不要'。"汉叫道。

机器人愤愤地叫了一声,转身咔咔喳喳地走开了。汉拽了拽马甲的下摆,整理了一下衣服。在场的异星种族足有十几个,绝大多数人都和自己人待在一起。他们都穿着丝绸质地的高领正装长袍,衣服熨烫得一点儿褶皱都看不出来。随身携带武器的人不止汉一个,但其他人都把他们的武器弄得好像仪仗用具一样,行走席间看起来一点也不突兀。义军同盟的桌子就在小讲台旁边,现在正有六七个人类坐在那儿,还有一个蒙卡拉马里人。斯卡莉特·哈克也在其中。她原本那身借来的衬衫、裤子和马甲换成了一件亮红色的礼服,头发也绾成了一个松散而优雅的发髻,上面插着几根涂漆棒作为发簪,看起来非常闲适。汉注意到他们并没有给他留座位,也许是因为他说过自己不会来吧。他们居然就这么直接从字面上理解他说的话,这让他感觉有点儿受到了冒犯。

一个博萨人朝他走了过来,那人一身浅褐色的长袍,和他的毛色非常相称。博萨人一言不发地将一个空酒杯塞进他的手里,深褐色的眼睛里似乎混合着感激、同情和哀伤。直到那人转身离开时,汉才明白了过来。

"我不是服务员。"他对着那个博萨人的喊道,"我不在这儿干活儿。"

"谢谢各位的到来。"莱娅说,汉的视线立刻移到了台上。莱娅正站在小讲台的前端,她那身长裙已经换成了深色的斗篷和绶带,这让她看起来就像是穿着军装一样,只不过那身衣服并不是真正的军队制服。透过骨头一样的天花板射下来的那令人不快的黄色光芒此时已经变成了柔和的金色。音乐并没有停止,但力度减弱了许多,渐渐融入话语声。汉后退一步,靠在墙上。过了一会儿,他把博萨人的空酒杯放到脚边的地上,一个比埃里亚桌貂大不了多少的小机器人立刻跑过来将杯子捡走了。

"希望你们都喜欢今天的食物。"莱娅说。

"因为一支帝国大型舰队随时都可能把我们干掉。"汉低声说,"你们可能还没来得及消化就都已经死了。"

"首先,我想感谢各位能够前来参加此次会议。"莱娅继续道,"挺身而出反抗帝国需要巨大的勇气,这个大厅里的每一个人都有这样的勇气。这里的每一个人都在用自己的方式反抗帝国的压迫。"

"好方便逃税。"汉咕哝道,"或者传播你们自己的小邪教,或者只是因为坐在帕尔帕廷的宝座上的那个人不是你。顺便提一句,帝国舰队就要来了,我应该警告你们一下的,这个话题我们随后说。"

"我们之间各有不同,"莱娅笑着说,"这一点我承认。但在奥德朗毁灭之后,我想我们应该都已经看到,帝国带来的威胁已经达到不容忽视的地步。义军同盟摧毁死星并不是为了报仇,而是为了阻止那样的战争机器所代表的暴政与恐怖——那种被用来控制这个房间内每一个智慧种族的暴政与恐怖。"

莱娅抬了抬眉毛,脸上的笑容也消失了。

"我们已经赢得了第二场大仗,但要打倒帝国,未来的仗还有很多很多。事实是,单凭我们的力量做不到。没有朋友的支持,义军同盟也会走向失败,帝国制造的下一个压迫工具将会所向无敌。等到那个时候,这个房间内的每一个人,这个房间外的每一个人,都将哀痛万分。"

"哦,还有,还有件事。"汉低声说,"得了吧,公主殿下,别再憋着了。帝国舰队,大规模袭击,快说吧。"

"再次感谢各位的到来。这次聚会展现了各位的勇气。在此,请准许我对各位致以衷心的感谢。在接下来的会谈中,希望我们能有更多的机会,谈谈该如何同心协力,将整个银河系变成一个对每个人来说都更加安全、更加自由的所在。"

礼节性的掌声响起，莱娅走下讲台，回到义军同盟代表团的位置。灯光调亮，音乐再次变响。汉咬咬牙，准备转身离开。义军同盟的桌旁，一个老菠菜肤色的芬达人正在对莱娅喊着什么。汉听不清莱娅的回答，但那嘲讽的语气清晰可闻。桌旁的将军和士兵全都抬起头看着那两个人，眼中充满了不同程度的惊愕与尴尬。芬达人举起握成拳头的双手破口大骂，刺耳程度足以放倒一头克雷特龙。

汉推了一把倚靠的墙壁，站直身子，一只手放在手枪握把上，朝那两个人走了过去。他的指尖发痒，胸口发热，从来到基亚穆尔时起，他就觉得有些气不顺，此刻来点儿小暴力绝对有利于身心健康。已经有不少人注意到了那边的争吵，有些人是出于好奇，有些则完全是在幸灾乐祸。汉觉得自己的关节如他所料地松快些了。

他没有看到斯卡莉特靠近。她突然出现在他右边，挽住了汉的胳膊，就好像他是她酒会上的同伴。她笑着看了看汉，眼中闪着光芒。"怎么了，索罗船长，我还以为您不屑于参与我们的小活动呢。"

莱娅抱着胳膊，抿着嘴，高昂着头。她问了句什么，距离最近的那圈观众里爆发出一阵笑声。芬达人的脸色更阴沉了。

"小心，姐妹。"汉说，"你挽着的可是我握枪的手呢。"

"这我知道，不对吗？"说着，她挽着汉来到了左侧，那样子就好像是牵着一只宠物。"为什么不坐到我这边来呢？在你暴跳起来之前，我们先聊聊。"

"你要干……"

芬达人用细长的手指指着莱娅，咕哝了句什么。莱娅摆了摆手，坐了下来，根本不屑于理他。芬达人握紧了拳头。斯卡莉特来到一张小桌旁，将汉按到桌边的单人椅上，与此同时，她的一只手仍然挽着汉。现在看起来不那么像是礼节性的酒会同伴了，坐得那么近，那么多的肢体接触，这样的两个人通常要比酒会同伴亲密得多。

"你打算告诉我这究竟是怎么一回事吗？"汉问。

"那是当然。"斯卡莉特说，"还好你想到问了。那个芬达人名叫哈韦罗斯·莫克，是一家名叫索林科技的工程公司的老板，同盟舰载武器的主要供应商，不过知道这事儿的人不多，他喜欢低调行事。明白了吗？"

"那他在那儿喊什么……"

斯卡莉特又靠近了一些，在旁人看来就像是在说着情话，这个姿势让更轻的声音直接飘进他的耳朵里。

"因为他觉得莱娅可能会取消一笔已经接近完成的订单。这是他误会了，不过我们可是费了好大的人力物力才让他误会的，所以取得这个效果我们很高兴。"

"这说不……"

"左侧十五度方向有个穿着蓝灰色制服留着小胡子的男人，看起来就像只旺普鼠，看到了吗？"

那人所在的群体一共有九个人类和亚卡人。斯卡莉特所说的那人正眯缝着眼睛，仔细地观察着莱娅和芬达人的情况。汉忽然觉得，也许这个家伙才应该被他开枪打死。

"赛里尼斯·拉马金。"斯卡莉特说，"他在逼迫那些生产巴克塔的公司提高对同盟的价格。别死盯着他看，会被发现的。他一直在到处散播谣言，说莱娅·奥加纳因为奥德朗的事悲伤过度，整个人都在崩溃的边缘，就快要失心疯了。"

芬达人又叫了起来，这次汉听出了"言而无信"和"背信弃义"两个词。莱娅上前一步，把手放在芬达人的胳膊上，一副礼貌而又毫不动摇的表情。远处那个长着一张老鼠脸的男人赛里尼斯·拉马金扭过头对旁边的半机械亚卡人说了句什么。

"此时此刻，观看莱娅应付愤怒合作者的人足有十几个，他们都会看到，她控制得住自己的脾气，坚守得住自己的立场，而且还能控制局势，根本不像拉马金说的那样。这就是这场活动的目的。"

还好他没有中途插一杠子坏了事，这部分斯卡莉特没有说出来。芬达人还在指责着什么，但姿势里的攻击性已经减弱了不少。莱娅点了点头，把他拉到桌旁，让他坐在斯卡莉特原来的位置上。老鼠脸男人站了起来，直挺挺地走出了房间。

"等到帝国舰队前来杀死所有人的时候，这一切还有什么意义？"汉说。

斯卡莉特大笑了几声，那笑声听起来一点也不真诚。她摇了摇头，就好像是听到汉说了句抖机灵的蠢话一样。莱娅扭头看了看他们，点了点头，仿佛刚刚才看到他们。汉这才突然意识到自己正坐在一张小桌子前，一个漂亮女人正紧靠在他的身上。他朝莱娅笑了笑，然后又朝斯卡莉特靠近了一些。

"奇思将军已经制定好疏散计划了。"斯卡莉特就好像没有看到一样继续说，"我已经向所有该通知的人转达了这个消息，这样就能保证在帝国来袭时准备就绪。我还找到了两个和亨特·马斯有约的人。他们以前没听说过他，第一次会面定在明晚。如果你现在不打算开枪打什么人的话，我就先去忙正事了。"

"我……你看，你们应该先告诉我这些的嘛。"

"要是知道你会来的话，我会告诉你的。"斯卡莉特说，语调里已经没有了那种虚假的妩媚。"这里有十几件事在同时进行，每件事都很重要，相互之间都会产生影响。我还以为你会在机库里和丘巴卡在一起。"

汉抽出斯卡莉特挽着的胳膊，将手肘撑在桌子上。他觉得既尴尬又愤怒，同时又因为自己的愤怒而感觉尴尬，但他丝毫没有将这些情绪泄露出来。莱娅说了句什么，芬达人懊丧地笑了笑。一个服务机器人一扭一扭地走到桌旁，斯卡莉特挥挥手让它离开。

"那我就回我的地方去了。"汉说。

"我知道这确实很危险。"斯卡莉特说，"而且呢？她也知道其中的危险性。你想要保护我们，我很尊重这一点，但你也得相信我，相信她。这种风险我们必须承担。"

"承担风险什么的不用你跟我说。"汉站了起来说，"我擅长的就是这个。"

"这我知道。"斯卡莉特说，"所以我们才需要像你这样的人加入我们。"

"那还用说。"汉说，不过这话说出口时的力度比他想象的要轻得多。他又站了一会儿，"你在逗我玩儿吗？"

斯卡莉特的眼中闪过一丝笑意。"当然不是。而且我向你保证，下次要是听到什么重要消息，我一定马上告诉你。别生气了？"

"当然。我没生气。"汉边说边拽了拽衣服的下摆，"我不知道你在说啥。"

"那好。"斯卡莉特站了起来，"我该回去干活了。"

"我回船上。顺便说一句，你今天穿得真漂亮。"

"这叫着装适宜。"斯卡莉特说。

"好吧，你肯定是在逗我玩儿。"

斯卡莉特笑着走进了人群。汉又等了一会儿，他想要捕捉莱娅的目光，但莱娅正忙着和那个芬达人说话。汉走到门口，穿过议场大厅，来到街上。外面的夜风凉爽，头顶上的星海只能显露出一条窄带，在周围洒下微弱的光线。他想离开这座城市，离开基亚穆尔，随便去个什么地方，只要不是帝国的舰队会进行大规模空袭的地方就行。一个驾驶着运货机器人的老妇人冲他招了招手，那台机器人的老旧程度有甚于它的主人。机器人伸出的机械臂上安装了一个简陋的沙发。汉递给老妇人几个信用点，然后坐上那破旧的坐垫上,机器人马上就摇摇晃晃地开上了昏暗的街道。一群夜鸟飞过,翅膀扰乱了黑夜的空气。汉叹了口气,接通了千年隼号的通信,首先传入耳中的就是丘巴卡的一长串高声抱怨。

"我这就回来。"汉说。

伍基人又吼了几声。

"哦。你看到大批飞船争先恐后地离开了吗?没有,她没有公开。"

丘巴卡号叫了一声。

"对,这是个问题。总是有问题,但没有什么问题是我们解决不了的。"说着,汉关闭了通信,"但愿吧。"

第十五章

"哦。"汉叹了口气,"这才是我们的问题。"

那枚携带着跟踪装置的导弹还插在千年隼号上,戳穿了船壳,插进了二次冷却泵。导弹周围的狭窄空间内,厚厚缠了一圈凝成丝线状的冷却液。因为那些导电的黏液,好几个系统都短路了。船尾护盾发生器的一根三相导线被导弹头整齐地切成了两半。

丘巴卡大吼一声,挥动着毛茸茸的爪子指了指那一团东西。

"是呀,伙计,我听到了。"汉说。他从他的工具箱里取出一根切割枪,蹲在了导弹的旁边。

丘巴卡气哼哼地摇了摇头。

"哦。"汉说,"确实,要是有弹头的话很可能会爆炸。但我觉得里面应该没有。要是巴森想让我们死的话,他干吗还要用追踪器?我觉得他是想把我们完完整整地交给贾巴。"

切割枪的喷头喷着火,汉开始切割导弹头。切口发热发白,熔化的金属不时滴落在甲板上,冷却成红色。导弹头滚落在一边,但并没有爆炸,汉指了指地上的弹头,说:"看,我说什么来着?"

丘巴卡正躲在旁边的小舱室,从舱口的一角探着脑袋。听到这话,他叫了一声表示同意,并走过来将弹头捡了起来。

经过几个小时有条不紊的工作,他们终于把剩余的部分也切了下来。汉在导弹里找到了跟踪器——那东西跟他双拳相握差不多大——把它一锤子砸碎。丘巴卡捡起碎片,全都扔到了舱外,一个装有许多机械臂的废品回收机器人立刻跑过来,收拾走了所有碎片。

完事之后,他们开始修补船体。莱娅的人帮他们凑了几平方米还算体面的金属板,于是丘巴卡开始把那些原材料切割成合适的形状,由汉来安装。空气中满是烟尘和焊渣的味道。汉的衣服都湿透了,粘在了他的身上。整个舱室拥挤闷热,空气几乎差到了不能呼吸,但是经过大厅里的那档子事之后,汉直到回到这里才头一次感觉到了舒服。

莱娅可以自如地在两个世界之间穿梭,不管是穿军装还是穿晚礼服都如鱼得水。对她来说,举枪射击和举杯致辞都没什么难的。如果说过去的几周让汉明白了什么的话,那就是他融不进莱娅的世界中彬彬有礼的那一部分。他的地盘就是千年隼号,就是这个驾驶席。汉在法律之外游走了那么多年,认识那么多走私犯、海盗、罪犯,那些幸存下来的人都是能摆正自己位置的人。有些家伙装出一副高贵模样,最后都被他们其实并不真正了解的那个世界给生吞活剥了。

汉焊接好一块长形的船壳,检查起自己的工作成果来。光滑、平直、密闭。能在熟悉的地方做自己擅长的事真好。

"下一块,丘仔。"说着,他伸出了手,但并没有人回应。他脱下护目镜环顾四周,丘巴卡已经不在了。

"见鬼。"汉起身来到走廊里叫道,"你跑哪儿去了?我们还没完事儿呢!"

转过一个弯后,他看到丘巴卡正和斯卡莉特站在休息室里。斯卡莉特已经换下了礼服,穿上了紧身的黑色裤子和黑灰色的上衣,腰上系着那条挂满小工具的腰带,还加了个插着一把紧凑型爆能枪的快抽式枪套。她的头发依然插着簪子绾在脑后,不过换了一身行头后,这个发型给人的感觉从优雅变成了干练。

"这是怎么回事?"汉问。

丘巴卡开始解释起来,但斯卡莉特打断了他。"还没完?什么还没完?你可别告诉我千年隼号还不能飞啊。"

汉耸耸肩。"一根电缆被切断了,我已经止住了冷却液泄露,更换工作还没做。船体修补好了。它能飞。你们俩明白了?"不等他们回答,汉就将焊枪和护目镜塞给了丘巴卡,"在等尊贵的公主殿下登船的这段时间里,看看你能不能把电缆接上。"

丘巴卡接过工具,叫了一声,转身离开了。汉开始在心里盘算哪个会合点适合他们去和同盟舰队接头。

"亨特·马斯已经进入这个星系了。"斯卡莉特说。

"很好。帝国舰队呢?"

"还没。"斯卡莉特坐在德贾里克棋桌旁,取出数据板,调出了飞船的全息影像。"这是他的飞船,我们得找到他,把他护送过来。"

汉坐到她的身旁,挥手关闭了全息影像。"为什么需要护送?"

"因为——"斯卡莉特说,"我得确保他没有机会和其他人说他要卖这个数据的事。你飞过去,确保他降到我们要他降落的泊位,我和莱娅在那里等他。我们可不能让这事儿变成竞拍。而且越早弄到数据,疏散就能越早开始。"

"啊,你可终于说了一句有道理的话。帮我想个能让他按我说的做的理由吧。"

"拿出你的说服力来呗。"说着，斯卡莉特嘴角微微一翘。

汉皱着眉头，忍住没有露出笑脸。"这话是莱娅说的？是她的意思？"

"这是必须要做的事。"斯卡莉特说，她脸上的笑容消失了。"所以你就行动吧。"

"嘿，我的老板可只有一个，甜心。"汉拍了拍胸脯，"而且要我说……"

"回来了告诉我一声。"斯卡莉特站了起来，"待会儿我就把停泊许可给你，这次可别搞砸了，索罗。"

"不许……"汉的话还没说完，斯卡莉特就已经离开了。

丘巴卡又绕了回来，他手里拿着还在冒烟的焊枪，探着脑袋，问了一声。

"我开始厌烦整天被这帮义军指手画脚地支使着干活了。"汉说，"我以前还以为公主就够我烦的了呢。"

千年隼号的反应堆发出一声尖啸——那声音眼看就要超出听力范围极限——然后又降回到机械摩擦的声音。

这已经是第三次了。

汉很清楚斯卡莉特正在泊港的观察区看着他徒劳地想要让飞船飞离地面，而这让他的每一次失败都变得更加丢人。

"肯定是哪里短路了。"他对丘巴卡说，这也是第三次了。"肯定是这样。你确定你把所有污物都弄出去了吗？"

丘巴卡恶狠狠地吼了一声。

"那肯定就是三相电缆接头的问题了。"丘巴卡又简洁有力地吼了一声。"是，我知道那个是我做的。我们要么就在这里互相抱怨一整天，要么就想办法把那玩意儿弄好。"

丘巴卡直勾勾地盯着汉。

"我得待在这儿！驾驶室里得有人监控情况进行测试。"

丘巴卡起身朝尾舱走去，一言不发。伴随着一阵杂音，通信系统被激活了，斯卡莉特说："还在生闷气吗？还是说你的飞船完蛋了？"

"我才没生闷气。"说完后，汉才意识到，这么大声地说出来本身就意味着这是一句谎话。"还有点儿收尾工作，弄完我们就走。"说完他就闭上了嘴，生生把一句"所以你就别在这儿看了"给憋了回去。

丘巴卡又在船尾吼了一声，汉的面板上，一个指示灯由黄色变成了白色。伴随着一阵逐渐升高的流畅轰鸣，反应堆开始工作，并稳定了下来。几分钟后，千年隼号离开了码头，这次一个警报指示都没有亮。

飞离行星的感觉仿佛是在目睹宇宙初开，群星逐渐闪现，群山渐渐远去。红色的小卫星悬在地平线上，一直到汉把船首指向大气层外，把它甩在身后，在外面，汉可以安心地把节流阀开到最大。

汉扫描基亚穆尔周边的空间，想要寻找马斯的飞船。丘巴卡也回到驾驶舱，坐到副驾驶的位置上。伍基人吼了足有一分多钟，其间还不断愤怒地挥舞着爪子。

"你说的我都知道，丘仔。"汉边说边开始扫描下一片空间，"我们本来都是自己做主的嘛，打什么时候起就沦落到谁都可以说三道四了呢？那个哈克又不是公主。王室成员表现得好像全宇宙都欠他们的那还情有可原，可是斯卡莉特只是个间谍。她又有什么资格？"

丘巴卡一边咕哝着回答，一边进行损害控制，再三检查各个系统的修复情况。

"要我说，肯定会出问题的，不信咱们走着瞧。"汉说，"把那两个俏女人和一个像我这么帅的男人放在一起？迟早会出事儿的。"

丘巴卡用眼角看了看他，笑了一声。

"嘿，我只是提前跟你预告一下而已。那个反应堆过热的时候，你可得躲远点儿。"

丘巴卡把椅子转向汉，刚要开口说什么，控制台的警报就响了起来。千年隼号发现了一艘快速移动的轻型运输飞船正在向他们所在的方向飞来。丘巴卡赶紧转回到自己的控制台前，开始扫描这艘飞船。他把看到的信息大声喊了出来。

"对于 YU-410 型飞船来说，这速度也太快了。"汉说，"那种飞船平常都慢得跟垃圾车似的。"

没过一会儿他们就明白了。YU-410 型科雷利亚运输飞船通常火力强大而航速缓慢。而这艘飞船的大部分武器装备都被拆除了，驱动系统也进行了加强。船上的激光炮塔只有一座，而不是通常的四座，而且唯一的炮塔只能向前开火。机动性强，又只能向前开火，这艘飞船被改装成了掠食者。这种飞船汉见过几千艘，没有任何一艘的改装是出于遵纪守法的目的。

"这个应该就是我们要找的小子。"汉说，"我们过去自我介绍一下吧。"

丘巴卡加大了驱动器的能量输出，尽可能缩短两艘飞船间的距离。汉也预热了飞船的震荡导弹系统，以防万一。通常情况下，你搞定了对方的护盾，对方听你话的意愿就会相应地增加一些。

大块头 YU-410 型飞船朝他们飞过来，全速前往基亚穆尔。丘巴卡规划了一条弧形的航线，可以让千年隼号在货船经过时及时跟上。汉戴上耳机，开始呼叫对方的飞船。不过他收到的回答只有静电噪音。

"哈。"汉说，"感觉就好像有人在干扰他们……"

一束巨大的能量波击中 YU-410 型飞船的尾部，点亮了飞船的护盾，爆散的能量束覆盖了飞船的整个船体。烟花秀结束，YU-410 型飞船仍在前进，不过船尾似乎受到了一些损伤。

"丘仔，我们过去。我要阻断干扰。看看你能不能锁定那个攻击咱们朋友的家伙。"

丘巴卡叫了一声作为回答，并驾驶千年隼号全速朝 YU-410 飞船飞去。汉转动着通信控制台的旋钮，加大输出功率，希望能突破干扰区域。几分钟后，他的努力终于获得了回报。一个若有若无的声音说："你好？是谁在呼叫亨特·马斯？"

"这里是千年隼号的汉·索罗船长，被派来确保你安全降落到基亚穆尔的一座码头。"

"你这活儿啊——"那人说，"干得可真不怎么样。"

汉不由撇了撇嘴。

"我们很快就到。"说完，他关掉了耳机上的麦克风，"丘仔，在我想看着他死之前带我们过去。"

又一声警报响起，千年隼号发现并锁定了追击的飞船。"好极了。"汉说，"是帝国的。"汉一直怀着一线希望，盼望那艘追击的飞船只是一个心怀嫉妒的竞争对手，或者一个海盗之类的东西，只要不是帝国飞船就行。

追击者看起来像是 TIE 战斗机，这可不是个好迹象。汉开始扫描搭载战机的大型飞船。真正的威胁应该是搭载 TIE 战斗机跳跃的飞船。他找了又找，可是什么也没有找到。

"我们飞到运输船和 TIE 战斗机之间。"汉对丘巴卡说。丘巴卡吼了一声表示确认。"调整尾部偏导护盾角度。我们要进去扰乱他们的射击。"

汉又看了看 TIE 战斗机的扫描结果。这一架战斗机的外形与众不同，看起来比普通的护航战斗机要大一些，顶部还鼓起来了一块，就好像有人把一辆公交车焊接到了上面一样。"我好像认识这个，丘仔。那应该是 SR，装有超空间驱动器、执行远距离侦察任务的实验型 TIE 战斗机。如果是的话，那我们的运气就太好了。它可以独立跳跃，也就是说，附近没有隐藏的护卫舰。"

暂时没有。不过这几个字他并没有说。

丘巴卡一边叫一边使劲操作着控制台。亨特·马斯的运输船出现在了他们前方,千年隼号因为被击中而不住地颤动着,船尾偏导护盾的警报也响了起来。

"哦,看,"汉边对丘巴卡说边操作控制,"我们被邀请加入舞会了。"

第十六章

汉驾驶千年隼号猛地左转,一道激光从船身一侧擦过。

"差点儿打到亨特·马斯的飞船啦!"亨特·马斯在汉的耳机里叫道。

"也差点儿打到汉·索罗的飞船。"小声说完后,汉打开了麦克风,"我们正在解决问题,你就继续全速向基亚穆尔前进吧。我们帮你断后。"

"你们可得说到做到啊!"

丘巴卡大笑了一声。

"没门儿,伙计。"汉一边对伍基人说,一边使劲拉动控制杆。千年隼号穿过TIE战机的火力网,想要把对方的火力从马斯身上引开。"我可不想再多一个指手画脚的家伙。只要我们……"

一束激光击中了船尾护盾,千年隼号剧烈地颤抖起来,警报灯也闪了起来。

"……先摆脱这个家伙,然后我们再想办法让那个马斯知道什么叫长幼有序。"

警报指示灯变成红色，警报声同时响了起来。船尾护盾正在崩溃。刚刚接好的电缆又烧断了，电流还烧坏了备用护盾发生器。仿佛是要加深印象一样，千年隼号的驾驶舱里传来一股烧焦了的味道。

"我们刚修好的啊。"汉说。丘巴卡也叫了一声。汉点了点头。"我知道，感觉确实挺不爽的。"

又一排激光从两船之间擦过。汉向右急转，躲过了绝大多数的火力，但还是有一部分能量击中了千年隼号的尾部。警报指示灯变黑了，警报在最后一声后也变成了单调的长音。

船尾护盾已经完全失效了。

汉猛地往后一拉控制杆，飞船开始做一个紧凑的筋斗机动。他们刚一让开路，TIE战斗机的激光就射向了马斯的飞船。海盗的尖叫声又传了过来。

"亨特·马斯又被击中啦！你说你是来保护我的！你的活儿干得太差啦！"

汉继续驾驶千年隼号完成筋斗，绕到了TIE战斗机的后面。"是啊，不过你的船尾护盾还在呢！"他对马斯说，"所以你经得住打。"

马斯哀号着表示反对，但汉切断了通信。"丘仔，开始计算，对那架TIE战机进行鱼雷攻击。如果这家伙像其他同型机一样没有护盾的话，那一次震荡爆炸就足够搞定它了。"

丘巴卡在武器控制台前操作着，汉则加快航速拉近两艘飞船的距离。SR型TIE战斗机速度很快，而且还有足够的能量供激光炮使用。它一刻不停地对着YU-410型运输机射击。

汉总觉得帝国不为战斗机装备护盾的习惯十分疯狂，这也是汉单单不喜欢接他们的活儿的诸多原因之一。不过要是作为对手的话，这种对于飞行员生命的轻视足以让汉心存感激。

千年隼号显示目标锁定,丘巴卡爆发出一阵胜利的叫声。汉继续缩短两艘飞船之间的距离,并发射了八枚 ST2 震荡导弹中的两枚。一千五百信用点飞了出去,不过他已经将这个加到了账单上。

TIE 战机在导弹发射时就开始躲避。那个飞行员技术不错,这一点在汉的预料之中。帝国的 SR 级侦察战斗机可不多,能飞这种飞船的都是精英。汉的手指紧扣着扳机,随时准备再发射两枚。

不过他并没有再发射。

TIE 战斗机向左急转,不过 YU-410 运输机也突然转向切进它的航线,迫使飞行员又飞回导弹来袭的方向。两枚导弹全部击中,TIE 战斗机在巨大的震荡爆炸中炸成了无数细小的碎片,千年隼号的船首护盾在碎片的轰击下不停闪光。

丘巴卡对着消失了的战机发出了一声胜利的欢呼,然后起身离开了座位。

"嗯。"汉说,"去检查一下护盾发生器吧。看看还有没有救。我可不喜欢在回舰队的路上没有尾部护盾。"

丘巴卡吼了一声表示同意,然后就起身向船尾走去。

"亨特·马斯。"汉打开耳机开关说,"这里是索罗船长……"

"你居然朝亨特·马斯发射导弹!"飞船上的人吼道,"你想把宇宙号炸飞吗?"

"宇宙号?你的飞船吗?"

"亨特·马斯可是携带着脆弱的数据存储设备的,里面装着珍贵的数据!爆炸的冲击波可能会给这些数据造成难以挽回的损失!"

"我发射的是震荡导弹,又不会产生……"

"飞船爆炸的碎片已经击穿了宇宙号的船体!亨特·马斯要提出巨额赔偿要求!"

"亨特·马斯。"汉悦声道。

"干吗?"

"闭嘴。"

对方半天都没有说话,不过说不好是因为震惊还是因为服从。

"谢谢。"汉说,"请跟我前往基亚穆尔。我们会确保你安全抵达的。我们还专门为你准备了一个安全的泊位。"

"亨特·马斯自己会选泊位。"那个海盗说,"谢谢你的提议,不过你的任务已经完成了。请代亨特·马斯向你的什么雇主转达深深的感谢和诚挚的敬意。再见了。"

"别急啊,伙计。"汉说。对方终于有点儿把他逼急了。"你得跟我去我的泊位,没得商量。"

"亨特·马斯为什么要同意呢?"

"因为,"汉带着亨特·马斯可以听得出的笑意说,"我救了你。"当马斯想要回嘴时,他立即提高声音压过了对方,"而且我现在就在你的后面,还有六枚震荡导弹指着你。所以你应该考虑飞往基亚穆尔,降落在我的私人泊位,见见我的朋友。或者,我也可以拖着你飞船的残骸过去。"

对方沉默的时间比汉预料的要短一些。

"亨特·马斯对私人泊位很感兴趣!前面带路吧,朋友。"

汉自顾自地点了点头,取下了耳机。

"看看,这说服力。"汉自言自语道。

斯卡莉特倒是言出必行,已经为他们安排好了一个泊位,就在主城外不远处一个小型货运仓库。他们到达时仓库是关着的,因此里面没有其他飞船和雇员,只有在楼梯旁闲逛的斯卡莉特。

汉快步走下千年隼号的舷梯,手放在枪把上。他们既不清楚马斯的飞船上到底有多少人,也不确定他们是否对汉强迫他们降落在这儿的举动感到恼怒。即使斯卡莉特也很紧张,她也并没有表现出来。斯卡莉特走上台阶,歪了歪头,露出被黑发挡住的眼睛,对汉笑了笑。

"干得好,船长。"

"一架帝国侦察机正在追他。"汉说,"时间紧迫,入侵行动肯定马上就要开始了。"

"我们看到了。"斯卡莉特一边说,一边步伐轻快地走向马斯的飞船,"谢谢你解决了那艘飞船,汉。不过那艘飞船也有可能是单独行动的。还不能确定那就是帝国舰队的先遣飞船。"

"你打算等在这里弄明白吗?我觉得这笔赌注下得可不怎么样。"

"我们还是先开始谈判吧。"斯卡莉特说,"这是优先事项。剩下的过会儿再说。"

"我怎么觉得这个'我们'里没有我?"

"因为确实没有你?"

汉还没想好该怎么回答,马斯飞船的舷梯就放了下来。浓烈的烟尘和金属烧灼的气味从里面涌了出来。毫无疑问,宇宙号也被揍得挺惨。

"丘仔。"汉对着耳机说,"你这个大毛球快给我过来。"伍基人立刻吼了回来。"我知道我让你去修理了,不过你现在先过来。弩枪也带上。"丘巴卡哼了一声表示同意,然后就关掉了通信。

亨特·马斯出现在了舷梯顶端,他从飞船内源源不断冒出的烟雾中突然现身,看上去就像是刚刚登台的演员。他是个小个子——从体型上而言——但他的一举一动都成功地占据了大部分的空间。他不是从舷梯上简简单单地走下来的,而是大摇大摆地晃下来的。他没有对他们微笑,而是露出了满口的白牙。他没有穿上衣,而是骄傲地挺着中年男人常见的、丝毫不值得骄傲的大肚腩。他的腿上穿的是紧身黑皮裤,肩上还披着长度及地的金边红披风。一个温驯的 R3 机器人跟在他身后，好像在乞求着什么。他的肩上还蹲着一只老鼠一样的小鸟儿，不时用各种不同的语言咕哝着莫名其妙的单词。

"你们好！"马斯高声叫道。他将披风从身体一侧甩开，露出右边屁股后面枪套里的爆能枪。汉竭尽全力忍住了笑意。那是一把古董级的大型爆能枪。汉很确定，还没等那枪从套子里拔出来，他就能先连开三枪。如果刚才那个甩斗篷的动作是为了威胁的话，那显然是没有起到应有的作用。

"亨特·马斯。"斯卡莉特微微躬身，"很高兴你同意加入我们。"

"同意？"马斯的眉毛都快抬到了脑门上，"要是知道你有这么娇媚可人，这个家伙——"他指了指汉，"——的那些举动根本就没有必要嘛。"

军火走私犯兼窃贼走下舷梯来到斯卡莉特面前，动作夸张地拉起斯卡莉特的手，在上面来了一个长长的湿吻。"亨特·马斯为你效劳，夫人。任你差遣！"

斯卡莉特笑着抽出手。"我只希望你能和我一起喝一杯，聊聊天。"

"啊，我的甜心。"马斯一边说一边将斯卡莉特的手放在他的胳膊上，"我们可真是天生的一对儿。你看得透亨特·马斯的心，读得懂他的愿望。带路吧，我的夫人，我们这就去喝一杯，聊聊天。"

斯卡莉特就这么让他挽着自己的胳膊，带着他向外走去，R3 紧跟在他们的身后，像是婚礼上的服务员一样。丘巴卡刚一出来，汉就跟了上去。伍基人双手端着弩枪，对着汉皱了皱眉表示疑问。汉朝马斯点了点头，然后又耸了耸肩。

汉和丘巴卡跟着斯卡莉特来到会面地点，马斯则完全无视他们的存在。汉觉得这也不能怪他，因为斯卡莉特身上充满了主事人的派头。只要她在场，汉和丘巴卡看起来就像是小跟班——默不作声地跟在彬彬有礼的她身边，威胁着对手。汉以前不是没扮演过这样的角色，不过一想到在斯卡莉特面前，自己进入角色之快，他就气不打一处来。

斯卡莉特带他们来到了港口外围的一个酒馆，就是那种仓库工人、飞船船员下班后经常跑去挥霍工资的地方。丘巴卡挎着弩枪，抱着胳膊，这个两米多高、浑身长毛的威胁足够吓退任何一个想要上来捡便宜的家伙。

酒馆里面墙壁乌黑，灯光闪烁。游戏机和赌桌乱七八糟地散放在屋内，就像是被一个无聊的巨人从兜里掏出来扔在那里一样。狭小的空间内挤着十几个不同种族的智慧生物，要么在喝酒，要么在赌博，或者干脆扭打在一起。

亨特·马斯就好像是回到家里一样兴奋。他把 R3 留给他们，自己走到吧台前和酒保聊了好久，不过游戏机和音乐的声音太响，实在是听不清他们在说什么。不一会儿，酒保递给马斯两个杯子，马斯则付给酒保一枚硬币。他把其中一杯递给斯卡莉特，自己一口干掉了剩下的那一杯。他又说了句什么，汉没有听清。斯卡莉特一边回答，一边向他和丘巴卡的方向点了点头。

渐渐逼近的帝国舰队就像发痒的头皮一样让汉难受。每在这里浪费一秒，他们逃走的时间就少了一秒。一对三只眼、山羊脸的格兰人穿着橘黑相间的飞行服，朝斯卡莉特和马斯的方向走了过来，不过丘巴卡挡住了他们的去路，吼了一声，那两个格兰人落荒而逃。

汉悄悄走过来，在斯卡莉特耳边低声说道："谁都看得出来我们和这地方不搭调。"

斯卡莉特没有回答。等到喝完杯中的饮料，她才开口道："马斯船长，不知您可否赏光到我们在后面的雅间小叙？"

这个光着上身的家伙咧嘴一笑，一口干掉了他的第二杯，然后将杯子往桌上猛地一拍。"亨特·马斯非常愿意去您的雅间一叙！"

斯卡莉特挽着马斯的手，带着他穿过拥挤的人群，一副老练闲适的样子。她只要轻轻一笑，外加一个礼貌的点头，对方就会乖乖让开路。而汉只能让丘巴卡在前面帮他开路才有办法跟到吧台那儿，就算这样，他都差点儿和一个长得像猪一样的外星种族打了起来。到底是什么种族，他到最后也没认出来，还是丘巴卡一把拽住外星人的后颈甩了半天才让那家伙安静下来。之后每个人都自觉地为他们让开了路，等到他们追上来，斯卡莉特和马斯已经来到了一扇小门前。斯卡莉特敲了敲门，门就开了。

小酒馆的后室四面都是没有粉刷的石墙，墙上到处都是切割炬没有磨平的痕迹。房间中间吊着的小灯下摆着一张小桌子，上面放着一瓶酒和三只玻璃杯。墙边堆满了货箱，里面装着食物、饮料和其他一些不太好认的东西。

莱娅站在屋子里，穿着宽松的白色长袍和沙色的裤子，看起来真的非常优雅，根本不适合待在这种港口边的小酒馆里。汉对她笑了笑，莱娅微微抬了抬嘴角。

"谢谢你能来，马斯船长。我叫莱娅·奥加纳，来自奥德朗，我对您要出售的东西很感兴趣。"

第十七章

亨特·马斯环顾四周,仿佛他是这里的主人一样。他朝莱娅和斯卡莉特分别鞠了一躬,然后赏脸朝汉和丘巴卡眨了眨眼,最后才坐到桌边的椅子里,并把脚搭在桌子上。他终于不动了,汉这才看清,他那布满磨痕的工作靴上还装饰着用细碎水晶拼贴成的头骨形象。

丘巴卡转向汉,一言不发地抬了抬眉毛。汉则咬着嘴唇,忍着不笑出来。

"这么说,您就是叛军的公主呀?这位可人的小姐说,那两个帮我逃脱帝国飞船追捕的家伙是您派来的。"亨特说,"亨特·马斯欠您一份情,这份情我一定会归还。"

莱娅坐在他的对面,那姿态就好像是在会见外国总统或者国王一样。斯卡莉特靠在后墙上,面无表情,但注意力非常集中。汉用眼神示意斯卡莉特,又看了看亨特·马斯。*就这家伙?你开玩笑吗?* 斯卡莉特的嘴角微微一翘,虽不是笑容,却足以透出笑意。

"很荣幸能代表同盟为你服务。"莱娅说，"看起来我们的敌人是共同的。"

"亨特·马斯没有敌人。"亨特·马斯说，"只有爱慕我和嫉妒我的人。"

"那么那艘追杀你的飞船呢？"莱娅问。

"出于嫉妒。因为我太有男子气概了。"

汉认识莱娅的时间已经不短，足以看出她那些细小而无意识的表情。持续时间稍微长了些的眨眼，因为常年的练习而只在眼角出现的笑意，这些亨特·马斯都看不出来。那只老鼠一样的鸟从亨特·马斯的左肩跳到右肩，啄了一下他的耳垂。

"据我了解，你有一些情报想在这次会议上出售。"莱娅说。

"不是情报。是胜利。亨特·马斯手里有终结帝国的关键！就连疯皇帝都紧张得睡不好觉。"他当的一声踩在地上，放低声音说，"那是您这样的人从没想象过的力量。亨特·马斯不是来卖情报的，不，他要来挑选共享神圣权势的伙伴的！"

汉伸手揉了揉鼻子，好掩饰自己的笑意。不过斯卡莉特还是一副严肃的表情。亨特·马斯就是一个小丑外加大话精，但至少表面看上去，斯卡莉特对他那些牛皮的态度还是很严肃的。

"埃西奥·加拉西恩的记录在你手里。"斯卡莉特说，"他为皇帝准备的报告。"

亨特·马斯咧嘴一笑，用手指摆出手枪的造型指着斯卡莉特。"美女可不仅仅是漂亮，她还听说过亨特·马斯的胜利。对，对。大恶棍加拉西恩的报告，那个掘人祖坟的家伙，疯皇帝的马屁精。亨特·马斯手里有他最伟大工作的唯一副本。这项将永远改变整个银河系的伟大发现，只存在于亨特·马斯的手里！"

"加拉西恩还没死呢。"斯卡莉特说，"报告他可以再写一份。不管你手里有什么，帝国的手里都有。"

"更有理由快点儿行动了，是吧?"

"那报告里是什么内容?"莱娅问。

亨特·马斯夸张地摊开双手，那双手似乎是要占据整间房间、整座城市、整个世界。他俯身向前，挺直了胸脯。不管他接下来要说的是什么，都让人感觉他肯定彩排过不少遍了。

"银河系里有几千个不同的种族，高贵的小姐。几千种不同的思维方式。其中的绝大部分种族都是类似的；可有些呢？有些就不同了。他们能看到别人看不到的东西。其中的绝大部分都向外发展，飞向群星，结交其他种族，有些则隔绝群星，保护自己不受你们这样的人伤害，对吧？当然也可能防的是我。"

"真蠢。"汉说。斯卡莉特狠狠地瞪了他一眼，让他闭嘴。不过亨特·马斯似乎一点儿也没受影响。

"克基巴克人就是这样一个种族，聪明但又胆小。他们的种族发展、繁荣，又步入时间的无尽虚空中，这一切都发生在一颗小小的星球上。但他们在那里发现的秘密确是无与伦比的。藏得够深吧，是不是？要是他们不像历史上那么保守的话，我们现在肯定都已经拜倒在克基巴克人的脚下了。是的，就连亨特·马斯也不例外。他们的力量就是这么强。

"入侵者出现时，他们的种族还很年轻。那可是在帝国出现很久很久之前的事了。共和国都还没有出现呢。他们受苦受难的时候，星星都还不是这个颜色，那可真是太久太久之前了。经过激烈的斗争，他们挣脱了压迫的枷锁。刚一重获自由，聪明而扭曲的克基巴克人就专心致志地保护自己。他们获得了压迫者的飞船、武器，所有那些曾经踩住他们脖子的技术。他们拿那些东西干什么呢？建造无敌舰队吗？不。他们深入到了物理学最神秘的核心，为自己建造了一样工具，可以将他们的星系永远地、安全地包裹起来的工具。对他们来说,全银河最威猛的武器也不算什么。他们平静地过完自己的一生,即使是再歹毒的征服者也拿他们毫无办法。"

莱娅点了点头。"有意思。"不过听她的口气,似乎一点儿也不觉得这事儿有意思。"那么你是来出售他们发现的那些防御技术的吗?"

"哎呀,又错了。亨特·马斯手里拿的是一张地图。上面的坐标可以指引聪明而有能力的人找到克基巴克人那已经死寂的世界,在那儿能获得可以让整个银河系匍匐在脚下的秘密。"

"那种护盾能不能对抗死星那种级别的武器?"莱娅问。

亨特·马斯哼了一声。"死星?克基巴克人对死星只会嗤之以鼻。哈!"

"死星毁了我的母星。"莱娅说,声音里的情绪甚至引起了亨特·马斯的注意。

"我向您致以衷心的哀悼。但高贵的小姐,请您问自己一个问题:如果不能*移动*,那死星还有什么威力?它能穿越银河系去摧毁你的世界吗?我想不能。"

亨特·马斯夸张地抬了抬眉毛,汉和丘仔疑惑地彼此看了一眼。斯卡莉特猛吸了一口气,打断了他。

"为什么要穿越……哦,是超空间。"斯卡莉特说,"他们发现了控制超空间通路的方法。"

汉忽然觉得胃里一紧,亨特·马斯那漫画式的笑容似乎也不那么可笑了。

"这位娇小的美人儿说得不错。"亨特·马斯说,"他们握有控制整个空间的能力,知道不?这说的可不是批不批准进行跳跃的问题,而是*能不能够跳跃*的问题。把你的死星扔到一个星系,尽情发挥它的火力,那它的指挥官能当上一堆残骸的皇帝。在亚光速下航行,也许他的曾曾曾曾孙辈才能威胁到另一颗星球。以歼星舰为主力的帝国舰队,如果不能跳跃,那还有什么用？就连皇帝本人也是如此，如果不能把他的小兵送到他想要的地方，他还算老几？啥都不是啦。比什么也没有还要没有价值。如果打不到目标，那就算是全银河系最厉害的大炮又有什么用？"

莱娅脸色苍白，嘴唇抿得都快看不见了。不过等到再次开口说话时，她的声音就又和会谈刚开始时一样冷静而友善了，这更提升了她的形象。

"听起来有点儿意思。作为回报你需要什么呢？"

"最高竞价。"亨特·马斯说，"谁知道最后能高到什么程度呢，不是吗？说不定赫特人会给亨特·马斯一颗属于他自己的行星呢。也说不定黑日会给他一百颗行星。"

"嗯，也许帝国会冲着他的眼睛上来一枪。"斯卡莉特说，"而且他们知道你在哪儿。你的时间可不多了。我们已经救过你一次，如果你肯跟我们合作，我们会继续保证你的安全。"

"对于亨特·马斯这样的男人来说，安全又有什么用？他有伟大的精神和高贵的灵魂。而且，他的日程表已经排到三天以后了。在所有会面都结束之前提早卖掉东西可一点儿好处也没有。"

莱娅俯身握住亨特·马斯的手腕，汉都能听出她声音里的紧张感，那感觉就好像拖着万吨负载的缆绳一样。

"报告的原主人，加拉西恩，他知道这东西在哪儿。你得想到，帝国肯定会派人夺回它。"

"那些官僚。"亨特·马斯说，"清理溅在表格上的墨水都得花上几年。"

"同时，他们也是极权专政工具，他们会消灭一切不愿意及时屈服于皇帝意志的人。如果他们想要得到这个——这一点确定无疑——他们肯定会等到能把我们困得死死的，有了十成把握的时候才会现身。"

"那么你们就应该加快向亨特·马斯报价的速度。"

"我可以现在就给你五千万信用点。"莱娅说。一听到这么大一笔数目，汉不由得感觉有些眩晕。还清欠贾巴的债都绰绰有余,甚至买下贾巴都绰绰有余——如果他想要个鼻涕虫宠物的话。他根本没想到义军一下子能拿出那么多钱。

亨特·马斯的眼中透出遗憾的目光。"亨特·马斯想要一颗行星。一个子儿都不能少。"

莱娅的笑容扭曲了。她揉着下巴,就像是个在抚摸胡茬的男人。

"一颗星球?"她问。

"你刚才说什么来着?'极权专政'?亨特·马斯想当自己的小世界的王。只要一个小世界就够了。这要求高吗?皇帝手握半个银河系的生杀大权。给亨特·马斯一颗小星球,就是给很多很多人自由。这笔交易多划算?"

"一千万信用点,外加同盟舰队的任意一艘飞船,过期不候。只在你离开这间屋子前有效。"

"一颗小小的星球。上面住着好多好多美丽的女性。"

"好吧。"莱娅说,"成交。"

"可怜的……可怜的高贵小姐。"亨特·马斯拍着手说。老鼠一样的鸟跳到桌子上,叽叽喳喳地叫着,然后大大拉了一泡。"你在说谎,好争取时间,亨特·马斯明白。亨特·马斯在几日内都不会做出决定,小姐会有足够的时间提出真正的报价。"

"你不能这么做。"莱娅说。

"没人能阻止得了亨特·马斯。"他用近乎轻柔的声调说。

"哦,我觉得有人可以。"斯卡莉特说,"索罗船长?"

汉掏出爆能枪,R3机器人发出尖厉的警报声,同时伸出了一根噼啪作响、火星四射的电线。丘巴卡龇着牙挡在了前面,机器人和老鼠鸟都畏缩地后退了几步,但亨特·马斯只是轻蔑地撇了撇嘴。

"你们的伍基人可以杀掉亨特·马斯,"他说,"要是你们想看到帝国取胜的话。亨特·马斯不在乎。他迟早都会死!这就是你想要的结果吗?看到帝国胜利?"

"这是不是说,可以把你的胳膊扯下来?"汉问,"因为到时候我没准儿会这么干。"

"让他走。"莱娅说。

所有人都没有动,只有那只老鼠鸟钻进了亨特·马斯镶着金边的红斗篷,探着脑袋刻毒地盯着外面的人。斯卡莉特眯缝着眼睛。丘巴卡从喉咙深处发出了一声低吼。

"我说让他走。"莱娅说,"放下武器,让他去参加他的会面。"

汉咬着牙,将爆能枪收回枪套。丘巴卡怒吼一声,一拳擂在桌子上,将桌面打出一个坑。伍基人退回到角落,怒目而视。亨特·马斯站起身,伸了个懒腰,然后向莱娅鞠了一躬。

"您对亨特·马斯真是非常亲切,正如您本人是那么可人,高贵的小姐。我是不会忘了您的,不,绝对不会。亨特·马斯有恩必报。获得其他人的报价后,我会给您超过他们的机会的。"

"感激不尽。"莱娅说。如果对方不是这么厚颜无耻的话,这句讽刺的话一定会在他的脸上烧出水泡来。

"说实话,如果您不恐吓亨特·马斯,亨特·马斯还会失望的。"

小个子男人给斯卡莉特送上一个飞吻,一甩斗篷,大摇大摆地走出房间。那只老鼠鸟蹲在他的肩膀上,R3也亦步亦趋地紧跟在他的身后,生怕自己被落下。一时间,房间内唯一能听到的声音就是酒馆内若隐若现的音乐声。

莱娅坐回到座位上,双手放在脑后,骂了一句脏话。

"这么说——"汉转向斯卡莉特,"就是这个家伙弄走了你一直惦记着的数据？"

"是他运气好。"

"哈，我可没有指责谁的意思。被这么个油腔滑调的人击败可没什么可耻的。我的意思是，你看到他的靴子了吗？真是闪闪发亮啊。在这种需要精细操作的活计上输给一个不穿衣服但是有一双闪亮靴子的男人，真的一点儿都不需要尴尬。"

"你就好好乐吧。"

"只能乐一乐*那家伙强过你的地方*。"汉说，"至于其他地方，魂儿都快吓没了。"

莱娅站起来，挑起一道眉毛。"好吧。就这样了。要是让他去找赫特人或者黑日，要什么他们都会给的。不然就是帝国赶过来朝我们头上倾泻火雨，或者他们把东西夺回去。无论是哪种结果，我们的努力都白费了。"

"真是个美好的未来。"斯卡莉特说。

"所以我们要去他那里偷。"莱娅说。

"我明早前弄到手。"斯卡莉特说，"我得先去看看他住在哪儿。要是在他飞船上的话还容易点儿。要是他被最高议场保护起来了的话……会麻烦些，不过依然可行。那些人在人身保护和信息安全上可是下了不少功夫。"

"好的。"莱娅说，"我去和同盟进行紧急通信，好好商量一下我们可以报多高的价。"

"为什么？"汉问。

"好让他以为我们还在谈判桌上。"莱娅说，"只要他以为自己掌握着先手，我们就有胜算。"

"那你需要我们做什么？"汉边问边朝丘巴卡点了点头。

"当他的保镖。"斯卡莉特说，"务必保证在我们获得情报之前他还活着。"

丘巴卡的怒吼声响彻了整个房间。

"我也不喜欢这样。"莱娅说。她把头仰到极限，好看着伍基人的脸，"可我也没有办法。亨特·马斯就是一个唯利是图、愚蠢至极、不自量力的小人。他很可能会死在这件事上，不过眼下他还掌握着先手。如果帝国——或者黑日，或者赫特人——得到这种力量，那整个银河就永远都不会再有自由可言了。"

斯卡莉特一脸严肃地点了点头。

"那么——"汉说，"要是我们得手了又会怎么样？"

第十八章

最高议场提供四种不同的住宿级别：对于本次会议中那些极具权势的大型代表团，会议提供了七栋私密建筑，管理方直接将密钥和建筑管理权完全移交，由住客自己控制，自己负责安全。第二级则是一些高安保级别的套房，住在里面的感觉比监狱强不了多少，守卫、监控摄像头一应俱全，还有一队装备爆能枪的小型飞行机器人在不断地巡逻，那些机器人对于谁有权、谁无权出现在走廊把关非常之严。第三级是最高议场内的一些睡觉用的出租屋，距离会议室和酒吧都很近。最后一级就是供士兵和其他一些不介意毫无隐私密集居住的社群型种族使用的大宿舍。

看到亨特·马斯大摇大摆地朝第三级房间的方向走去，汉并不觉得吃惊。一个需要老鼠鸟和机器人伴侣陪伴的人不可能接受最差的那个级别，而他又付不起最好级别的钱。汉蹲在天井里一棵树干光滑的大树下，一边清理手指甲，一边透过巨大的玻璃幕墙看着亨特·马斯和负责分配房间的机器人商谈。斯卡莉特轻声细语的声音传了过来。

"好啦。"她说,"剩下的我来,你可以走了。"

汉没有回答,只是转身背向住宿套间,沿着穿过议场的走廊走了出去。经过小花园时,一群人类一脸尖酸刻薄地盯着他。汉用手指碰了下前额,嘲弄地行了个礼,但丝毫也没有停下脚步的意思。

塔拉斯廷城里已接近午夜,走在议场内有一种鬼鬼祟祟的感觉。人们在不同的秘密聚会地点间来回穿梭,所有人都是一脸警惕的表情,所有人都想在不被发现的情况下先看到对方。在基亚穆尔,一切皆可出售。武器、毒品、奴隶、忠诚、背叛,全无例外。就连银河系的未来也在出售之列,这都多亏了亨特·马斯。坏消息是跟踪亨特·马斯很麻烦,好消息是跟踪还是可行的,再加上汉和斯卡莉特两人轮班负责监视保护,截至目前他们还没有被发现。

"嘿。"一个声音低声说。汉扭过头,一个竹竿一样细的诺格人低声说,"我需要通信应答识别码,你卖识别码吗?"那个诺格人眉毛很重,似乎永远都在龇着牙。

"我什么也不卖,姐妹。我只是一个出来散步、心如止水的小市民。"汉说。诺格人笑着点了点头。他们俩都在撒谎,并且两个人对此都心知肚明。至少这一点值得表扬。

"好了。"斯卡莉特的声音在耳机里响起,"他交了钱,他们给他安排了房间。回来吧。"

"他的机器人呢?"

"和他一起进去了。"斯卡莉特说,"公共服务区安全。"

"都不用把机器人留下当哨兵吗?哇哦。"汉说,"这家伙可真是个菜鸟。"

"这话我以前好像就说过。"

"还不是因为你太专业了。我到现在都没弄明白你是怎么输给他的。"

"还没完呢,胜负未分。"斯卡莉特说。

汉转身朝住宿区的方向走。身后,诺格人正在和另一个人说话,询问她几乎肯定不需要的识别码的消息。汉回到树旁,看着玻璃幕墙里的斯卡莉特。斯卡莉特在头发和衣着造型上做了点改变,虽然很小,但十分有效。穿的还是那条黑裤子,那件灰上衣,但看上去完全是另一个人。之前那种佣兵的感觉一扫而空,取而代之的是一种友善的游客形象。汉搞不懂她是如何做到的,不过感觉上,斯卡莉特似乎很喜欢利用别人对她的低估。汉一直等在树下,直到斯卡莉特从机器人面前转过身,笑着挥手示意他过来。

汉穿过庭院,有一种危机四伏感觉。这里可以让人躲藏的地方实在太多了,考虑到在这地方走动的是自己,那种感觉变得越发强烈。

"这位就是了。"斯卡莉特指了指正在走过来的汉对机器人说,"他居然想让我们全程都待在来时乘坐的那艘飞船上。你能想象到还有什么会比那更无聊吗?"

"我想先生自有他的理由。"机器人说。

"我确实有。"汉说,"而且是非常好的理由。非常……有道理。"

斯卡莉特微微皱了皱眉,汉摊开双手,你想要我说啥?

"他老是说飞船上更安全。"斯卡莉特说。

"没错。"汉接过话头,"我就是这么告诉她的。而且我还是不太相信这里的安保条件。我们有些很敏感的文件。商业方面的。我可不想为了一间大一点儿的房子而把文件给弄丢了。"

"完全不必担心。"机器人边说边摇着它那银灰色的头,"客人离开期间,房间会完全封闭。如果您有要求,就连服务机器人也不会进去。只不过这样会不太方便而已。"

"还是不够好啊。"汉说,他开始进入角色了。"我的文件绝对不能让任何人碰到。"

"另外——"机器人继续道,"只要支付一小笔合理的费用,您就可以使用房间内的加密保险箱。您甚至可以设置自动销毁,只要遇到可能的侵入行为,文件就自动销毁。"

汉皱了皱眉头,看着斯卡莉特,然后又抬了下眉毛。我不知道了。你还想了解啥?

"好极了。"斯卡莉特边说边掏出一张信用单递给机器人,"我们要了。"

"衷心感谢您的惠顾,夫人。"机器人说,"您的房间是17-C。有什么问题请尽管提。"

斯卡莉特再次像在舞厅里那样挽住汉的手臂。汉抽出胳膊,他可不愿被人操纵。斯卡莉特笑得非常开心。他们经过一条短而宽敞的走廊,铺的都是激光切割的石头。斯卡莉特合拢指尖,边走边打量着周围的房间。汉没问她在想什么。17-C是一个低吊顶的大房间。床比千年隼号的宿舍都大,不过比汉预想的还是要小一些。斯卡莉特快速检查了一遍房间,然后摆弄起了柜子里的保险箱。保险箱响了一声,收下她的信用单,打开箱门。

"如何?"汉问。

"有好有坏。"斯卡莉特说,"磁力锁,是机械的,不是智能型的,所以那些破解用的工具都没用。我再看看加密单元的情况。"

一道白光笼罩了斯卡莉特,火星如星星般落了下来,汉惊叫一声跳向斯卡莉特。斯卡莉特转过身,一副若有所思的表情。

"你没事吧?"汉问。

"没事,我就是想看看加密单元。"她边说边举起手中的黑色小圆柱,"焊枪。"

"哦。"汉说,"好吧,你继续。"

白光再次闪烁了起来,到处都是炽热金属的气味。汉睡到了床上。

"不管怎么说,我觉得她挺幸运的。"斯卡莉特说。

"谁？"

"公主啊。"

"你觉得吗？她亲眼看着自己的母星被达斯·维达摧毁，而她的'筹钱'之旅这回又变成了'赶在帝国舰队炸平行星前获得危险情报'之旅。我没看出她哪里比你幸运了。"

"嗯——"斯卡莉特说。

汉翻了个身，扭头看着斯卡莉特。"怎么？你有什么想说的吗？"

"没有。过来，抓好这个。"斯卡莉特说着，把小焊枪扔给汉，自己则钻进了柜子里。有什么东西吱嘎了一声，然后是砰的一声响，斯卡莉特钻了出来，一脸胜利的表情，手里还握着一个手掌大小的发着绿光的方板。"科里森－莫特 80 型。"

"是好消息吗？"

"喜出望外啊，这东西搞得定。我还需要再看看密封门的协议数据。等一下。"

斯卡莉特坐到汉的旁边，抽出电脑。屏幕上只有一个简单的登录界面，她从口袋里掏出一块灰色的小芯片，咔嗒一声插入旁边的卡槽。屏幕静止了一瞬，颤抖一下，一排排复杂的数据显示了出来。汉盘着腿坐了起来。斯卡莉特敲击了一下键盘，一行提示出现在屏幕上，于是她开始输入。

"他就是运气好。"斯卡莉特说。

"谁？"

"亨特·马斯。他在加拉西恩府上当了个园丁，然后说服了一个安全人员去做傻事，等到出了岔子的时候，他就扔下那个姑娘自生自灭。"

"听起来她是没选对同伴啊。"

"她没马斯那么自恋，不过也是个自信过度的家伙。真不知道他们怎么会成那个样子。"

"哦，聪明人都不屑于与白痴为伍，白痴们自己在一起的时候又不会自知，所以我觉得这挺正常的。"汉说。

"你觉得他们知道自己是聪明人还是白痴吗？"

"肯定不知道。"汉说，"亨特·马斯正蹲在自己的屋子里，觉得整个银河的小辫子都握在自己手里呢。最蠢的蠢蛋总是觉得自己最聪明。"

"这么说我们俩可能也是自己觉得很能干的蠢货了？"斯卡莉特拿起加密单元，一边查看旁边显示出的文字一边说。

"我们知道帝国舰队失去了一艘追踪咱们的亨特的飞船。而帝国很清楚他手里的货什么。我们还和那个蠢货待在同一片天空下，所以我很确定我们肯定也挺蠢的。"

斯卡莉特在键盘上按了两下。"他在 24-D。单一接入账号，语音识别。"

汉叹口气，坐了起来。"我还是去确保他别先死了吧。"

"我想办法偷他的东西。"

"这回完事儿之后总可以走了吧？"

"哦，当然，那是自然。"

"看起来我们还没蠢到*那种程度*。"

房门嘶的一声打开，又在汉的身后关上。他一边摩挲着双掌一边往前走，尽量摆出一副人畜无害的样子。这里的房间排列只有大概的规律，汉花了几分钟的时间才找到标着 24 号的那一区。那一片的房屋看着比 17 区要寒酸一些，地砖已经磨损，白墙上满是裂缝。真不知道那个机器人把亨特·马斯安排到这一区是不是因为也看他不顺眼。

走廊尽头有两张嵌在墙里的沙发，汉坐在其中一张上，调整姿势，好让自己能看到 24-D 所在的门廊，同时又不让偶尔经过的人看到自己的脸。他又检查了一下爆能枪，能量已经充好，于是他就坐在那里，静静地等待。

时间已过午夜,就算斯卡莉特找到了侵入的方法,那他们也得等亨特·马斯进行下一轮会面的时候才能实行计划。汉很想知道马斯上次和莱娅见面时把情报藏哪儿了。会面结束后他没有回飞船就直接来了这儿,而汉觉得他是那种会把这么重要的东西攥在手里的人。说不定数据卡就缝在斗篷里。

一个维修机器人嗡嗡地走了过来,向汉点了点头,然后接着往前走。汉看着抛光石壁上的纹路,数着植物的叶子,那些叶子并没有把休息区装饰得更加自然温暖。他感觉自己的腿正变得越来越重。

第一次听到声音时,汉并不确定自己是不是听错了。是微弱的敲击声,就好像是用小石头打窗户。第二次响起时,他专注聆听。第三次,他就抓起爆能枪站了起来。声音并不是从亨特·马斯房间所在的走廊传来,而是来自旁边的那一条。汉探出头,正看到远处走廊交会处的东西。还没看清楚是什么,那东西就消失在了视线之外。走廊里还有其他人,而且他们跟他一样,都不希望被人看到。

汉打开通信。

"斯卡莉特?"

"汉?"

"你那边情况正常吗?"

"出什么事了?"斯卡莉特问。

"应该没什么事吧。你那边情况好吗?"

"有点儿进展了。"斯卡莉特说,"我大概已经弄明白了,不过要是外面有什么麻烦的话……"

"还不能确定。"汉说,"我要去察看一下,所以要是你听到爆能枪声或者叫声的话,你知道的……"

"我会注意的。"

汉切断通信,回到24区的走廊,里面没人。他让脚掌按照从脚跟到脚趾的顺序落地，缓缓行走，生怕弄出一丝响声，走向那人刚才所在的交会处。爆能枪捏在手里感觉很轻，他都能感觉到血管里血流的声音。他听到其中一扇门里隐约传来一阵阵深沉的笑声。

汉在走廊的交会处朝角落瞥了一眼，又赶紧把脑袋缩回来，以防有人朝他开枪。那里还有另一条长走廊，走廊的尽头有一团小小的突起。是个类人智慧生物，可能就是人类，正弓腰驼背地藏在走廊尽头半米宽两米高的观赏植物带后面。汉又仔细看了看，不管是什么人，那些家伙都没有注意到他。从汉的方向可以看到那人的肩膀在动，似乎在忙着做什么事情。

汉犹豫了一下。最高议场内正在进行的勾当多得数也数不清，而其中绝大多数跟他一点儿关系都没有，这很可能也只是无数勾当中的一个。他现在完全可以回到自己的沙发上继续守夜，不过他觉得最好还是确认一下蹲在走廊尽头的人是不是在造炸弹。想到这儿，他拿定了主意。

汉溜过墙角，缩在走廊尽头的人没有反应。汉一步一步地前行，把手枪举在身前。他轻声走到观赏植物旁，用爆能枪指上了那个戴着兜帽的人的头。

"打扰一下，朋友。"汉说，"我忍不住想要看看你在这儿干什么。"

身着黑袍的人抬起头，举起双手，缓缓转过身。是个博萨人。汉眉头一皱，是个老相识。汉的胃不由得一沉，他转过头，看向身旁的观赏植物。

枝叶间，一把爆能枪正对着他的左眼。

"别怪可怜的萨尼姆。"巴森·雷说，"这小子只是个跟错了人的飞行员而已。你也知道是怎么一回事。现在，咱们重新再谈谈吧。"

"你看，"汉说，"现在的时机可非常不合适啊。"

"你就没有合适的时候，伙计，不是吗？"

第十九章

汉尽量放慢脚步，拖延时间。走廊里很安静，光线也很暗。就算有安保机器人和监视器，汉也没有看到。他也没听到有警报响。要么他被绑架这件事并没有引起别人的注意，要么是因为这种程度的暴力根本不足以引起基亚穆尔当局的关心。巴森很狡猾，他并没有把爆能枪直接顶在汉的背上，而是让萨尼姆走在前面，距离近到足以挡住前面的路，好不让汉逃跑，同时又远到不够汉冲上去把他扣作人质。汉考虑过要不要大声呼救，好引起斯卡莉特·哈克的注意，不过那样也可能会惊扰了亨特·马斯。

总而言之，今晚怎么看都不是个令人愉快的夜晚。

"你得联系我们的朋友丘巴卡。"巴森说，"告诉他，计划有变，让他把千年隼号准备好，随时准备出发。顺便告诉他，不要对西奥兰上的事儿太在意了，换作我也会像他那样做的。"

"你的计划就是夺走千年隼号？"汉问。

"不是首选。"巴森说，"不过我们只能随遇而安嘛，是不是？好歹也是艘飞船嘛，而且我们现在需要飞船。"

又到了一个路口，萨尼姆抬起一只手示意他们停步。查看了各个方向的情况后，他假装路人一样地又挥了挥手，示意所有人继续前进。

"你连飞船都没有吗？"汉问，"你是走来的？"

巴森的笑声低沉而悲哀。"恐怕我的老船已经寿终正寝了。事实上，我这可是在帮你的忙，孩子。之前把你放在油锅上煎，这是事实，不过我这么做可是把你给拉出火海了。进基亚穆尔星系的时候我差点儿撞到了一艘帝国歼星舰上。一共有十艘呢。哈，我跟萨尼姆把所有能量都补到了护盾上才逃了出来，是不是？不过还是漏了不少等离子体，把动力耦合器给烧掉了。那么好的一艘船，落得这种结局可真令人伤心。我本来想留下来，把那老伙计修好的。不过嘛，赶到明天早上，这颗星球上的所有玩意儿就都要变成渣了不是？"

汉喉头一紧。这么说，舰队已经来了。他们已经没有时间了。他得去警告莱娅，还有斯卡莉特，还有丘巴卡。

萨尼姆打开走廊尽头维修通道的门，探头看了看，耳朵也转向了前方。两个礼仪机器人远远走了过来，他们的电镀层使用的是光洁的聚合材料，体表的电路元件在黑暗中闪烁着蓝色和黄色的光。等那两个机器人都走过去后，萨尼姆又打了个手势，示意汉继续前进。

"加快步伐，老朋友。"巴森说，不过他的声音里友善的成分比刚才又少了一分。"我现在可没时间也没精力和你耍小聪明。"

"巴森，你这招玩儿得可不好。"汉并没有继续向前走，而是开口说，"贾巴那摊子事儿，搁在大棋局里根本不算什么。"

"对你来说，也许吧。"巴森说，"对我来说，这事儿还是挺大的。走吧。"

大厅外，最高议场的窗外漆黑的天空已经带上了一丝灰白色。一只比汉的大拇指大不了多少的小鸟儿腾空而起，飞上了高高的穹顶。萨尼姆不耐烦地叫了几声，挥手催促他们继续向前。

"听着，巴森，我理解你的处境，真的，而且我一点儿也不会记仇。所以在我们走出去闹得不可收拾之前，先让我跟你说说我们面临的情况吧。"

"这次就算你把全宇宙的蜜糖都弄来也别想把我灌迷糊，老伙计。"巴森说，"另外也别以为我不会朝你开枪。别乱动。"

"你这么做必输无疑。害怕贾巴，这我理解。虽然我没你那么容易害怕，但他也经常让我紧张。"巴森笑了起来，这是个好迹象。汉不由得加快了语速。"这里的棋局比那要大得多。大到可以灭了所有赫特人。现在，你我跟能够决定谁是银河系未来霸主的情报只有一步之遥。"

"还不是你那老一套骗人的鬼故事。"巴森说。

汉举起双手，掌心向外，缓缓转过身，想到爆能枪的能量束随时都可能射过来，他身上的鸡皮疙瘩都要起来了。

"可别乱动，小子，不然我就在这大厅里结束你这可悲的一生！"巴森低声威胁道，可汉并没有停下动作。巴森站在那儿，爆能枪指着汉的脑袋。他的残肢上并没有安装替代品，只有一块钢质盖板。巴森脸色阴沉，愤怒之情溢于言表，手中的爆能枪管颤抖着，显然不是恐惧所致。

汉尽可能露出自己最有魅力的笑容。"你知道的，这可是大事儿。"他说，"我倒不是非得说服你信任我。你只要看看就知道了。斯卡莉特·哈克刚从西奥兰撤出来，帝国就派了十艘歼星舰。而且我来了之后，莱娅·奥加纳也没有立刻收拾东西走人。所以你肯定想得到，不管这到底是怎么一回事，总之肯定不是小事，对不对？"

"省省你的口水，不用再劝我了。"巴森说，不过他的语气听起来已经没有之前那么坚定了。

"那是一种能够阻止超空间跳跃的工具。这就是我说的'大棋局'。"汉说，"那东西可以决定谁能从星系内的一个地方跳到另一个地方。"

巴森只是耸了耸肩，但汉看得出来，他正在心里算计。巴森的眼神软化了一些，然后又变得有些失神。汉有点儿想要飞身一跃夺过爆能枪，但他只能不断地压抑自己心里的这种渴望。

"所有人都只能待在他们自己的星系，除非你容许他们移动。任何地方的任何人都得向你申请许可，然后才能出行。不管你要价多高，他们都只能照付，不然就只能老死在那里，随你高兴。"

"你说谎。"

"难道帝国舰队也是我弄来和我一起合谋骗你的吗？十艘歼星舰听起来可是挺有诚意的。"

巴森伸出舌头，润了润嘴唇，然后又伸出残臂，蹭了蹭鼻子。博萨人发起了牢骚："老板，我们得走了。"

"耐心点儿，萨尼姆。学着耐心点儿，嗯？"说完，他又转向汉。"那个神物，在这儿吗？就在基亚穆尔？"

"不在，不过地图在。帝国舰队过来为的就是这个。他们知道那东西的位置已经有段时间了，不过他们更想确保其他人不会知道。一个名叫亨特·马斯的家伙复制了他们的数据。我和哈克来这儿就是为了把东西从他那里偷出来。"

"真可惜你们就要功败垂成了。"巴森说。

"这块饼可不小哦，巴森。简直是有史以来最大的一块。要是你也能吃一口，想想看，贾巴手里那点儿东西算个啥？"

"哈克也在这儿？就在这颗星球上？"

"就在三条走廊外的一个房间里。你要是乐意，我现在就能带你去。"

巴森还在犹豫。窗外的光线更亮了。博萨人像是尿急一样左蹦右跳，嘴里还轻声哼哼着。汉静静地等待着。

"我们去和咱们的好朋友哈克聊聊吧。"巴森说,"也许还有谈判的空间。"

"你比看起来可是要机灵多了,老伙计。"汉说。

巴森的笑容里充满了悲伤。"哪怕只比你说的偏差一点点,我也会当场把你干掉,你心里清楚。"

"我也是这么想的。"汉说。

他们朝 17-C 的方向走去。一路上汉绞尽脑汁地思考着警告斯卡莉特的法子。如果能发出警报,斯卡莉特说不定还能搞出点应对之策。不过时间已经不够了,而且他什么工具都没有,巴森和博萨人还紧盯着他的每个动作,除了继续向前走,继续想之外,他什么也做不了。

汉停在了房门口。巴森站在他的左后,萨尼姆在右后。要是能转身夺过巴森的武器的话……

"想也别想。"巴森说。汉叹了口气,打开了门。

斯卡莉特正盘着腿坐在床上。她的头发都绾在脑后,只有一缕从额头上垂了下来。她正全神贯注地盯着眼前掀开了的装置。墙上打开的保险箱里,三层黑色的金属板和复杂的电路敞在空中。臭氧和金属熔化的气息刺得汉眼睛疼。

"汉。好消息。我已经找到了一个解决门锁的靠谱方法,我还搜索了足够多的通信日志,搞清楚了亨特·马斯到这里之后跟他进行过通信的那几人的身份。我敢说他有好几场会谈要安排呢。二十分钟前他的通信刚刚安静下来。要么就是他比看上去的样子还要蠢,已经去睡觉了,要么就是他正在准备去参加第一场面对面会谈。这样的话,他一离开我们就进去。"直到这时她才头一次抬起头,"呃,你这两位朋友都是什么人?他们为什么拿枪指着你?你干什么坏事了吗?"

"巴森·雷,"汉边说边走进房间,"萨尼姆,这位是斯卡莉特·哈克。

斯卡莉特？还记得我跟你提过的巴森·雷吗？"

"那个破坏了西奥兰上的接头地点的人？"斯卡莉特说，"幸会。"

"我们见过一面。"

"哈。"斯卡莉特耸了耸肩。

"您伤害了我的感情，小姐。"

"哦，那样的话你可以放下武器，安静地离开。"斯卡莉特说，她的手里仍然拿着工具，腿上还放着电脑装置。"这样就只有感情会受伤。"

"那倒用不着，用不着。"巴森说，"好心的索罗船长邀请我加入行动，共襄盛举，不是吗？"

大门在他们身后嘶嘶地关上。萨尼姆的目光在大门、巴森和斯卡莉特之间来回移动。斯卡莉特向前探了探身子。

"我可没时间瞎搞。"斯卡莉特轻快地说，"所以我们就开门见山，从我为什么不能直接干掉你们两个，把尸体扔进回收站说起吧。"

"我们的枪已经掏出来了。就算你是这个星区手法最快的枪手，你的朋友索罗也是必死无疑。"

"我们也没熟到那种程度。"

"嘿！"汉叫了一声。

"无所谓啦。"巴森说，"我还是觉得此时此刻你并不想挑起枪战，不是吗？时机不对，是不是？再说，我们是来帮忙的嘛。如果这位不靠谱的汉先生所说的能有一半是真的，那在这事儿上我也会站在你们一边，至少暂时如此。"

"这我倒没看出来。"斯卡莉特说。她的装置响了一下，一幅粗糙的全息图出现在了床上。24-D 外的门厅里，亨特·马斯整理了一下自己的斗篷，两手交替着拎着一个小箱子，然后探着身子，对着走廊说着什么。这个影像源没有声音，不过汉猜测，那个光着身子的家伙应该是正在练习他的推销演讲。不一会儿,门就又关上了。

"你在用监视器监视他?"汉问。

"我去找你,结果你不在。"斯卡莉特说,"于是我采取了备用方案。"

"一个小摄像头就把你给代替了。"巴森说,"这个世界已经不需要咱们啦,索罗。"

"你就使劲儿笑吧。"汉说,"他要去哪儿?"

"不知道,无所谓。"斯卡莉特说,"这就是我们的时机。我可不想因为你的包袱浪费了这次机会。"

"包袱?"汉说,"我可没有包袱。"

"哦,你还是有一点儿的。"巴森说,"我可没有冒犯的意思。这么说,我们是一伙儿的了?一起离开这颗星球,之后利润共享?"

"成交。"斯卡莉特说着,关闭装置,"欢迎加入。"

"荣幸之至。"巴森说,"希望你不会介意我采取一点儿预防措施。萨尼姆,我的孩子,你去千年隼号,务必保证一切顺利,随时都能出发,明白?如果我们的这两位朋友过去的时候身后没有微笑的我……你知道该怎么办。"

博萨人顿了顿。"杀光所有人?"

"看看。"巴森说,"你还是知道的嘛。好小伙儿,你先走一步。"博萨人点了点头,打开门,转身走了出去。

巴森将爆能枪放回皮套,抱歉地耸了耸肩。"江河日下啊,找个好帮手都这么难。"

"这倒是实话。"斯卡莉特说。

"完事儿之后我们可得快点儿离开。"巴森说,"一大群帝国的麻烦玩意儿正在朝这边来呢。"

"那是自然。"斯卡莉特说,"好啦。再给亨特·马斯几分钟时间,让他走远点儿。我可不想让他再绕回来打扰我们。"

"我们不该警告莱娅帝国舰队的事吗?"汉问。

"她会知道的,这个不需要你担心。眼下先关心怎么进那间屋子,把数据拿到手,然后再出来吧。"她扬起眉毛,充满欢乐的目光在巴森和汉之间来回移动。

这女人疯了吧。汉想。

"有人要去方便一下吗?"斯卡莉特问,"一旦开工,我可不想因为有人要撒尿而浪费时间。"

巴森大笑着拍了拍汉的肩膀。"你总有办法认识有个性的人,是不是,老伙计?"

"又不是我的错。"

斯卡莉特下了床,理平床单上的褶皱,然后一样一样地摆出自己的工具。她轻声哼着歌,那歌声小得几乎听不见。巴森看着她,汉看着巴森。帝国舰队来袭的消息像风暴一样笼罩着这间屋子。汉在心里安慰自己,在这颗星球上的某个地方,莱娅和同盟的各位领导应该正在回他们的飞船。丘巴卡已经准备好了千年隼号。斯卡莉特的计划正在有条不紊地进行。汉不知道计划的细节,也不喜欢过于依赖这些计划。就这么站着不动可真难受。

巴森看着他的眼睛,脸上温暖而慈祥的笑容里透着一丝虚假。"真像过去的时候啊,是不是?"

"我怎么不记得?"汉说。

"我是说在精神层面上。"

"好吧,就算是吧。"

"不论如何,我还是挺希望这事儿能成的。把你拿去喂赫特人没什么好让人开心的。"

"闲话都扯够了吧。"斯卡莉特说,"该开工了。"

她将工具一样样装进口袋、插回腰带,像军人一样冷静而高效。然后,她指了指巴森。"我们去 24-D。我负责门锁,你和索罗要保证我不受打扰。"

"应该没问题。"巴森说。

"要保证没问题。"

米里亚尔人笑着用残肢指了指斯卡莉特。"我喜欢你,既不墨守成规,也不会想太多,行动迅速,善于发现事物的价值,即使是意外之喜也不例外。"

斯卡莉特行了个毫无诚意的屈膝礼。"其实啊,要不是因为会引发警报,我早一枪崩了你和你的小朋友了。"

巴森看了看汉。"看来她也不太喜欢你啊,我的孩子。你的魅力在流失啊。"

斯卡莉特一脸古怪地表情进入门厅,然后在他们身后关上了门。

"哦,我不会打到他的。"斯卡莉特说,"我的枪法非常准。走吧,办正事去。"

斯卡莉特快步向前,虽然没有跑,但也没有浪费一丝一毫的时间。汉和巴森得小跑才能赶上她。拐角处,巴森看着汉的眼睛,朝着斯卡莉特的背影点了下头。

"她刚才是说笑吗?"米里亚尔人问。

"我怎么知道?"汉说。

第二十章

24-D外那长长的走廊铺着石板，里面一个人也没有，这让汉微微松了口气。巴森用那只完整的手握着爆能枪。这位赏金猎人可不是个做事精细的主儿，如果有必要，他可以毫不犹豫地一枪崩掉旁边的路人。斯卡莉特蹲在门口，摆弄着门锁的控制面板，巴森则在旁边不住地跺着脚。

几分钟后，亨特·马斯的房门打开了。"容易的部分就这些了。"说完，斯卡莉特走了进去，巴森紧随其后。汉又在走廊里等了一会儿，看了看左右动静，好确定没有人跟踪他们。

"你老说这句话。"汉说，"但它没有你想要的那种安慰效果。"

看到既没有人从大厅里对着他们大喊大叫，也没有警报被触发，他跟着斯卡莉特进了屋，关上门。才住了没多久，亨特·马斯就已经把整间屋子弄了个一团糟。那张床根本不能用"没有铺好"来形容，确切地说，整张床就像是被肢解了一样：枕头扭成了常人都想不到的形状，床单被拽掉了一半，被褥在地上乱七八糟地堆起来。湿漉漉的毛巾被揉成团扔在浴室地面上。房间的地板上还散落着不少衣服。马斯带来的 R3 机器人待在房间的角，身上挂着一件皱巴巴的衬衫，那只老鼠鸟也蹲在机器人上面。老鼠鸟还在衬衫上拉了几坨鸟屎，衣服上到处都是白色和绿色的斑块。看到他们时，老鼠鸟在机器人的头上跳来跳去，愤怒地尖叫起来。

斯卡莉特已经打开了柜子，研究起保险箱。巴森用脚尖拨开地上的毯子。看到大声尖叫的老鼠鸟，他举起了爆能枪。

"别。"汉说，"触发旅馆的警报就不妙了。"

"这丑东西我不喜欢。"巴森用枪瞄着老鼠鸟说，但他并没有开枪。

"害怕的话可以站到我后面。"汉咧着嘴对他说。

"继续扯吧，小子。"赏金猎人笑着说，"你继续。"

老鼠鸟又叫又跳地对他们扑打着翅膀，还时不时地拉一泡。

"但愿亨特晚宴的时候没打算穿这件。"汉说。

"令人作呕的臭玩意儿。"巴森说，"你能想象那家伙的飞船上是个什么样子吗？"

汉笑了起来，他想起了以前，巴森和他还不是敌人的时候。当年，他们在银河的各个角落里的阴暗小酒馆里可没少说笑。汉觉得，自己也有可能做出巴森那样的抉择——当再也接不到足以维持收支平衡的走私活计时，来钱极快的赏金猎人生意就变得越发诱人。到时候自己是不是也会落到这般下场呢？绝望到要拿老朋友来换钱？

要是没有在塔图因的穷乡僻壤遇见那个老头和那个笨小孩，他很可能也会落到这般下场。汉对神秘主义和古老宗教并没有什么特殊爱好，比如原力什么的，不过有时候他确实会觉得，冥冥之中似乎有股力量在幕后操纵着什么。就因为那一次机会，现在的他在为莱娅和义军工作，而没有落到要靠猎捕老朋友换钱的地步。

"找到了。"斯卡莉特说，她用指节敲了敲保险箱的门。那东西就在屋内最大的柜子后面。斯卡莉特单膝跪地，开始从腰带上一件件地取下工具，"他应该不会蠢到把密钥卡扔在地上，不过也说不定。你们找找看。"

巴森一把将床单从床上扯了下来，床垫也被他翻了过来。接着，他收好爆能枪，抽出匕首，切开了床垫。

"你说——"汉开口道，"他有那个时间把密钥卡缝进床垫里吗？"

巴森不屑地哼了一声，不过他收起了匕首，转而去翻找床架。汉翻了翻小垃圾筒，又打开所有抽屉，绝大多数抽屉都是空着的，只有一个抽屉里装了一些个人用品。没有哪个东西看起来像是密钥卡。

巴森来到就寝区旁的 R3 机器人那里，敲了敲机器人，要求机器人说话。机器人拼命缩进墙角，尽可能地减小自己的目标。巴森踢了机器人一脚，机器人对着他可怜巴巴地滴滴响着，它头上的老鼠鸟对着巴森的好手又跳又叫。

"除非你手头就有一个礼仪机器人，否则别想从它那问出什么了。"汉说，"不过你可以检查一下那只鸟。"

"开什么玩笑。"巴森瞪着汉，"你想让我把剩下的几根手指头也搭进去吗？"

汉翻了翻眼珠，穿过房间，一把将老鼠鸟从机器人头上拍下来。老鼠鸟尖叫着掉落在地，不断扑扇着翅膀。汉从抓着鸟的后颈把它拎起来。老鼠鸟又是叫又是吐，把地毯弄得一塌糊涂，但汉就是不松手。

"看到了吗？"汉问巴森。赏金猎人提起老鼠鸟的两只翅膀，戳了戳老鼠鸟细瘦的身子。

"有个项链似的东西。"说着，巴森一把将链子从鸟脖子上拽了下来。汉松开了那个可怜的小东西，老鼠鸟蹿上了自己在机器人身上栖息的地方，对着他们指责似的叫了几声，然后再也不出声了，只是把头埋在翅膀里，露出一只黑色的眼睛紧紧地盯着他们。

巴森拿起项链让汉看。银色链子一端的银质基座上，一颗绿宝石正在缓缓地转动着。汉指了指宝石，说："斯卡莉特，你看这东西怎么样？"

斯卡莉特扭过头看了一眼，又继续研究起了保险箱。"嗯，看起来像个假货，便宜的玻璃制品。他也没多爱这鸟儿嘛。"

巴森举起绿宝石，对着光仔细检查了一下。他哼了一声，将石头扔到一边。"现在这年月，连罪犯都这么低级。这些人啊，真没有格调，也没啥自豪感。"

"不像我们，是吧？"汉说。

"随你怎么说吧，索罗。不过，不管我们在什么地方，对于你，我还是尊重的。你和我一样，有自己的原则。"

"其中之一就是不背叛朋友。"

"这我知道。但我在为那个赫特人干活儿，所以我们已经做不成朋友了。"巴森悲伤地说，"而且，你把我的手打掉了。"

"我挺后悔的。"汉说。巴森点了点头，好像这些话让他备感安慰一样。

"嘿，小伙子们。"斯卡莉特说，"我可不想打扰你们的浪漫时刻，不过我现在需要人帮忙。巴森，我敢打赌你这辈子也搞过几次磁力锁破解吧？"

巴森笑了笑。"你想让我搞这玩意儿，好给背后的汉一个机会吗？你也太看不起我了，宝贝儿，我再傻也傻不到那种程度。"

"我来吧。"说着，汉走到了柜子旁。斯卡莉特用下巴示意保险箱打开着的控制面板，一根白色导线从里面伸了出来。她的两只手都在装置里面腾不出来。

"我需要你确保那根线不要碰到保险箱的金属部分，直到我告诉你好了为止，记住，动作要快，做好准备。"

"知道了。"说着，汉抓起那根线，他的手指扫过电线裸露的接头，一股刺痛感顿时穿过了他的手臂。斯卡莉特正在处理的面板上立刻冒出了火花，吓了一跳的斯卡莉特也叫了起来。

"别碰接头！"

"哦。"汉说，"你早说嘛。"

斯卡莉特瞪了他一眼。

"那么……"巴森坐在屋内小桌的桌沿上说。不过他的后半句还没有说出口，房门就忽然一下子打开了，亨特·马斯挥舞着爆能枪冲了进来。他的另一只手里捏着一个塑形盒。

"小偷！"他一边大叫一边用枪指着汉，"叛徒！亨特·马斯提出的可是公平交易，你们居然用偷窃来报答？"

汉举起没有拿线的那只手，露出一个笑脸。斯卡莉特的双手都还在保险箱里，她只能抬了抬眉毛。

"嘿，别激动嘛。"汉说，"这可真是个天大的误会。"

马斯哼了一声，一头栽倒在地上。巴森正站在他的身后，手里拿着爆能枪。

"请告诉我你没杀了他。"斯卡莉特说。

巴森蹲在马斯的身旁，摸了摸他的脉搏。"没有，只是把他击倒了而已。"马斯也呻吟了一声，好像是要同意他的意见一样。

"起来吧，小子。"巴森把马斯拉了起来，"到墙角去蹲着，别出声，心情好的话我就不打你了。"

"亨特·马斯对这种待遇感到愤慨。"巴森用枪管砸在马斯的额头上，差点儿又将他打倒在地。

"闭嘴。"

"就快好了。"斯卡莉特对汉说，"准备，好！"

面板下面斯卡莉特正在折腾的地方有个东西动了一下，汉将裸露的线头搭在保险箱上。伴随着一道闪光，电子元件烧焦的味道传了过来。一道电弧从保险箱射向汉的手腕，汉惊叫一声，被甩到了一边。

"嘿，下次记得先警告我后果！"

斯卡莉特笑着说："第一层自动防护破解，还有两层。"

"说到这个——"巴森说，"你们这么干还有什么意义？钥匙和密码这家伙不都有吗？"看到没人回答，巴森指着马斯说，"钥匙给我吧，伙计。"

"亨特·马斯绝不会向……"

"或者——"巴森用轻快的语气说，"我可以朝你腿上来一枪，听起来如何？"

"不好。"说着，马斯从口袋里掏出了密钥卡，扔给了汉，"没有密码你们也开不了！"

"是吗？"汉一边问斯卡莉特，一边弯腰捡起卡。

斯卡莉特点了点头，又在保险箱里摆弄了一下，结果引发了一堆火花和刺鼻的烧焦金属的味道。

"看来你还得告诉我们密码。"巴森说。

"亨特·马斯绝不会说！"这句叫喊换来的只是巴森的枪在他嘴上又来了一下。马斯的嘴唇破了，血顺着下巴流了下来。

"只要时间足够。"巴森边说边举起枪，"我觉得你会说的。"

"停下，"斯卡莉特叫道，因为嘴里咬着工具，她的声音有些模糊，"这种保险箱有自毁功能，如果输入错误的保险密码，里面的东西就会自动销毁。"

"你不会给我们错误密码的吧？"巴森假装关心地问，"怎么能对你的好兄弟那么干呢？要是那样，我就只好朝你开一枪了，哦，开好多枪。"

"也许他觉得横竖你都会开枪。"汉说。

"你会成为富人。"亨特·马斯双唇肿胀地说，"全银河最富有的人。"

"这话我听得多了。"巴森说。

"把那两个杀掉。"马斯说,"杀了他们,亨特·马斯和你分享财富与权力。全宇宙都是我们的。"

"汉,"斯卡莉特说,"我需要你专心工作。拉住这个,直到拉不动为止,然后保持别动。"

汉按照斯卡莉特说的拉住电线。他背对着巴森,一想到马斯正在劝说巴森叛变,他就感觉肩胛骨一阵刺痒。

"这招我也玩过,亨特小朋友。"巴森说,"我们会是最好最好的朋友,直到下一个白痴出现,你把全宇宙都端在盘子里送给他,让他一枪打穿我的脑袋。"

"不会的!亨特·马斯一言既出驷马难追!我们会成为搭档,一起统治整个银河!"

"要是这话你都信的话……"汉用轻快而嘲弄的语气说,"我在核心世界还有一些富丽堂皇的财产可以卖给你。"

"你有飞船吗?"巴森问马斯。

"我们会有成千上万艘飞船!能遮蔽天空的大舰队!"

"不,"巴森用缓慢的语调说,就好像是在和小孩儿说话一样。"你现在有飞船吗?能够驾驶着离开这个星球的飞船?"

"亨特·马斯的飞船受到了一点儿损伤,但如果需要的话我们能搞到交通工具……"

"真可惜。"说完,巴森又笑了起来,"看来你只能闭嘴了,让女士好好干活儿吧。"

"他说话的时候老是亨特·马斯这个亨特·马斯那个的。"汉勉强笑了两声。他有种不太自在的感觉——一场事关生死的谈判刚在他的背后进行完,而他还活着的唯一原因就是千年隼号还能飞。

"现在,"斯卡莉特大气都不敢出一口地说,"松手吧。"

汉松开手里的电线,伴随着一声轻响,保险箱的门打开了。

"成啦。"斯卡莉特高兴地叫道。

"干得好。"汉拍了拍她的肩膀,"我总算明白莱娅为什么喜欢你了。"

巴森也走了过来,想要越过他们的肩头看看保险箱里装了什么。马斯什么也没说,只是蜷缩在墙角。斯卡莉特将保险箱的门完全打开,向里面望去。

"哈。"她说,"居然是空的。"

汉把手伸了进去,把几个方向的壁板都摸了一遍,想找找看有没有隔板或暗格,或是贴在内壁上的什么东西,可是摸来摸去也只有光滑的金属。老鼠鸟又对着他们叫了一声,听起来就像是嘲笑一样。

"亨特·马斯说过的。"那家伙开口道,"没有他,你们永远也别想拿到数据。经过这么多羞辱,现在价码会变得非常高!"

汉皱着眉看了看斯卡莉特,斯卡莉特则摇了摇头,第一次露出了不知所措的样子。

"好吧。"汉说,"看来我们得——"

身后传来一声爆能枪响,汉转身抽枪,看到马斯正低头看着自己胸口那个冒烟的窟窿,脸上满是疑惑的表情,然后轻轻地倒在地上。

第二十一章

"呃。"斯卡莉特轻声叫道。亨特·马斯躺在巴森的脚边,眨了两下眼,之后就一动不动了。汉这才发觉自己刚才一直屏着气,似乎要费好大的劲才能呼出来。

"这位不穿衣服的小先生有点儿招人厌。"巴森边说边用爆能枪指了指地上的尸体。

"所以你就开枪打他?"汉问,"这下我们再也没办法知道数据在哪儿了。你真是疯了,巴森,我——"

"我们会知道东西在哪儿的,因为我知道。"巴森冷冷地说,就好像他们是在讨论今天的天气一样。

斯卡莉特朝他点了点头。"好吧。"她也掏出了爆能枪,同时拉开与汉的距离。现在,他们三个人站成了三角形,每个人上都有一把枪。

巴森笑着用残肢挑起手提箱的手柄,直到箱子晃晃悠悠地挂在了他的肘窝处,"好啦,我们回你的飞船吧,如何?该拿的东西已经拿到了。"

"或者我把你留这儿,和马斯待在一块儿。"汉说,"然后我们把该拿的东西拿走。"

斯卡莉特什么也没说,只是进一步靠近巴森的左侧。"你站在那儿别动。"米里亚尔赏金猎人对她说,"你越靠近我的盲点我就越紧张。没有信任的世界真是可悲。"

"现在呢?"斯卡莉特问。汉不确定她到底是问巴森还是在问自己。

"我觉得我们应该……"汉开口道,但他的话被从四面八方涌来的高频警报声给打断了。

"没时间啦,小子。"巴森对他叫道,"剩下的话我们得换个地方说。"

那声音是行星的防御系统警报。帝国歼星舰已经进入了轨道。帝国不需要马斯盗取的数据,他们只需要确保那东西不在其他人的手里。他们根本不会费心派地面部队下来,只需要把整颗星球炸成灰。只要不留活物,他们的目的就算达到了。

"回千年隼号。"汉对巴森说。赏金猎人笑着点了点头。汉打开通信器,想要联系莱娅,但无法接通。通信中继已经失效了。

斯卡莉特冲出房间,不耐烦地向他们挥了挥手,示意他们跟上。巴森朝斯卡莉特跑了两步,然后又回头看了看 R3 和那只老鼠鸟。

"愿意的话你们俩可以跟上。"他说。

老鼠鸟从机器人头上飞了下来,落到了死去的主人身旁。机器人咕哝了一会儿,然后降下中轮跟上了赏金猎人。离开房间后,汉又回头看了最后一眼,那只老鼠鸟正在啃亨特·马斯的腿。贼跟贼之间真是没有忠诚可言。

防空警报还在响,震得人耳朵都快聋了。不过一种新的噪音也慢慢传来,那是一种远远的、沉闷的轰鸣,就像打雷一样。

轨道轰炸已经开始了。

人们尖叫着从各自的房间冲进走廊，背着草草收拾的行李，对着各自的通信器大叫起来。汉看到一个身材矮小的乌格瑙特人绊倒在自己的行李上，一个忙着逃命的人类管也没管就从他的身上踩了过去。

汉使劲拽住斯卡莉特和巴森的衣服后摆才没让几个人被飞奔的人群冲散。他拽着他们朝主会议厅跑去，外面的街道上已经挤满了地面交通工具和逃命的人群。汉决定直接从花园和会议厅穿过去，这样路上遇到的人会少些。

斯卡莉特似乎也明白并且同意他的主意。刚一明白汉要走的方向，她就跑到了前面，一只手拉着汉在人群中穿行。巴森跟跟跄跄地跟在他们的身后，乐得让他们走在前头。

一个身材魁梧的外星人和他们撞到了一起。那个一身灰绿色皮肤，獠牙和匕首差不多长的外星人对着他们怒吼了一声，汉还没来得及道歉，巨大的冲击波就将所有人击倒在了走廊的地板上。随之而来的就是汉从没听过的巨响。周围的石壁像受压过重的玻璃一样纷纷碎裂，汉觉得自己的牙都快被从嘴里震下来了。

等到周围平静下来，汉一边拉起斯卡莉特和巴森，一边叫道："继续跑！"他几乎听不到自己的声音，只觉得整个脑子里都充满了刺耳的高频噪音。

"跑快点儿，不然可没人救你，小红！"巴森对 R3 机器人叫道。机器人的三腿支撑结构帮助它在爆炸中保持了稳定，但穿越人群对它来说还是件难事。

"别管它了！"汉叫道。

巴森紧跟在他的身后，尽管脸上带着笑，但脸色已经因为恐惧而变成了深绿色。"刚才那一下可真险，是不是？"他尽量轻描淡写地说。

像是要回答他的问话一样，又一波爆炸声穿过了走廊，不过这次听起来距离要远一些。斯卡莉特终于跑到旅馆的侧门，冲进了会议中心的花园。

三个人抬起头，就连歼星舰那种体积巨大的东西从地面上看也只是一个个小点，但那些小点分明就是撕裂天空、击碎地面的巨大激光束和炮火的源头。会议中心旁边的山脉被炮火击中了十几次，飞船大小的碎石纷纷从山顶滚落，直冲山下的建筑而来。

"看起来他们很担心啊，可怜的羔羊。"巴森说。就连他也被帝国的暴力程度给吓住了。几座山顶炮台正在朝天开火，金色的等离子炮弹越飞越高，在天上留下道道黑色的尾迹。

"这边。"斯卡莉特边说边拽着汉进入会议中心的一个侧门。巴森跟在后面，一边走，一边还一脸茫然地抬头看着天上的景象。

汉认出了莱娅发表讲话的房间，里面挤满了和他们一样决定避开街道的会议代表。他打心底希望莱娅已经离开了这个星球。

他们穿过房间，跑进通往港口的长通道。地面还在颤动，从天而降的炮火接连不断。冲天的烟尘遮蔽了城里的光线。尖厉的防空警报和轰鸣的炮火声外又多了新的声音：是飞船引擎的轰鸣和超音速飞行的尖啸。

"大家都在逃命呢。"汉说。

"很好。"斯卡莉特一边回答，一边拉着汉进入一条他不认识的走廊，"通往港口的地下近路。"

刚在走廊里跑了几百米，一扇金属大门就出现在他们眼前，锁得严严实实。

"好一条近路。"汉一边说，一边回头四顾，好确认周围还有没有其他路，"这也在你计划之内吗？"

"掩护我就是了。"斯卡莉特边回答边掏出了自己的微缩焊枪。

巴森在他们身后转身面对走廊，举起了爆能枪，同时用残肢将手提箱紧紧搂在胸前。"不用开枪吧。"汉按下了他的胳膊，"他们也只是像我们一样想要逃命嘛。除非你能用那玩意儿打下一艘歼星舰来。"

"就快了。"斯卡莉特扭过头说，焊枪亮出蓝色的火焰照亮了她的脸。

"也许应该——"汉刚一开口，就觉得时间似乎发生了断裂。他发觉自己正躺在地上，身上落满了沙砾和碎石。走廊里充满了烟尘，一睁眼就刺痛难忍。他使劲咳嗽，止都止不住，过了好半天才在耳鸣声中勉强听到了自己的声音。

"爆炸越来越近了。"巴森对他大叫道，但那感觉就像是有人在很远的地方小声说话一样。米里亚尔人拍打着身上的碎片站了起来，斯卡莉特则蹲在门旁，在地上摸索着焊枪。

"就差一点儿了。"她用颤抖而洪亮的声音不断地重复着，同时捡起焊枪，继续工作。

烟尘滚滚的走廊里，一个东西正朝他们的方向靠近。汉伸手去摸爆能枪，但什么都没摸到，他的枪套里什么都没有。他赶紧在地上寻找自己的爆能枪，等找到时，巴森说："呃，真邪门，小红居然赶过来了。"

小 R3 机器人停在几尺外的地方，对着他们发出了一连串的声音。

"好。"汉说，"一切都很好。"

"这些家伙很好用的。"巴森略带责备地说，转向机器人，"去帮忙开门。"

机器人来到斯卡莉特旁边，不一会儿，切割门锁的蓝色激光束就变成了两道。

"看见没？"

"我认错。"汉说。

过了一会儿，大门发出几声脆响，汉和巴森使劲将门拉开，里面是一条通往会议中心后勤设施的走廊，墙壁上到处都是粗大的管线和环境维持系统。

又是一声巨响，碎片如雨点般落了下来。一根管道断裂了，蒸汽顿时充满了整个空间。

"走吧。"说着，斯卡莉特就朝走廊走去。

汉跟上去，他还在担心莱娅的下落。莱娅一定是坐第一批飞船离开了吧。他们一早就警告过她了。如果出了什么意外，如果她也在被轰炸的地方……汉想象着自己向同盟解释的情景，解释他为何将莱娅留在了后面，让她死在了基亚穆尔。或者向卢克解释，那更糟。还有每天早上想到自己本该去救她却没有这样做时该如何面对自己。他压抑住心头的寒战，继续向前跑。

"斯卡莉特！"他叫道，"莱娅已经撤离了，对不对？她已经离开这个星球了？"

"但愿还没有。"斯卡莉特扭头叫道。

"什么意思？但愿没有？为什么你希望她还没走？"

斯卡莉特在前面跑，汉跟在后面。维修通道的尽头是一节向上的楼梯，门外就是飞行器的停机坪。外面不断起飞的飞行器已经组成了一道稳定的交通流，所有人都急着逃离这颗注定要完蛋的星球。他们跑上楼梯，一艘重型飞船正在缓缓离开地面，刚刚开始加速，一束涡轮激光就几乎把飞船劈成了两半。飞船急速旋转，致命的伤口上冒着滚滚浓烟，飞船引擎发出垂死的尖叫，最后整艘飞船坠回地面，爆炸后的碎片如雨点般倾泻而下。

"诸神保佑。"巴森低吟道，眼前的景象让他的脸失去了血色，泛着近似于蜡黄的色调。

汉奋力朝千年隼号的泊位跑去。斯卡莉特气喘吁吁地紧跟着他。巴森也在后面咳嗽，从天而降的灾难让他不由得张大了嘴。R3机器人跟着他，苦兮兮地嘀咕着。

汉冲过码头大门，千年隼号就停在泊位上，丝毫没有受到炮火的影响。

汉又想到了那股神秘的力量，于是在心里对那个默默地保佑着他们的什么东西说了句谢谢。

舷梯下，莱娅正在往腰上系腰带，身后还挂着一把重型爆能枪。她已经脱掉了外交礼服，换上了白衬衣和棕色裤子。

"哦。很好。"她说，"这样我就不用去找你们了。"

"找我们？"汉说，"听好了，公主，我刚刚拿到了数据，躲过了袭击，并且带着斯卡莉特及时赶回了飞船。"

"啊。"斯卡莉特说，"你可真是我的英雄。现在我们得赶紧走了。"

又是一声爆炸，整个建筑都颤抖了起来，泊位的金属大梁也在跟着吱吱作响。

"嗯。"汉说，"这主意不错。"

斯卡莉特跑上舷梯，巴森和他的机器人紧随其后。所有人都上去后，莱娅把手放在汉的臂膀上说："谢谢。"

汉想要从这句话中找出嘲讽的意味，却什么也没找到。"不客气。趁着这颗星球还是个星球，咱们赶紧走吧。"

他跑进飞船，结果一头撞进了伍基人的怀里。丘巴卡责备地叫了几声。

"我也想你了，伙计。咱们赶紧起飞吧。"

丘巴卡早就准备好了飞船，只要系好安全带，几秒钟内就能离开地面。

"离开大气层之前，所有能量都集中到船首偏导护盾上。"汉说，"然后调好船尾护盾，直到我们跳跃为止。"

丘巴卡对他吼了一声。

"为什么我们没有船尾护盾？我跟你说过要修好的！"

伍基人吼了回来。

"对，我知道时间紧。可你也得……"

丘巴卡立刻又大叫一声。

"好，好，伙计。我知道了。只不过我们现在要冲出帝国的封锁，还要保证船尾不被击中。"

莱娅在他身后的席位上探着身子问："什么？没有船尾偏导护盾吗？你真的应该先把那个修好的。"

"没时间。"汉看也没看丘巴卡地说，"他太忙！"

"我们能帮什么忙吗？"巴森问。他和萨尼姆正站在驾驶舱的舱口。

"哦。"汉边说边驾驶飞船穿过爆炸的缝隙，"我能躲过那些大家伙，基本没问题，它们更关心怎样把基亚穆尔炸成灰。不过一旦飞出大气层，TIE战斗机会盯住所有逃离的飞船。"

"听起来不错。"巴森说，"看来会有很多伴儿嘛。一对多，听起来是这样。"

"确实如此。所以我需要你们帮忙不让TIE战斗机靠近我们，一直坚持到跳跃为止。不能给他们击中咱们船尾的机会。"

"千年隼号有炮塔。"巴森说。

"又答对了。你们知道怎么用的吧？"

"试试就会了。"巴森咧嘴一笑。

"很好，那就去吧。要领是……"

"看到就打？"萨尼姆说。

"真有悟性。"

第二十二章

天空中不时有能量束飞过，汉感觉飞船在手里越来越不好控制，随着护盾的能量被抽出来提升推力而飞得忽上忽下。运输船、战斗机、拖船，各种飞船都在从星球表面逃离，它们一边飞，一边躲避帝国的战斗机，就像暴风雪中的雪花一样上下翻动。战术电脑竭尽全力地闪烁着，根本无法跟踪所有的移动点。

"两点方向有一拨儿。"莱娅警告道。

汉朝莱娅说的方向望去，四架排成紧密队形的 TIE 战斗机从距离最近的那艘歼星舰中飞出，正在纠缠一艘在基亚穆尔炽热的外层大气中苦苦挣扎的古董级巡洋舰。汉调整航向，让千年隼号的船头对准战斗机编队，好保护飞船那没有护盾的尾部。

"巴森？"

"索罗！"

"我们试试能不能救下那艘巡洋舰。"

"还有多久能跳跃？"斯卡莉特在休息室里喊道。

"这里不安全，没办法跳跃。"汉扭头喊道，"得到另一边看看有没有足够的地方。"所有人都在急着逃离这块烂石头。

千年隼号一边颤动，一边发出尖厉的响声。丘巴卡的怒吼声也传了过来。

"他说什么？"巴森在炮塔叫道。

"他说要赶在它们冲我们开火前，先把它们打下来！"汉高声说。

"帮我谢谢他的指导。"

底层炮塔处传来了博萨人绝望的哀号。

"谁去看看萨尼姆出什么事了？"汉叫道。

"我去。"说着，斯卡莉特已经站了起来。

千年隼号的炮火射向来袭的TIE战斗机，其中两架战机脱离队形，像扑向猎物的掠食者一样扑向汉。汉降低飞行高度，驾驶飞船绕过袭来的战机，保持船首面对它们的方向。炮台射出的炮火击中了其中一架TIE战斗机的太阳能阵列，整架战机炸成了一个离子火球。歼星舰巨大的三角形舰体浮现在斜上方。粗大的能量束从飞船的船腹不断射向星球表面，削平山头，蒸发海洋。

"过来了，汉。"莱娅说，"汉？它们过来了！汉！"

差一点儿就太迟了，汉终于看到了莱娅所指的那十几艘飞船。他急拉控制杆，千年隼号在巨大的推力作用下呻吟着。底层炮台开火，追击的飞船被打成了碎片。

"好啦，大家都坚持住。"汉扭头叫道，"这就带你们离开这鬼地方。"

他关掉战术电脑，反正目标点太多，那玩意儿根本派不上用场。汉将引擎动力开到最大，调整飞船向上，他的视线穿过大群的敌军，瞄准了远方的星空。

"汉，老伙计？"巴森叫道，他的声音里充满了紧张，"有什么计划？"

"继续打。"汉咬着牙说。千年隼号穿过能量束与碎片组成的屏障。帝国歼星舰正变得越来越大，几乎要占满了整面舷窗。丘巴卡吼了一声。

"我知道。"汉说，"但他们的战斗机上武器更多，而且万一打偏了很容易伤到他们自己人，所以歼星舰不会开火。"

但愿吧。这几个字他没有说出口。歼星舰开启了防卫激光炮，汉掉转航向，在光束间不断穿行。这一切操作都不用刻意去想，千年隼号就像是他身体的延伸一样，那种感觉就好像他自己在跑过一片战场。丘巴卡又叫了一声。

"准备好。"汉说。

还有一千公里，以他们的速度，用不了多少时间。一个Y翼战斗机编队从他们身旁擦过，他们既不属于帝国，也不属于义军，只是一帮参加错了会议的可怜人。他们吸引了帝国歼星舰的一部分火力。汉咬紧牙关，他们飞出来了，战场已经被他们甩到了身后。尽管没有护盾，但现在再也没有被飞来的炮火击中船体而船毁人亡的危险了。

汉猛地一推操纵杆，眼前的星空变成了一道道细线，垂死挣扎的基亚穆尔已经被他抛在了身后。他瘫坐在椅子上，斯卡莉特、巴森以及博萨人驾驶员都在欢呼雀跃，就好像他们已经获得了一场胜利，赢得了不菲的奖品一样。

不论如何，他们已经逃脱了。

汉转过头，看到莱娅正看着舷窗出神。超空间的光芒照亮了她的皮肤，她那深色的眼珠里有种不一样的神色——比平常更为深沉的颜色。

"这就是你没有通知所有人的原因。"汉说，"你知道亨特·马斯会来，也知道帝国紧随其后。要是提前警告他们，袭击开始前他们都能逃走。"

莱娅转身直视着汉，汉看得出刚才那些话刺伤了她，而她正在努力掩藏自己被刺伤了的事实。

"我已经尽力了。我告诉了所有能告诉的人。要是警告所有人，亨特·马斯就会逃走，帝国会在其他地方找到他，我们则会失去一切。除了扣动扳机的人之外，其他人都不应该为那些死伤负责。"她的声音很严厉。停顿了一会儿之后，她又用更为和缓的声音说："这就是战争，汉。而我想要结束战争。"

"不对，他们也想结束战争。"汉说，"你只不过是在争取有利于自己的条件而已。"

丘巴卡兀自笑了笑，然后尽量以最不显眼的方式溜了出去，尽管作为一个毛茸茸的山一样存在，而要达到这种效果非常难。莱娅的视线始终没有离开汉。

"你是说我应该帮他们扫除障碍，好让他们抓住马斯，拿走数据吗？我实在是看不出这么做有什么好处。"

"我不是这个意思。从战争的大局来看，你做了必须要做的事。"汉说。

"但是呢？"

"大局能为无数人的死开脱责任。"

"你这么说不公平……"

"你们俩说什么呢？"巴森把头探进了驾驶舱，"该好好庆祝庆祝才对啊！又多了几天活头，还有什么不知足的？"

汉站起身来，从巴森身旁走了过去。千年隼号上的人太多了。巴森、斯卡莉特·哈克、萨尼姆、机器人R3、莱娅、丘巴卡，还有他。整艘船感觉非常挤，这让他很不舒服。休息室内，斯卡莉特正在处理萨尼姆右臂上那道长长的伤口。汉经过时，博萨人眨了眨眼。他能听到莱娅和巴森·雷在他身后的说话声，但他对此没有理会。

莱娅说得对，而他讨厌这个事实。帝国已经让世人见识过，它为了证明一个观点，就可以彻底摧毁一个满是无辜平民的星球。汉一边走，一边回想起自己每次依靠超光速跳跃来摆脱困境时的情景。那么多次在战斗中逃脱，那么多次死里逃生，如果斯卡莉特的情报是正确的，而帝国又获得了那个神器，那么受到影响的将不是他一个人，而是所有人。不管是从基亚穆尔、哈里丁、塔图因还是其他什么星球起飞的飞船，所有飞船都无路可逃。那些被帝国标为敌人的人，只能坐视一波又一波的战机涌来，把自己变成烧焦的炭渣和挥发性化学物质。

手提箱在巴森的舱室，汉过去拿了出来。那东西并不大，提在手里都没有多大的重量。汉把它拿到休息室，放在德贾里克棋桌上。其他人都围了过来，莱娅和斯卡莉特站在通往驾驶舱的门口，丘巴卡站在他们的身后。萨尼姆和巴森坐在沙发上。巴森脸上的笑容高深莫测。

"该做的我们都做了。"汉拨开箱子的锁键，"就看看它值不值吧。"

箱盖喀的一声打开了，空气中顿时充满了柠檬和糖的味道。汉靠近了一些，手提箱里装的本来是一块放在钢化玻璃盘上的蛋糕，现在变成了一堆明黄色的糖渣和碎屑。

"巴森？"汉轻声说，"这是什么玩意儿？"

莱娅走到他身旁，探身往下望去，接着又从喉咙深处发出一声呻吟。"马斯肯定是要去和伊尼斯·马拉瓦会面。他是博纳丹重工的采购人。"

"然后呢？"汉问。

"他喜欢吃柠檬蛋糕。"莱娅说。

汉揉着眼睛说："巴森啊，你都干了什么？"

"拯救柠檬蛋糕未遂，这不明摆着嘛。"巴森轻快地说。

"这应该是数据才对啊。"汉说，"你给搞砸了。你说你知道情报在哪儿。看看我们拿到的这是什么？一颗星球为此而被毁灭了。"

"嗯，别着急嘛。我可从没说过情报在手提箱里，对不对？那是你们自己臆测出来的结论。不过公平起见,我确实暗中助长了这种误解。"

斯卡莉特哼了一声,听起来那声音介于咳嗽与发笑之间。莱娅扭头看着她。萨尼姆疑惑地竖着耳朵,视线在两个女性间来回移动。

"在 R-3 机器人里。"莱娅说。

巴森用完好的那只手拍了拍大腿。"难得出来个聪明人啊,一语中的。大多数人都不知道要在一个 R-3 机器人里隐藏数据有多容易。"

"我知道。"莱娅说。

"嗯。"巴森继续道,"我想他……"

"谢谢。"汉说,"丘巴卡,劳驾带我们的朋友去气闸舱,他要走回家。"

"哈!"巴森抬起一只手,"我们可是有协议的,小子,而且我那部分我可都遵守了。"

汉感觉到莱娅深色的眼眸正盯着自己,事实上,他并不确定自己刚才说的要把巴森扔进太空的话是不是戏言。他觉得自己因为之前的战斗已经筋疲力尽了。最后,他笑着拍了拍米里亚尔人的肩膀,这个话题就算过去了。

莱娅跪在小小的红色机器人身旁,它的身上还有斑驳的鼠鸟屎。R3 叽叽喳喳地叫了起来。

"没事的。"莱娅说,"我以前也这么做过的,一点儿也不疼。"

机器人的胸部面板爆发出一连串火花,指示灯的灯光熄灭又变亮。最终,机器人体内射出了一道光,在前方的地面上投射出一个粗陋的全息影像,是一个男人的形象,整个画面不住地抖动着。那人比汉预想的要年轻,一头飘逸的蜜糖色齐肩长发,两只蛇一样的眼睛,脸上带着谄媚而贪婪的笑容。

又是一阵火花,加拉西恩的形象活动了起来。他把脸上的头发拨向后边。他咧着嘴,眼中闪烁的光芒让汉想起了高烧。他的两个肩膀上各飘浮着一个圆形机器人。

"主人。"他说,"我花费数周时间,经过了艰苦卓绝的奋斗才将这情报带到您这里。尽管之前并不确定,但现在我可以说,我们最大的愿望已经达成。有了我找到的这个新玩具,您的统治将会天长地久,永无止境。"

莱娅深吸了一口气。她抬着下巴,一脸蔑视。此时的莱娅看起来非常美丽。

汉把手伸到维修面板上,继电器摸起来还是冰凉的,电源灯也不亮。

"还是不行。"他叫道。

底下传来了丘巴卡的吼声。

"我也没说该有啊。"汉说,"我只是告诉你现在还是没电。"

伍基人的咕哝声渐渐变小。汉跳了下来,活动活动双手,船尾护盾远比他预期的难修,不过他和丘仔已经取得了一丝进展。如果能从维生系统调集更多能量,进展还会更快一些。而这又让他想起了要不要把巴森扔出去。

也许那么做才是明智的。他对与这个赏金猎人结成的新同盟没有一丝幻想。只要有机会,只要有哪怕一丝可以获得利益的可能,巴森肯定会毫不犹豫地在他的胸口轰出一个洞来,而且一点儿也不会感到后悔。事实上,他也曾没有什么理由就杀过他还算喜欢的人。那是因为他冷血的本性又发作了,或者说是他告诉自己那是因为他冷血的本性又发作了。他不由得想,要是刚才没那样指责莱娅在基亚穆尔上的策略,不知道处理起巴森的事来会不会更容易一些,但愿不会有什么不同吧。

"索罗船长。"斯卡莉特说,"有时间吗?"

"有。"汉说,"你已经解码完了?"

斯卡莉特点了点头。"维修进展怎么样?"

"有进展。"

丘巴卡吼了几声，又咕哝了几句。斯卡莉特笑了起来。

"没他说的那么糟。"汉说，"下次跳跃前，护盾的能量肯定会恢复完全。"

会面在斯卡莉特和莱娅的舱室进行，再加上汉，屋子里几乎挤不下了。不过他们还是关好了门，巴森和萨尼姆应该听不到他们在说什么。

"情况如何？"莱娅问，汉还在想怎样才能在铺位旁边蹲得舒服些。和这么两位迷人的女性待在这么密闭的空间感觉真奇怪。如果不是目前这种情况，他肯定已经调暗灯光，开始倒酒了。而现在，他感觉十分尴尬。

"比预想的要好。"斯卡莉特说，"是那个行星系的坐标和传感器扫描的数据，加拉西恩还对行星的表面进行了一定的勘测。因为克基巴克人都灭绝了，所以他们的星球表面差不多已经彻底变成了废墟。沼泽和海洋里都能看到古老城市的遗迹。那里也不是个宜居的地方，生物基本上不是掠食成性就是有毒。"

"真不错。"莱娅说。

"还有更不错的。克基巴克人还留下了一套古老的防御网，年久失修，基本失去用处了，不过还是会时不时地激活一下，阻挠脱离这个星系的跳跃。加拉西恩就是因为这个才发现了这地方，并且认定这不只是一个充满烂泥的星球。防御网用来阻断超空间驱动器的系统被安置在一座庙宇里。加拉西恩的地图上标明了那地方的大致位置。"

"好吧。"莱娅说。

"他发现了装置的控制器，并且正在着手翻译。"

"他已经有操作手册了？"汉问。

"只有个开头。"斯卡莉特说，"我正在看，绝大多数内容都看不太明白。不过我盯这个人已经很久了，所以有些东西还是有点儿概念的。"

"比我预期的要好多了。"莱娅说。

"我知道。如果他没弄错,那帝国距离掌控所有超空间跳跃和超波中继通信就不远了。基本上所有和超空间有关的东西都会被他们掌握。"

"那就不好了。"汉说,"非常非常不好。"

"好消息是,要想拿到那东西相当困难,而且极其危险,所以加拉西恩一直非常小心。坏消息是,要想拿到那东西相当困难,而且危险。"

"我敢说肯定还是在银河系里某个不好过去的犄角旮旯。"汉说。

"呃,地方倒不算太糟。"斯卡莉特说,"离主航道不远。没人去那里主要是因为那边什么都没有,而且经常有飞船在跳跃时出错,然后消失了。"

汉眯缝着眼睛,一种不祥的感觉沿着他的后颈渐渐爬了上来。

"没猜错的话,帝国应该已经派科考勘探队过去了。"斯卡莉特说,"应该还有武装护卫,不过我觉得,在确定装置已经安全关闭之前,他们应该不会冒险派大批军队过去。"

"具体位置在哪儿?"莱娅问。

"塞马蒂星系的第五颗行星。"

莱娅皱了皱眉。

"我听说过那个星系。"她说,"为什么会听过呢?"

"因为啊——"汉说,"你刚把卢克派到那里去了。"

第二十三章

　　他们决定取道特伦达尔基星系，那里是老派走私犯常用的中转站，汉也在那里中转过不少次。之所以选择这条路线，一方面是因为从基亚穆尔跳跃到那里不太远，另一方面也是因为他很确信那里不会有帝国的埋伏。那个星系里只有一颗有生命的星球，被毫无想象力地命名为特伦达尔基四号，上面除了一家黑市船厂和围绕在周围的几十个酒吧跟赌场外什么都没有。帝国军从来都没有打扰过特伦达尔基上的生意，那点儿小生意他们根本看不上。那个地方就是那个样子。你得低调行事，快速行动，要是有人想要开枪打你，赶紧走就是了。

　　"红波，红波，这里是指针，红波请回话。"莱娅已经呼叫了一百来遍了，她的声音在驾驶舱和走廊间不断回荡。"红波"是韦奇·安蒂列斯指挥的护航联队的呼号，截至目前，他们一直都没有回答。这可以有很多种解释。也许他们现在不在超波通信中继的范围内，也许是通信系统出了点故障，也许是因为他们距离帝国的监听站太近只能保持通信静默，也许是因为他们已经都死了。

也有可能，他们跳跃进了塞马蒂星系，被帝国新搞到的超空间阻断器给困住了。汉试着想象一辈子都被困在同一个星系里的情景，但怎么也想不出来。

他起身来到休息室，想要躲开莱娅那连绵不断地呼叫声，但那声音就像鬼魂一样，一直追着他不放。

斯卡莉特和丘巴卡坐在德贾里克棋桌的一头，巴森那个脑子不太灵光的博萨人暴徒兼驾驶员坐在另一头。斯卡莉特正在一点一点地蚕食萨尼姆的侧翼。每看到斯卡莉特杀一步，丘巴卡都会乐呵几声。博萨人怒吼着发出徒劳的反击。不一会儿，他的最后一块阵地就被占领了，只见他气哼哼地站起来转身就走。

"你可以和丘仔下嘛。"汉坐在了博萨人刚才的位置上说，"他技术不错。"

斯卡莉特笑着关掉了棋桌。"我喜欢全胳膊全腿的感觉，谢谢了。"

丘巴卡把头撇向一侧，冲她咕哝了句什么。

"我知道你不会伤害我，甜心。"她拍着伍基人壮硕的臂膀说，"我只是在和汉开玩笑。和这种没法进行成熟交流的人就得这么说话。"

"嘿，"汉说，"你是在说我不成熟吗？"

"我这么说了吗？"斯卡莉特站了起来，又轻轻拍了拍丘巴卡，然后就吹着口哨转身朝船员宿舍去了。

丘巴卡眯缝着眼睛吼了一声。

"我又没赶她走。"汉靠在椅背上抱着脑袋说，"我觉得她是怕莱娅撞到我们在一起。"

丘巴卡咧着嘴，露出了一个典型的伍基式笑容，然后长嚎了一声，大笑起来。

"你就笑吧，我非常了解女人。你是没见过斯卡莉特在基亚穆尔舞厅里的样子。这事儿肯定会成为一个问题。马上就会。对了，你的护盾发生器修好了吗？"

丘巴卡夸张地耸了耸肩，又吼了一声。

"嗯，我听到了。但愿我们用不着马上挨两炮看看效果。千年隼号最近刚遭受过袭击，照这样，迟早有一天补丁会比飞船本身的材料还多，到时候就麻烦了。"

丘巴卡的视线移到了汉的身后，汉转过身，正好看到巴森用丝网筐提着一个小酒瓶和四个酒杯走进休息室。米里亚尔人朝丘巴卡友好地点了点头，坐在桌旁，取出了酒瓶。

"萨尼姆已经走了？"

"斯卡莉特在德贾里克棋上把他杀了个片甲不留，那小子给气跑了。"汉说。他拿起酒瓶端详着，上面一个标记都没有。瓶子摸起来很凉，但还没有凉到如同冰镇过的程度。瓶子的表面刚刚结出一层薄薄的水露。

"这个啊。"说着，巴森从汉的手中拿过酒瓶，"这可是我走私过的一批非常棒的白兰地，只剩这一点儿了。我一直随身带着，想找个好机会把它喝掉。咱们俩把它干掉吧，索罗。"

"等一下，我们在基亚穆尔忙着逃命的时候，你的裤兜里一直都装着一瓶酒？"

"哦，宇宙就是个神奇的地方，总是不缺奇人奇事。大部分东西对我来说都是身外之物，但有几样一定要寸步不离。别想多了。"

他取出三个酒杯放在桌上，然后用牙拔掉酒瓶塞，把酒倒进了杯子。空气中顿时充满了高度酒的味道。他用残肢上的不锈钢盖将其中一杯推到汉的方向，但汉摆摆手拒绝了。

"不想喝。"

"哦，小子，说不想都是假话。"说着，巴森一口干掉了自己杯中的酒，咧嘴笑着看着汉。那意思非常明显：里面没毒。丘巴卡端起杯子闻了闻，然后一脸厌恶地抽着鼻子把头扭到了一边。

汉叹了口气，他端起酒杯道："祝你健康长寿。"

巴森又倒了一杯和汉碰了碰，"你也是。"

两个人都干掉了杯中的酒，让汉感到意外的是，这白兰地并不很冲，隐隐透着股甜味儿，不过酒劲儿仍然很大，足以放倒一头全力冲刺的班萨。丘巴卡一滴未沾地放下酒杯，把椅子往后挪了挪，躲开那刺鼻的气味。

"味道不赖。"汉说，巴森又给他满上了一杯。

"不只是不赖吧，要我说。"巴森给自己也满上了一杯，但并没有马上要喝的意思。他在桌子上慢慢转动着酒杯，在一个黑色方格里留下了一个湿湿的圆圈，"索罗，我们得坐下来好好谈谈，你和我，用男人的方式。"

"你继续。"

"我们都是法外之人，也清楚只要一言不合或者价码合适，朋友就能轻易反目成仇。"

汉点了点头，什么也没说。丘巴卡眯缝着眼睛看着巴森，肩膀上的肌肉都紧张了起来。

"关于你送给赫特人的这件事，我是不会道歉的。"巴森顿了顿，说，"那是生意，如果条件不变的话，哪怕重来一次我也会照做。"

"巴森，我都感动得犯迷糊了。"汉说，"你到底想说啥？"

"哦。"巴森喝掉了杯中的酒，"我想让你明白我的立场。我同意帮你找你那个神奇的什么玩意儿，这一条我会遵守。我们现在是同盟了。不过万一被我发现你另有盘算，或是试图毁约，那我就只能被迫回归初心，把你送给贾巴了。"

"那我也只能被迫先开枪回击了。"汉回答。丘巴卡低声咆哮着，那声音都快低沉到了次声的水平。

"我想也是如此。"巴森说,"这我理解。我的意思是,在那天到来之前,我们都还是同盟,你可以指望我,也可以指望萨尼姆,那孩子有点儿呆,但很听话。"

汉喝掉了杯中酒,然后又倒满了一杯。"也就是说,我们又成好朋友了。不过,万一最后发现我们要找的东西并不存在,那到时候我们就要立刻想办法干掉对方了。"

"没错。"

"哦,这日子可真精彩。"

"确实如此。"

"汉。"莱娅在走廊里叫道。汉并没有听到她走过来的声音,但莱娅的语调里透着焦急。声音不大,却有一丝惊恐的成分。

"怎么了?"他边问边走向莱娅。莱娅看了看巴森,然后朝驾驶舱扬了下头。汉跟了过去,心里也不由得紧张了起来。

"调查队失踪了。"等到周围没有其他人后,她说。

"他们应该还在塞马蒂行星系。既然那装置能阻断超空间航行,那么超空间通信应该也可以阻断吧?"

"斯卡莉特觉得,如果加拉西恩搞清楚了超空间阻断装置的操作方法的话。"

"他要是都搞清楚了,我们就不该过去了。"

莱娅不耐烦地摆了摆手。"我们知道帝国手里有坐标。我们也知道加拉西恩就在那儿。我们的飞船可能刚一跳跃出超空间就遇到了麻烦。那本来只是一次侦察探索任务,护卫飞船装备的武器应付不了大规模冲突。"

"好吧。"汉说,"那我们该怎么办?"

莱娅坐了下来,一边思考,一边用手指揉着鼻梁。汉坐在驾驶席上,等待着。他知道莱娅的脑子里现在肯定同时在想很多东西。要是之前让他来决定，他肯定立马带斯卡莉特回义军舰队了，那样的话，莱娅肯定已经死在了基亚穆尔。光是想到自己差点儿捅了个大娄子都让他觉得头疼。现在呢，卢克可能已经陷入了更大的麻烦，而莱娅还需要权衡卢克的麻烦与同盟的需求孰轻孰重。对此汉可一点儿也不羡慕。

"我已经联系了同盟。他们都同意，要是这种技术落到了帝国手里，那风险就太大了。我们正在组织一支大部队直取塞马蒂星系，有可能的话就把那东西抢过来，不行就把它毁掉。"

"听起来他们还挺当回事的。"汉说，"要是最后发现这一切都是子虚乌有，那我们这个丑可就出大了。"

"赌注这么大，输点儿面子也没什么。"

汉耸了耸肩。"卢克呢？"

"问题就在这儿。里肯将军需要至少一周的时间来让打击部队做好准备。这段时间里，卢克和其他人很有可能会被困住，或者遇到更糟的情况。"

"这么说我们要去救他，是吧？"

"你会那么做吗？"莱娅皱了皱眉，"拿千年隼号冒险，跃进一个可能跳不出来、还满是帝国战舰的星系？你不是故意在我面前逞英雄吧？"

汉自嘲似的举起双手做投降状，同时咧着嘴笑道："英雄什么的我可不信。卢克是我朋友，我可不想把他扔那儿不管，干等着某位将军来决定要不要冒险。"

莱娅看着他，好像是要从他的脸上读出点儿什么来。最后，她站起身，走到舱口，又停下说："我去告诉其他人。"

"再说了——"汉转向控制台，边计算向塞马蒂星系跳跃的路线边继续道，"卢克还欠我钱呢，要是他被弄死了，我找谁要账去？"

"这才是我认识的那个汉。"莱娅说。汉没有看她的脸,但听得出来,莱娅的声音中充满了笑意。

导航电脑计算完跳跃路线时,汉坐在电脑旁一言不发。舷窗外偶尔有一两艘走私飞船跃入超空间离开星系,或是伴着四散的光芒和其他能量粒子突然出现。如果帝国控制了超空间跳跃,像特伦达尔基星系这样的地方很快就会迎来末日。这种边疆的穷乡僻壤能够存在的唯一原因就是有些人——像他这样的人——需要有个位于银河边缘的中途站。人口稠密的区域之外散落着几千个这样的地方,所有这些地方都对即将由塞马蒂星系发来的死刑判决浑然不觉。

一阵说话声从走廊传了过来,是莱娅在休息室里和其他人说话的声音。他们都在笑,丘巴卡的笑声像高音喇叭的轰鸣,博萨人的笑声窸窸窣窣,里面还夹杂着几个人类的笑声。莱娅正在发挥她的幽默感,活跃气氛,把大家捏成一个团队。

又一艘飞船跃出了星系。汉在心里默默地祝他们好运。听到身后传来清嗓子的声音,他吓得差点儿跳了起来。

"你没事吧?"莱娅问。汉这才想到,刚才的笑声应该意味着聚会结束了。

"没事,干活儿干累了,歇会儿。"说着,他又按了几下操作钮,装出一副很忙的样子。他关掉了水循环系统的开关,然后又打开。"嗯,就快好了。"

"计算完了?"莱娅问。

"嗯,差不多。"

莱娅将手放在汉的肩膀上,身子前倾。"那就开动吧,小飞侠。"

第二十四章

　　塞马蒂星系位于核心世界和内环星域间的交通要道上。星系太阳是一颗体积不大的白色恒星，不时吐出翻卷的火舌，其势头足以让最内侧的三颗行星沐浴在等离子核焰中。稍远的地方是第四和第五颗行星的轨道，再往外是四颗拥有众多卫星的气态巨行星。汉驾驶飞船跳跃进星系，停在最大的气态行星附近。浩渺的银河系在眼前闪耀着，数十亿颗闪亮的星星仿佛都融成了一条巨大的、连在一起的带子。战术电脑在屏幕上标出了行星、轨道、卫星、小行星，以及恒星喷射出的巨大日珥。千年隼号只开启了最低限度的维生系统和计算机系统，其他部位则是一片黑暗。不出意外的话，在外人看来，他们和一块金属含量较高的陨石差不了多少。

　　"地方选得不错，老伙计。"巴森说，"周围至少有三种不同的阴影遮蔽呢。"

　　"越复杂的地方越好隐藏。"汉回答道，"不过可能遇上的东西也越多。"

　　"权衡利弊嘛。"巴森说，"总是要权衡利弊的。"

丘巴卡吼了一声，指了指前方闪烁的行星和卫星。

"嗯，我也看到了。"汉说。

莱娅在他们身后探出身子，屏幕上的光在她的脸上投下红色和黑色的光影。"情况怎么样？"她问。

"被动传感器接收到了第五颗行星轨道上传来的信号。"汉说，"现在的结果不够清晰，不过大小与歼星舰相符。"

莱娅的脸色阴沉下来。"嗯，我们早就知道这儿会有点什么。"

"恕我直言。"巴森说，"我预计的东西要小一些。"

"我一开始也是这么想的。小一些，不过会更多。"莱娅说，"主动扫描仪的结果呢？"

"上面只有黑圈圈。我还没打开呢。"汉说，"我觉得这时候发射信号暴露我们的位置可不是个好主意。"

"可以骗骗他们。"巴森说，"变变频谱，利用第六行星的大气层反射一下。"

丘巴卡吼叫了几声，不过还是开始设置了起来。汉在驾驶席上直起身子，十指交握。屏幕上的数据表明，气态巨行星和它的一颗卫星最多还能再遮蔽他们几分钟，让他们不被帝国飞船发现。汉俯身按下超空间驱动器的开关。轰鸣和震动立刻充斥了整艘飞船，即使不用看读数汉也明白，那声音听起来有些不对。

"你干什么呢？"莱娅叫道，汉关掉了超空间驱动器。

"看看我们还有什么后路，公主殿下。"汉说，"看起来战术性撤离已经不行了。不管那东西是啥，我们的超空间驱动器已经受到了影响。"

"这更证明了那东西的真实性。"莱娅说，"看来他们确实找到了，而且弄明白了开启的方法。"

"所以，除非我们下去把它关掉，否则根本不可能离开这个星系？"

"并不意外。"巴森说,"不过还是有点儿失望。嘿,小子,看起来,最起码,你的这个魔法玩意儿确实存在嘛,哈?"

至少我今天还不用一枪从背后崩了你。这才是他的真实意思。

通信面板的信号灯闪烁了起来,表明有人在呼叫他们,不过不是超波通信。超波频道现在也像超空间驱动器一样,充满了干扰,一点儿也不稳定。通信信号使用标准无线电发送,尽管很弱,但用的是同盟的加密代码。汉如释重负,直到此时他才意识到自己心中的那股紧张感。他戴上耳机,打开信道。

"这里是千年隼号。"汉说,"你是哪位?"

"汉!"卢克的声音传了过来,声音里那种松了一口气的感觉让汉不由得笑了起来。"你们在这儿干什么呢?"

汉笑着向莱娅指了指自己的耳机。莱娅眼中一亮,整个人也微微放松了一些。

"找你啊,顺道还有点儿其他事情。你们现在情况怎么样?"

"我们已经着陆了。刚到这儿,就遇到了一队帝国战斗机。"卢克说,"发生了点儿摩擦。"

"那帮家伙知道你们的位置吗?"

"不知道。"卢克说,"我们集合了剩下的战斗机,掠过一个耀斑,然后就关掉了引擎。那些 TIE 战斗机找了一会儿就走了,大概以为我们都死了吧。"

莱娅指了指副驾驶席的耳机,丘巴卡笑着吼了两声,摇着头拒绝把耳机交出来。

"会还给你的。"莱娅继续不依不饶地伸着手说。丘巴卡咳嗽了一声,把耳机递了过去。莱娅戴上耳机,按照自己脑袋的大小收短头箍。"卢克,我是莱娅。你们受损严重吗?韦奇在哪儿?"

"我们还有七架战机可以用。"卢克说,"第一轮交火就失去了伯利斯和赫伦恩。达维斯还在,不过他的姿态稳定器被打坏了。韦奇正在帮他尽快修好。我觉得,如果有零件的话就能修好。不过超空间驱动器都无法运作,所有人的都是。"

"这我们知道,小子。"汉说,"所以我们才过来的。"

"是帝国的新式武器吗?"卢克问。

"不是。"汉回答。与此同时莱娅也回答道:"目前还不是。"

"哦。不管是什么,我们一直在尝试发射警告信号,让其他人不要靠近这里。"

斯卡莉特把头探进了驾驶舱,汉抬起一只手止住了她,博萨人的叫声和R3的叽喳声也从斯卡莉特身后传了过来,简直就是一场充满关心的大合唱。千年隼号本来就不大,根本不适合这么多人同时关注一件事。

"你在哪儿呢,小子?我们当面聊吧。"

"第二颗气体巨行星的第三颗卫星上有个冰洞。"卢克说,"上面甚至还有点儿大气。"

"听起来不错。"汉说,"再坚持一会儿,我们马上就到。"

"我会告诉他们别朝你开枪的。"卢克说。汉听得出他声音中的笑意。*我也这么年轻过吗?* 想到这儿,汉关闭了通信。

"这么说他们已经把东西弄到手了。"斯卡莉特说。

"没那么简单。"莱娅边回答边将耳机递回给丘巴卡。汉注意到她并没有将耳机调回到伍基人的大小。"如果他们觉得待在附近没有什么危险,那么负责警戒的歼星舰肯定不止一艘。既然我们的超波中断了,那我敢肯定他们的情况一定也是如此。我猜他们应该是找到东西了——先别管那东西是什么——并且还在研究那东西的功能。"

巴森侧过身给斯卡莉特让出地方。"这将是多有趣的一天啊。"

"你们觉得那东西还在星球上吗？"莱娅问，"还是说已经被他们弄到歼星舰上了？"

"我不知道。"斯卡莉特说，"加拉西恩没说过那东西的大小。如果那东西确实能用的话——"

丘巴卡对汉吼了一声，并朝战术电脑点了点头。汉眯起眼睛，看着屏幕上行星间的那一道淡蓝色的曲线。

"——我觉得应该是在星球上。那东西运转所需的能源应该来自星球本身。"斯卡前特说。

"不行。"汉对丘巴卡说，"推进时间太长了。我们需要尽可能低调地过去。再调高三分之一度，我们就能借助那颗大卫星的弹弓效应。这样去卢克那里可以更快些，被歼星舰发现的可能性也更小。"

"你觉得他们会在地面上部署军力吗？"莱娅问。

"至少会有一支科考队。"斯卡莉特说，"应该还有警戒部队。加拉西恩的初步调查显示，那里有好几层不同的废墟，所以我觉得他们应该是在星球表面下的某个地方。"

"这条路线不错。"巴森探身越过汉在屏幕上指着，"不过要是从这边接近卫星的话会更好。距离远些，但更快，暴露在歼星舰面前的时间也不会有多长，这里还有一片小行星带呢。"

丘巴卡吼了一声，又哼哼了几句。

"他说什么？"巴森问。

"都闭嘴！"汉叫道，所有的对话都终止了，只能听到休息室里 R3 的叫声。"除了我和丘仔，其他人都出去，马上。"

每个人都露出了各不相同的表情，不过最终还是都退了出去。所有人都离开后，汉把手深深插进了头发里。

"这飞船上人实在是太多了。"

丘巴卡耸了耸肩,调整一下耳机,试了试,然后又调整了一下,接着又吼了几声。

"不行。"汉说,"这里只有一个头儿,那就是我。"

丘巴卡又耸耸肩。这次耳机的大小终于合适了。

冰窟和机库差不多宽,洞穴深处停泊着一艘探测飞船,船体满是焦痕,起落架也受到了损伤。探测船的后部停着八架 X 翼战斗机。旁边冰面上的应急灯光在浅蓝色的洞顶上投下了长长的阴影。每艘飞船上都有炮火的痕迹,机身上、机翼上,到处都是炭黑色的焦痕。其中一架飞机的机翼作动器下还有一摊凝固了的绿色冷却液。不过看到汉驾驶着千年隼号轻轻地降落在旁边,每个身着脏兮兮橘色连体服的飞行员都在兴奋地挥手。

汉走下货运坡道,卢克迎面走了过来,R2-D2 也跟在身后。卢克笑得很开心,完全看不出他们正被困在一个危险的星系,不仅敌众我寡,补给有限,而且没有办法呼叫救援,还不知道支援何时——或是是否——会来。丘巴卡抱住卢克,将卢克轻轻扔了起来,他的吼叫声在稀薄的空气里回荡。斯卡莉特、巴森、莱娅和萨尼姆也走了过来。

"我也很高兴见到你。"卢克边说边拍了拍丘巴卡的胳膊,"不过你们到这儿来干什么?我以为你们去核心世界接咱们的间谍了。"

"我们是去了。"汉说,"斯卡莉特·哈克,这位是卢克·天行者。卢克,这位就是那个间谍。"

"很高兴见到你。"卢克说。

"彼此彼此。"斯卡莉特笑着说,R2-D2 响了几声,斯卡莉特对它点了点头,"见到你也很高兴。"

"那个——"汉继续道,"叫巴森·雷。是个赏金猎人,他接了贾巴的活儿要抓我回去。那个博萨人叫萨尼姆,是他的飞行员。对于那两位我可不会太信任。"

"哦。"卢克皱了皱眉。

"只要是索罗的朋友——"巴森点了下头,但并没有把那句话说完。

"他是我们这边的吗?"卢克问。

"不算。"汉说,"那个 R3 以前是一个叫亨特·马斯的家伙的,不过巴森把那人杀了。现在嘛……我不知道。那家伙只是在我的船上而已。"

"我好像错过了好多故事啊。"

"卢克,我得和韦奇谈谈。"莱娅在和卢克拥抱时说。汉让到一边,假装是在检查千年隼号上的动力电缆。他注意到斯卡莉特打量自己的目光,但是假装没有看见。

"我在这儿,女士。"说着,韦奇·安蒂列斯大步走了过来。汉没注意到他是什么时候过来的,不过韦奇看上去很疲惫。他的飞行服上满是机油和引擎冷却剂的污渍。

"安蒂列斯指挥官,我们需要到行星表面上去。"莱娅边说边从卢克身旁退开,不过她的一只手还放在卢克的前臂上。"那个弄坏了你们的超空间驱动器,并且阻断了通信中继的东西就在行星上。"

"应该不会太容易。"汉说。

"也没那么难。"巴森说,"让我说的话,只需要来个声东击西就好。饵料不是现成的嘛,哈?"说着,他指了指那些战斗机。

莱娅面无表情,完全看不出来她在想什么。汉知道,她正在心里权衡安全到达塞马蒂五号表面的机会,与飞行员——和卢克——所面临的危险。

"没问题。"韦奇说,"我们可以分成两队,一队从太阳的方向切入,一队从巨行星的方向。时机把握好的话,没人会注意到行星那头多了一艘飞船。"

"然后呢?"

"然后咱们就赢了。"卢克说。

汉笑了。"你上次一发鱼雷就干掉那座空间站可全靠我帮你打掩护，小子。"他说，"别头脑发热了。"

"我又没说会很容易。"卢克咧嘴一笑。

卢克就是这样，什么事情只要是从他嘴里说出来的，感觉就都有实现的可能。

"好啦。"莱娅说，"我们得加快速度了。姿态稳定器坏了的飞船是哪艘？"

"那边。"韦奇指了指飞船，"我已经修了好几个小时了，不过我们零件不够。我需要一切帮助来让它飞起来。"

"汉？"莱娅说，"我们有合适的东西吗？"

汉耸耸肩，"我去检查一下，看看能做什么。"

"谢谢。"莱娅说，她的声音听起来有些含混。她知道这有多危险，汉想道，她知道她的命令可能会让卢克或是任何一个飞行员担上死亡的风险，他们甚至可能全体牺牲。为了大局，他想，一切都是以大局的名义。不过汉不得不承认的是：莱娅敢于让她所关心的人冒这种风险，就像她敢于拿基亚穆尔上那些她都不认识的人来冒险一样。这一点让汉非常钦佩，但他仍然感觉很不舒服。

"那就开工吧。"巴森说，"我也可以搭把手，我这儿好歹还有一只呢。"

"好。谢谢。"说完卢克又转向莱娅，"他在这儿干什么？"

汉、巴森和丘巴卡走过洞穴厚厚的蓝色冰面。他们经过应急灯时，身上的光影不断变幻。巴森的表情很难解读。他们来到战斗机旁，飞船的受损程度并没有汉想象的那么严重。稳定器被熔毁了，不过还好是标准型号，汉随便就能从千年隼号或者其他飞船的设备里找一个。那个驾驶员很年轻，看起来比卢克还嫩。汉以前一直以为不可能有那么小的飞行员。

丘巴卡爬上战斗机的机翼，汉和巴森拿来了焊枪和接合剂。莱娅在战斗机飞行员之间穿行，不时提些问题。看到这儿，汉又想起了基亚穆尔上的大厅和花园。这才是她擅长的事，这才是她的力量之源。如果有一天她能够执掌银河系，那或许就是因为她能从那些根本没有理由忠于她的人身上获取忠诚。

从像他这样的人身上。

"哈。老伙计，今天可真是个好日子啊。"巴森说。

"你是怎么得出这个结论的?"汉问。

"斯卡莉特的超空间驱动器杀手真的存在，是不是？你我兵戎相见的可能性又下降了一分。至少我是这么觉得的。"

"我们要把八架 X 翼战斗机派到歼星舰那里去送死，好让我们能到那个闭关锁国的灭绝物种的废墟里，从天知道有多少的帝国士兵和科学家手里把那玩意儿偷回来——你还觉得这是个好日子?"

巴森撇了撇嘴。"哦，要这么说，确实没那么好。不过总比咱俩可能面对的最糟局面好些。"

"就是这种念头让你惹上了贾巴。"

"哈，不过要是一切进展顺利，到时候就是他惹上我们了，不是吗?"

一个战斗机飞行员欢呼着跳进 X 翼战斗机的驾驶舱，摆了个姿势，惹得周围的人都笑起来。不知为何，汉却从眼前的这番景象里品尝到了一丝苦涩。

"好吧。"他说，"先把这件事搞定吧。"

第二十五章

千年隼号静静地驶过广袤的虚空，比划过天空的彗星还要快，而且要小得多。汉小心地操纵着推进器，一路上在各种碎片间穿梭，同时让行星挡在他和歼星舰之间。远程战斗机编队依然可能出现在行星弯曲的地平线上，他对此无能为力，唯一能做的就是等待时机，然后低调而迅速地降落在行星上。

"根据加拉西恩的记录，神庙就在赤道靠南一些的地方。"斯卡莉特说。

"嗯，那是在一片海洋的中央。"汉说，"我敢说他把经纬度的数据调换了。"

"为什么这么想？"斯卡莉特问。

"因为换回来之后的位置就在歼星舰正下方。"汉说，"看上去越危险或是越麻烦的事物就越像真的。"

"真是愤世嫉俗。"斯卡莉特说。

"只不过是现实主义而已。"

小小的亮蓝色太阳在行星的边缘露出了头，万道光芒倾泻而出，照亮了周围的亿万微尘。这些微尘或许来自破碎卫星的碎片，或许来自孕育了这个星系、尚未被捕获的云体残余，抑或来自内向的克基巴克文明的废墟，汉搞不清楚，但那景象看上去美极了。在那万丈光芒的中心，一个黑色的斑点显现了出来，是帝国的歼星舰，汉绷紧了全身的肌肉。

他有一种冲动，想要将引擎的推力开到最大，全速逃离。忍住这种冲动并不容易，但他还是做到了。千年隼号像一块被丢出来的石头一样，沿着轨道划过漆黑的星空，截至目前没有触发任何警报，还没有迹象表明他们已被发现。

丘巴卡又吼叫了几声。

"我知道。"汉说，"我也看见了。等下去之后我们再想办法修。"

"修什么？"斯卡莉特问。

"被巴森的信标击中的地方还有冷却剂泄露的迹象。"汉说，"不太严重，没事。"

斯卡莉特深吸了一口气，然后又咬着牙呼了出来。

"嗯，我最喜欢的就是这部分了。"她说。

"这部分？你说真的？"汉说。

"真的。"斯卡莉特说，"他们就在前面，就在我们面前，却看不到危险。只要我们把握好时机，他们就不可能发现我们。我们会潜入进去，完成任务，等他们明白过来时已经太晚了。"

"也许吧。"汉说，"也有可能他们已经把我们要找的竖井给移走了，我们要一边爬着通信塔，一边有半个核心世界的冲锋队跟在后面开枪放炮。有时候，事情也是会这样发展的。"

"那我也喜欢。"斯卡莉特懊丧地说，"所以我这辈子都没可能坐在办公室里当个会计了。"

几个光点从歼星舰的舰首飞过，是一队 TIE 战斗机，不是刚开始巡逻就是巡逻刚结束。

"你呢？"斯卡莉特问，"你肯定也喜欢危险。至少有一点儿吧？"

"倒不是危险的问题。"汉说，"我就是喜欢比别人聪明一点点。"

"就这样？"

"就这样，再加上我不喜欢交税。"

通信器的红灯亮了起来。"红波一号，这里是红波二号。"是卢克的声音。"收到请回话。"

"红波二号，红波一号收到。"韦奇回答，"信号非常清晰。"

"我们已经就位，开始接近。红波一号，你们随时都可以行动。"

"明白，红波二号。我们开始行动。"

恒星光芒下的黑色歼星舰开始转向。银色和黑色的小点从舰体向四面射出，细小的红色和橘色激光开始发射。战斗开始了。汉打开了引擎。

"都坐稳了。"他叫道，"可能会有点儿颠簸。"

R3 尖叫了起来。

"怎么回事？"汉叫道。

"机器人没固定，小子。"巴森说。与此同时，莱娅也叫了起来："拘束具坏了。"

"哦。过去个人弄一下。"汉说，"我又没有三头六臂。"

"我去。"斯卡莉特说着，起身朝休息室跑去。歼星舰的右舷爆出一团火球，一艘飞船被击中了，汉看不清被击中的飞船是敌是友。他的手指敲击着控制台，恒星的背景上又闪过一串亮绿色的射束。

"他们在冲那小子开火呢，丘仔。"

丘巴卡咬着牙吼了一声。

"我知道计划就是这样，这就是我们想要的结果。不过他们想要把那小子打下来,而我们却什么忙也帮不上。知道我想干什么吗,丘仔?我想要开炮,想到那边去,帮帮那小子。"

伍基人长叹了一声。千年隼号的传感器提示,他们正在接近大气层。汉在舰首偏导护盾的控制按钮上按了几下,直到最后时刻才开启了护盾。系统开启的时间越短,他们被敌方发现的可能性就越小。再过几秒钟,他们就会进入浓汤似的大气层,那些 TIE 战斗机就拿他们没办法了。到时候他们就会知道帝国有没有部署防空火力了。

"红波二号,这里是红波六号,我被咬住了。"

"我看到你了,六号,我这就来,这就⋯⋯"

飞船进入大气层,通信中断。汉打开护盾,调整下落方向。炽热的空气摩擦着护盾,千年隼号剧烈地颤抖着,把他的五脏六腑也甩得上蹿下跳。扫过护盾表面的过热空气就像是波峰顶端的泡沫一般。

"出什么事了,小子?"巴森在休息室里叫道。

"没事。"汉叫道,"一切正常。"

一开始似乎什么变化都没有,忽然间,塞马蒂五号的陆地就出现在了眼前。右侧,一片泥巴色的海洋闪闪发光。红色的海水冲刷着海岸,海洋深处则接近深褐色。陆地上,一片树海在风中摇曳,与海洋遥相呼应。千年隼号距离地面越来越近,巨大的石柱耸立在树丛中,暗褐色的表面受到雨水千百年来的腐蚀冲刷。经过其中一根石柱时,汉看到一群黑色的虫子如烟雾一般从高塔里涌出来。摇曳的树叶越来越近,越来越大,任何一片都大得足以遮蔽整艘飞船。树叶还在汉无从感受到的微风中轻轻摇曳。

飞船降到了和树顶差不多的高度,一个巨大的暗绿色形体从下方升了起来,汉感觉自己好像看到了尖利的牙齿和几十只红色的眼睛,不过千年隼号很快就飞了过去。当巨大的树叶第一次扫到千年隼号,整艘飞船被撞得向一侧偏转了接近三十度。博萨人尖叫了起来。

"现在还正常吗？"巴森喊道。

"不算太正常。"汉边叫边朝反方向猛拉控制杆。飞船颤抖着降低了速度，再次下降。树叶打在舷窗上，汉觉得自己听到了舷窗破裂的声音。他驾驶飞船继续下降，穿过树冠。周围巨大的树干就像高耸的建筑物一样拔地而起。汉紧盯着距离传感器快速操作着，飞船绕过巨大的黑色树干继续下降。不知什么东西爆出一声响，汉头上的控制面板顿时火星四溅。

"丘仔！是什么重要的部件坏了吗？"

丘巴卡抱怨地吼叫了几声。

"哦，那你去看看？我这儿忙着呢。"

他调出地图，覆盖在传感器画面上。加拉西恩的坐标闪着绿光，就在前方十二公里远的地方。再往前四公里的地方有一块平地，刚够千年隼号降落。

"能行的。"汉对自己说，"没有、一点、问题。"

距离传感器的警报响了起来，汉操纵飞船猛向右转，一根粗大的树干和飞船擦身而过。丘巴卡又吼了一声。

"谢谢关心。"汉说，"马上……就好。"

周围的树冠依然没有散开，但已然变得稀疏。地面上爬满了树根，就像无数根巨大而多节的手指纠结在一起。汉缓缓降低飞船的高度，直到看清了那些根须的大小，他才终于相信了高度计的读数。

"大家都没事吧？"

"你在哪儿学的飞船驾驶？"莱娅抱怨道。

"说什么呢？"汉咧嘴一笑，"我可是天才。"

飞船着陆，滑行，又倾斜了十五度，才安定了下来。汉手腕一抖，关掉引擎，解开了安全带。丘巴卡站了起来，拉开头顶上冒着浓烟的控制面板。汉看着中继器，不由得沉下了脸，烧黑了的金属上，一团小小的蓝色火焰还在燃烧。

"这玩意儿得换了。"他说。

丘巴卡简短而有力地吼了一声。

休息区内，乘客们都还没有恢复过来。巴森和莱娅正呆呆地站在千年隼号倾斜的甲板上。萨尼姆还坐着，双手紧紧地抓着安全带，眼睛睁得老大。汉觉得这个博萨人正在发抖。只有斯卡莉特镇静自若地走过休息室，来到存储区。她的脸色红润，眼中充满了兴奋的光芒。

"坏消息是我们还得走一段路。"汉说，"好消息是下面没有敌人迎接我们。"

"原来没有炮火迎接的时候你都是这么飞的呀？"巴森说。

"用树冠作掩护更不容易被发现。"汉回答。

"你知道叶子底下都是树的，对吧？"莱娅问。

博萨人轻轻呜咽了一声。

"但是管用呀。"汉说，"说声谢谢又不难。"

斯卡莉特从储物区取出一个黑色的小型医药包挂在腰带上。她看着汉，上方炮台的灯光斜照在她的脸上。

"谁跟我一起？"她说。

"我可不要留下。"巴森说，"而且我去哪儿萨尼姆就要跟到哪儿，帮我殿后。"

"我还以为我们是朋友呢。"汉说。

"我们确实是。"巴森咧嘴一笑，不过他的脸色看起来还是比平常更绿了一些。

丘巴卡也在驾驶席上吼了几声。

"不行。"汉说，"你留下。"

不一会儿，一堵愤怒的伍基巨墙就挥舞着焊枪龇着獠牙从舱首冲了过来。汉定定地站在倾斜的甲板上，抬起头直视着丘巴卡那充满怒火的双眼。

"要是等我们拿着那个不知道是啥的玩意儿回来时才发现飞船没了，那对任何人都没有好处。我也不想在登上飞船时才发现一群冲锋队员或是腐蚀蚁或是别的玩意儿把这地方给占了。"

丘巴卡抱着胳膊，眯缝着眼睛，丝毫不为所动。

"那外面全是沼泽。"汉说，"你也知道你那身毛沾上泥巴是什么样子。"

丘巴卡的目光柔和了一些。

"还有蛇。"汉柔声细语地说。丘巴卡一言不发，又过了好一会儿才转身回到了驾驶舱。焊枪的光芒再一次从前舱传了过来。

"好啦。"汉说，"丘仔会在这儿陪你的，尊敬的公主殿下。斯卡莉特和巴森、萨尼姆还有我会……"

斯卡莉特和莱娅同时笑了起来。汉皱着眉头，摊开双手做了个疑惑的姿势。

"我猜莱娅公主已经决定要去了。"巴森一边检查自己的爆能枪一边说。萨尼姆叹口气，解开了自己的安全带。汉转准备同莱娅争辩，却看到莱娅盯着他的目光冷静而坚定。

"好吧。"汉说，"你要是真想跑到敌人当中去落得个命丧黄泉的下场，那谁又能阻止得了你？"

"亲爱的船长。"莱娅用假惺惺的甜腻声调说，"你以为我只会拿别人的生命冒险吗？"

确实是啊。汉有些恼火地想道。

忽然间，一道亮光照亮了整个空间。一开始，汉还以为是丘巴卡的焊枪出了故障，但那光是从炮塔的方向、从天上来的。汉冲进驾驶舱，爬上控制台抬头看。透过树冠的缝隙，斑驳的蓝色天空上满是浓浓的黑烟和明亮的绿色能量束。汉观察着，又是一道亮光，明亮的光束扫过天空。

无线电响了起来，"这里是红波一号。这里是红波一号。大家都没事吧？"

汉戴上耳机，"上面情况如何？"

"任务完成。"韦奇回答。

"我们搞定了。"卢克补充道。

"搞定了？"

"歼星舰。我们搞定了。"

一阵低沉的轰鸣声传来，声音比雷声还要响。周围的树木全都颤动了起来。一头长着羽毛的亮色巨兽尖叫着从巨大的树根后跳了出来，逃进了丛林深处。

"呃。"汉说，"干得好。"

"还没完呢。外面还有好多战斗机。我们得先撤退了。"卢克说。

"我觉得没人会怪你的，小子。我们会向你们报告这边的进展的。"

"好的，汉，狩猎愉快。"

汉放下耳机。丘巴卡笑了几声。"他搞定了。"汉说。伍基人又站了一会儿，就接着去焊接了。说实话，这种时候还有什么好说的呢？

其他人都聚集在舷梯前。巴森和萨尼姆手握爆能枪。斯卡莉特手里拿着一个便携式测绘仪和一把复合材料制成的黑色长刀。莱娅正在调整从维修制服上弄下来的黑色长靴。R3在固定位上滴滴答答地叫着。汉对它点了点头，就好像是听懂了它在说什么一样。

"好啦。"他边说边走下舷梯，"我们出发。"

第二十六章

博萨人被一根树根绊了一下,撞到了一棵大树上。他推开树干,用三种不同的语言叫骂了起来。就在这时,一根细长的黏糊糊的藤条缠在了他的脖子和脸上。他一边叫骂一边用手拽着藤条,斯卡莉特上前几步,用刀将藤条割成了几段。

"真是个可爱的星球。"巴森边说边挥着手,驱赶眼前那些如乌云一般聚集在一起的虫子,这群会咬人的家伙想要趁他说话时飞进他嘴里。

"你就应该待在飞船上别下来。"汉说。

"你真放心我待在你的宝贝儿千年隼号上吗?"

"我放心丘仔。"

莱娅在脸上围了一条白色的纱巾好抵御蚊虫的侵袭,不过一路上最让她烦心的还是丛林那泥泞的地表,稍一留神靴子就拔不出来了。汉走在队伍的最后,他的一只手一直放在爆能枪上,时刻准备对付忽然冒出来的、比吸血昆虫更庞大、更饥渴的生物。周围充满了小翅膀的嗡嗡声和不知名动物的吼叫声。所有一切闻起来都是一股腐臭的味道。

弄开博萨人身上的藤条后,斯卡莉特再次回到队伍前头充当开路先锋的角色。她不断地在林下穿梭,寻找可以下脚的坚实地面,躲避悬在空中的藤条。时不时地,她还打开数据板上的全息图查看所在方位。看起来她对自己的任务非常在行,因此汉对他们前进的方向也很有信心。万一走错了,汉也不知道会怎么样。这片丛林从哪个方向看都是一个样子。厚实的树冠完全遮蔽了天空,他平时用来定位的那些工具全都派不上用场。

"小心。"斯卡莉特边说边指了指自己的左侧,"这边泥很深。"说完就向右绕了过去。

伴随着一阵黏糊糊的声音,莱娅把靴子从另一摊烂泥里拔了出来。"区别很大吗?"

斯卡莉特没有回答,而是从一个大水潭旁跳开,一边大声警告,一边抽出爆能枪。她身后的博萨人尖叫着后退,一头撞进巴森的怀里,差点儿把巴森也撞倒在地。汉冲了过去,看到斯卡莉特正用枪指着水潭中央一头体型巨大的生物。那家伙的嘴大到足以将一个伍基人囫囵吞下;头顶上的那一圈眼睛跟汉的拳头差不多大,灰褐色的皮肤几乎和它身周的烂泥一样。那家伙露出一口平整的大牙,对他们嘶吼着。

"别开枪!"汉边跑边叫道。

斯卡莉特皱着眉回过头。"它差点儿把我给吃了。"

"它不会吃你的。看,眼睛都在头顶上,还有伪装色的皮肤——这家伙绝大多数时间都藏在泥里。还有这牙,一看就是吃草的,根本吃不了肉。它只不过是被吓到了而已。"

"好吧。"斯卡莉特收起爆能枪,"没看出来,你们还是朋友。"

汉拍了拍那家伙的口鼻部。"它只是好奇。我敢说它从没见过人类。"

"那博萨人呢?"萨尼姆问,显然他并没有被汉说服。

汉没有理会。"留神。"他对那怪兽说，"我们可不是什么好人。"

好像要回答他一样，那东西悄无声息地钻回泥里。斯卡莉特看了看汉，然后转身继续出发。萨尼姆紧紧地跟在后面。

"我不知道你原来还这么热爱动物。"莱娅追上汉说。

"要是人人都看到又大又吓人的东西就开枪的话，那丘仔就只能蹲在飞船上别下来了。"

莱娅笑着挽住汉的胳膊，想要依靠汉的支撑来不让自己的靴子陷进泥里。"有意思，我一直以为你就是那种会先开枪的人。"

"哦。"汉说，"相信我，要是你在我面前拿着把枪晃悠的话，我会的。不过光是长得丑眼睛多，倒还不至于。"

"你瞧，"莱娅说，"你总是这样，经常出乎我的意料。"

"我是个复杂的男人，层次丰富得很。"

莱娅跳过一团纠结的树根，扶着汉的胳膊，好让自己在落到另一端泥泞的地面上时不至于摔倒。与此同时，一大团会咬人的虫子从她落脚处的小洞里喷涌了出来。一时间，两个人谁也没顾上说话。莱娅裹紧了头上的纱巾，汉挥舞双手驱赶昆虫。过了一会儿，虫子似乎是厌倦了他们，终于转身飞走了。

"知道我的发现吗？"莱娅问。

"哪方面的？"汉回答。

"层次方面的。一般而言，每扒下一层，你都会发现下面还有一层同样质地的东西，只不过规模小一些而已。"

汉忍不住笑道："你想扒一下试试看吗？"

莱娅挥拳打了汉一下，但汉看得到纱巾之下莱娅的表情，她笑得很开心。要不是因为周围有那些泥巴、藤条、咬人的虫子，以及能够干扰超空间的异族科技已经快要被帝国握在手中这一现实，这么散散步应该还是挺有意思的。

一个和汉的拳头差不多大的东西从树冠里飞下来，落到博萨人的肩膀上。那东西的翅膀大而透光，闪耀着不同的颜色，似乎能够反射丛林中透过的任何一点微乎其微的光芒。它的身体纤薄，长着很多条腿，小小的楔形头上有着大大的黑眼睛，仪态似乎很优美，身后还有一条卷曲的长尾巴在微微摆动。

汉愣了一下。"萨尼姆。"他用尽可能平静的声音大叫道，"别动。"

斯卡莉特也停下脚步转过了身，看到那似乎很脆弱的小东西后，她的整张脸都亮了起来。"哦，快看！"

"弄死它，快弄死它！"汉尽力平静而响亮地重复道。

斯卡莉特看着他，皱了皱眉，但还是慢慢地从腰带上抽出刀子。"你确定吗？看起来它挺——"

就在她说话的时候，萨尼姆伸手摸了摸那精致的翅膀。她刚来得及说出"漂亮"两个字，那东西细长卷曲的尾巴就猛地刺入了萨尼姆的喉咙。斯卡莉特拔刀要刺，但汉已经抽出爆能枪将博萨人肩上的生物打成了一堆闪光的碎片。

萨尼姆呆立在那里，刺伤处周围的皮肤开始变黑。他张着嘴想要说话，但除了抽噎的声音外什么都发不出来。他的嘴里吐出白沫。斯卡莉特和巴森冲向他，帮他轻轻地躺在地上。博萨人抽搐着，口中的白沫越来越多，身体僵直。

斯卡莉特取出腰上的药箱，等她打开时，博萨人的抽搐已经停止了，他浑身僵硬地躺在地上，无神的双眼直直地瞪着天空。

"对不起，我的孩子。"巴森说。他用那只完好的手托着萨尼姆的脑袋，残肢轻轻抚摸着萨尼姆的胸口。

斯卡莉特轻轻地收起医疗工具，摇了摇头。"好吧。看起来像怪物一样的东西人畜无害，长得漂亮的东西却能瞬间置人于死地？这到底是个什么世界？"

"在这么危险的地方还敢用那么夺目的颜色，那只能说明它是丛林里最危险的生物。那颜色是警告，不是邀请。"汉对斯卡莉特说。

莱娅把手放在巴森的肩膀上。"为你的朋友感到遗憾。"

"谢谢。"巴森站了起来，用手拍掉了裤子上的泥，"倒不是说那小混蛋和我有多亲近，不过还是谢谢你的关心。"

"也许我应该走到前面去。"汉说。再次开动时，他和斯卡莉特一起走在了队伍的最前面。博萨人身上那种烂卷心菜似的味道似乎也没那么刺鼻了，只是让人觉得有一丝悲伤。那气味越来越淡，最终消失在他们的身后，被丛林的污浊气息所取代。

"你对异星生物怎么这么在行？"几分钟后，斯卡莉特问。

"我去过银河里大部分的地方，见过不少世面。"汉气喘吁吁地说，"而且，我有常识。"地面的坡度开始上升，这让在泥地里前进变得更加的困难。

"你见过不少致命的蝴蝶吗？"斯卡莉特半是开玩笑地问。听到她也在大口地喘着气，汉的心理稍微平衡了一些。

"万变不离其宗。有些东西看多了也就明白了。"汉说，"眼睛离嘴总是不远的。危险的东西一般都有警告色。我们都有眼睛都有腿，因为不管你来自哪个星球，眼睛和腿都是有用的东西。"

"有意思。"

"你问得好，甜心。"

又向上爬了几分钟后，他们来到了一座岩石山丘的顶部。这里树木稀疏，终于又可以看到天空了。蓝色的天幕上依然可见四射的能量束，参天的烟柱指示着歼星舰残骸坠毁的位置。

远处他们将要前往的方向，一座巨大的石质建筑耸立在树冠背后。

"看起来你领的路没错。"汉指着神庙的方向对斯卡莉特说。

"干得不错。"莱娅也来到了他们的身旁，"在这儿迷路可就麻烦了。"

"确实如此。"汉说。

"还需要差不多一小时，你们觉得呢？"巴森问。他掏出数据板，想要测量神庙到这里的距离。

"当然。"斯卡莉特耸耸肩，"只要不掉进泥潭，不被怪兽吃掉，不被虫子咬死，不遇到什么还没见识过的可怕情况。之前好像有人提过有蛇什么的。"

巴森笑着搂住斯卡莉特的肩膀。"我喜欢你，姑娘。够胆。"

斯卡莉特也笑着回敬道："我可不喜欢你。小心你的另一只手马上也要没了。"

巴森的脸上仍然挂着笑，不过手已经从斯卡莉特的肩膀上挪开了。

半小时后，他们终于遇到了一条蛇。那可是个大家伙，有两个汉那么粗，身上的鳞片就像镶嵌的青铜和黄铜一样。那家伙一动不动地横在他们面前，就像是一根倒伏的木头，它的头和尾巴都还在很远的地方，在阴暗的光线和草木的覆盖下根本看不到。

"要开枪吗？"巴森大声问。

"它又没动。"汉说，"看起来它心情很好。瞧。"说着从它那粗壮的身体上跳了过去，"别管它就好了。"

斯卡莉特也跃过那布满鳞片的粗大身躯，然后伸手去帮莱娅。公主比其他人个子都矮。跳过去对她来说可不是件容易的事，但在斯卡莉特的帮助下她还是做到了。巴森走在最后，他看了看汉，一脸不太相信的样子，然后开始对着蛇助跑。就在准备起跳的时候，他一脚踩进一片泥地里，以全速撞在了蛇的身上，又滚过蛇背，从另一边栽进了泥地里。

巴森一边咒骂一边清理着脸上和身上的泥巴。汉屏住呼吸，等待着巨蛇的反应。

结果，蛇的反应只是鳞片下的一系列肌肉波动，众人还没反应过来怎么回事，那家伙就飞速地消失在了树丛之中。

"你好像把它给吓到了。"汉说。

巴森还在清理头发上的泥巴。"早知道这家伙就只有这两下子的话，我肯定得狠狠地在它肚子上来两脚，省得这么尴尬。"

"也许我们应该在它意识到错误前先离开这儿。"斯卡莉特边说边迈步跑开了。

他们终于来到了空地的边缘。透过厚厚的蕨类植物丛看过去，神庙高耸的石壁距离他们只有几百米。神庙的一侧有个巨大的开口，大约有普通人类男性的两倍高，四倍宽。看上去两辆陆行艇并排开进去都绰绰有余。开口处没有大门。

不过在他们和开口之间，汉还看到了至少有一百名冲锋队员、几门车载速射防空炮和五台AT-ST。

"哈。"斯卡莉特说。

"嗯。这我可真没办法。"汉回答道，"我们应该好好计划一下的。"

"我们什么时候开始计划过？"莱娅问，"这一路不都是走一步看一步吗？"

"你觉得他们怕蛇吗？"巴森说，"也许我们应该把那个大家伙弄到营地里，给他们制造点儿混乱。"

"哦。"汉叹了口气，"从没有计划到蠢计划，也算是进步。"

"红波。"莱娅对着通信器说，"红波，能听到吗？这里是指针。"

"红波二号收到。"卢克回答，"没出什么事吧？"

"没有，红波，我们需要你们帮个忙。"

"告诉我们可以做什么。"

第二十七章

六七架 X 翼战斗机在天空中嘶鸣，激光炮倾泻着炮火。

汉和莱娅挤在他们所能找到的最大的石头后面，看着眼前的大屠杀。巴森和斯卡莉特躲在几米外一根和丘巴卡差不多高的腐木后。

"先是歼星舰，现在又是这个。农场小子现在可是派上大用场了。"汉说，"这小子从什么时候起这么厉害了？"

"他的能力比你以为的大多了。"莱娅回答，不过大部分词句都被连续的爆炸声所掩盖。

X 翼战斗机迅速飞过冲锋队的营地。扫射的目的是尽可能制造混乱，而非精确打击。尽管如此，等到 X 翼战机转过弯再次飞上天空时，一台 AT-ST 和两门防空炮已经变成了燃烧的残骸。浓烟混杂着沼泽的湿气，让周围的一切愈发模糊了起来。

冲锋队员四散奔逃，有些跑进了神庙，更多的则躲进了丛林。少数几个胆子大的拿着爆能步枪对天还击，焰火效果不错，不过这种手持武器很难伤到 T-65 那强大的护盾。

"再来一轮。"汉在莱娅的耳边轻声说，"然后我们上。"他向斯卡莉特挥了挥手，吸引她的注意力。看到斯卡莉特冲他点头，汉用手指做出跑动的样子，又指了指自己。斯卡莉特又点了下头，然后蹲好，像个等待发令枪声的短跑队员一样做好了准备。

X 翼战斗机高亢而嘶哑的轰鸣声再次靠近，紧接着又是一轮炮火。这一次，几架战机分头行动，每一架都瞄准一个高价值的目标。等到战斗机再次飞过后，剩下的步行机和车载武器也都被炸成了碎片。高能激光束不断地扫过周围的地面，将泥巴和蒸汽抛到空中。猛攻之下，剩下的冲锋队员也纷纷找地方躲避。被打坏的设备上冒出滚滚浓烟，遮蔽了人们的视线。

"就现在!"汉边叫边急速冲了出去。莱娅低着头，手握爆能枪紧随其后。汉冒险回头看了一眼，斯卡莉特和巴森也在不远的地方跟着。就算有人在 X 翼战斗机制造的混乱和伤亡中注意到他们，也顾不上告诉别人。周围没有再响起什么新的叫喊声和警报声，不一会儿他们就来到了神庙的入口。

四个冲锋队员正蜷缩在门口看着天空，提防着致命的 X 翼战斗机。其中一个人注意到了汉，那人扭过戴着头盔的脑袋，疑惑地看着他。

"嘿，你不能——"

巴森一枪干掉了他，然后又两枪打翻了两个慌里慌张摸武器的队员。第四个冲锋队员掏出了爆能枪指着巴森的脸，但斯卡莉特蹲低身子踢出一脚，将他踹倒在地。伴随着巨大的碎裂声，那人倒在了石头地面上，一动不动。

汉戳了戳巴森的胸膛，"尽量别开枪。里面的人可能更多。"

"哪个里面啊，小子?"巴森问。

这个问题问得好。进来后是一个前厅，面积和入口差不多。周围的墙壁跟外面一样，都是切割过的石头砌成，不过阴暗的石壁上长着黏黏的霉菌和蘑菇，有些还发着荧光。再往前是一堆让人头晕的分岔隧道。除了蜷缩在门口的那四个人外，他们没再看到其他的冲锋队员。

"你有里面的地图吗？"汉问。

"还没。"其他人都躲到阴暗的角落，斯卡莉特在腰带上的小袋子里摸索，取出六七个人类眼球大小的金属球。她把那些小球托在手掌里，小球展开成金属昆虫的形状，舒展透明的翅膀，红色的眼睛闪闪发光。她将它们抛到空中，小球迅速沿着各个通道分散了出去。

"这些漂亮玩具都是叛军掏钱买的吧？"巴森问。

斯卡莉特不置可否地哼了一声。汉很确定，为这些小玩意儿买单的应该都是它们的原主人，斯卡莉特只是把它们偷了过来，不过这话他没说出口。斯卡莉特取出数据板，飞快地操作着，不一会儿，神庙内部的全息图就开始渐渐成形。走廊标记为黄色光带，大些的空间是橘色，偶尔还有几个红点在里面闪烁。外面，X翼战斗机的引擎声又响了起来。

对于汉来说，这就是个根本走不出去的迷宫，但斯卡莉特灵巧地调节转动地图，时不时地还点点头，低声自言自语几句。她突然冲进了一条小一些的隧道，不耐烦地招手要他们跟上。所有人都跟了上去，没过多久，一支冲锋队就进入了前厅。

进入一个大厅后，斯卡莉特又让大家拐进了一条新的走廊，这里更暗，地图成了唯一的光源。她在数据板上操作了几下，地图被调到了勉强可视的程度，墙上不再有它投下的光亮。

"看起来警报已经响了。"斯卡莉特低声说，"过不了多久，主通道里就会有大批冲锋队。"斯卡莉特指了指地图上的一条黄色粗线，上面挤满了红点。那些红点还在移动，汉明白了，那些应该就是斯卡莉特的金属昆虫扫描到的人的位置。

"你知道我们要去哪儿吗?"汉问。

斯卡莉特指了指地图中间一片闪烁着橘红色光芒的空间,唯一的出入口是一条狭窄的走廊。"应该就是这个。里面人很多,算是整个建筑里人最多的地方了。而且是地图上唯一的一个死胡同。我猜走廊应该有扇门。而且看上去神庙也没有其他出口。"

莱娅轻声表示同意,又低声说:"但去那里要经过主通道,到处都是冲锋队。"

"恕我直言,小姐。我至少看到了两条路可以通到那里,其中一条就是我们所在的地方。"巴森指了指地图说。顺着巴森的手指望去,汉也看明白了。他们所在的通道在七拐八歪之后,会通到神庙中心那条窄胡同的旁边。

"这条通道里一个冲锋队员都没有。"他说。

"就是这点让我担心。"斯卡莉特说。

汉的眼睛渐渐适应了黑暗,蘑菇上淡淡的荧光照亮了墙壁,让他能隐约看清周围的情况。

"我们还要在这儿等着吗?"巴森问,他来回挪动着脚步,脸上似乎还带着模糊的笑容。不过光线这么暗,也可能是汉的错觉。

"待在我身后。"斯卡莉特戳了戳巴森的胳膊,说。

"是,宝贝儿。"

斯卡莉特关掉地图,沿着走廊走了下去。脚下的石头感觉很湿滑,不过以斯卡莉特这种慢悠悠的速度,跟上还是挺容易的。空气里弥漫着陈腐的气息,还有一种淡淡的味道,让人想起炽热的金属。向前走了十几米后,斯卡莉特从腰带上取下手电打开,把光线调到最暗。

又走了几步,前面的走廊被堵住了一半。大概一米五高的方形石头将走廊从左到右完全封闭了起来,只在上面留出了大概一米高的空隙。

"可以爬过去。"斯卡莉特说,汉拍了拍她的胳膊,指了指头顶上的天花板。

"哦。"

天花板上的洞和地上的石头大小完全一样。

"神庙快塌了,是吗?"巴森说。

"不是。"莱娅说,她又指了指旁边的地面。石头下面还露出了一只脚,穿着冲锋队的军靴,"是陷阱。"

斯卡莉特开亮灯光,整个走廊都亮了起来。天花板上的洞里有很复杂的机械装置,可以将石头松开,扔到地上。旁边的墙上贴着一张印在铝箔纸上的通知。警告:走廊尚未清理完毕,请勿使用。

"同意……"巴森用脚趾戳了戳石头下露出来的那只脚,"不过这家伙帮我们清理了第一个陷阱,哈?"

汉用手推了推石头,那石头纹丝不动,估计足有几吨重。至少这种死法很迅速。不过他还是觉得后脑勺有些发痒。

"可以走了吗?"斯卡莉特边问边打算绕过他爬到石头上。

"我觉得这都说不通啊。"汉边说边想,"我们来这里要找到的是能阻断超空间的超高科技产物,但那玩意儿却放在石头神庙里?陷阱用的是落石?除非这个阻断超空间的玩意儿是花岗岩做的,用水车驱动,否则我觉得以这些人的水平根本造不出来。"

"见过特宁树弓吗?"巴森问,"可别小看低技术解决方案的破坏力。"

"但那个能和超空间阻断相提并论?"

"克基巴克人已经灭亡几千年了,"斯卡莉特说,"之后这里可能出现了更原始的种族。"

"并且建造了这些建筑。"莱娅说,"以供奉从他们的世界里消逝的神灵。在那些古老的世界,这种多层次的文明并不鲜见。"

"要是被一群原始人干掉了——"汉帮斯卡莉特爬上石头,"我可不喜欢。"

斯卡莉特趴在石头上拉莱娅上来。巴森走上前,准备从后面抬莱娅一把,汉一拳捶在他的胸口。"一边儿去。"

巴森摆出一副很受伤的样子。"我就是想帮女士一把嘛。"

莱娅轻松地爬上石头。"女士不需要帮忙,谢了。走吧。"

见识过那些古人的第一组陷阱后,斯卡莉特减慢了在神庙中前进的速度,也没有再调低灯光亮度,中间还停下来了好几次,指示大家注意绕开地上的某块石头。

"压力开关?"一开始汉问。

"看着奇怪,想确认一下吗?"斯卡莉特回答。

汉没有再争辩,只是顺从地绕开那些斯卡莉特让他绕开的东西,并且避开墙上的黏液和菌类。

他们来到一个路口,斯卡莉特指示所有人停下,然后拿出地图。"就快到了。"她指了指旁边的房间,里面仍然全都是红点,"得先想办法绕过那些守卫。"

"有什么想法?"汉问。

"我的第一个想法就是派你和巴森进去,枪战之后,趁他们抢夺你们的尸体当战利品的机会,我和莱娅悄悄溜过去。"

"看到没?"汉说,"这主意太差劲了。所以我们才不提前计划,我们对计划太不在行了。"

"哦。"斯卡莉特收起地图,"继续走吧,我们慢慢想,等——"

她踩在了走廊分岔口的一块石头上,那块石头立刻掉了下去,就好像根本没有存在过一样。下面是一个大洞,里面漆黑一片。斯卡莉特一瞬间定住了,而这一瞬又仿佛漫长得没有终点。她一只脚踩在边缘,一只脚悬在半空,挥动着胳膊想要保持平衡。接着,整个人就掉了下去。

汉以快枪手的速度猛伸出手，但只有两根手指的指尖勾到了斯卡莉特的衣褶。不过这一下子还是延缓了她的坠落，给了巴森和莱娅足够的时间冲上前去拉住她的胳膊。斯卡莉特被他们使劲拉了上来，一屁股坐在地上。

"谢谢。"她气喘吁吁地说。

"以后要记得小心脚下，小姐。"巴森说，"注意陷阱之类的东西。"

莱娅蹲在斯卡莉特的身旁。"你没事吧？"她从腰带上取下水壶递给斯卡莉特，斯卡莉特点了点头，喝了一口。

等到呼吸又平缓了一些后，斯卡莉特站起来整理了一下头发。"好吧，咱们可别再遇上这种事了。"

又转过几个弯，所有人都挤进了一条阴暗的狭窄通道里，前面就是那个大房间。房间的另一头在斯卡莉特的地图上显示为一条短走廊，其实是一段向下的陡坡。从他们的角度看不到坡底的情况。房间里大概有十二个帝国军人，其中差不多一半穿着冲锋队的盔甲，其他人穿着技师的制服。他们看着主通道的方向，似乎以为攻击会从那个方向过来。所有人都带着武器。

"才一对四。"巴森轻声说，"更糟糕的情况我也见过。"

汉还没来得及回嘴，斯卡莉特就开口了："我来帮个小忙吧。"

汉拔出爆能枪，他注意到莱娅也做了同样的动作。莱娅对他笑了笑，不过那笑容一点儿也不开心。汉尽量摆出一个无畏的笑脸，尽管感觉又假又荒唐。

斯卡莉特正在地图上操作着什么。汉能听到微弱的嗡嗡声，是斯卡莉特的六只金属昆虫中的一只从他的耳边飞了过去。那只虫子会同已经在里面的那五只，每只都落到一个冲锋队员的身上。一秒钟后，它们就爆炸了，那六个冲锋队员倒在了地上。剩下的六个人急忙转身寻找偷袭者，但汉、巴森和莱娅已经从隐藏处开火了。还没来得及开枪，那六个人就也被打倒在了地上。

"动静大了点儿。"汉说,"我们得快点儿了。"

他起身飞奔过房间,也不管另外三个人有没有跟上,然后又跑下斜坡,结果差点儿在湿滑的石头地面上滑倒,一头撞在不远处的金属大门上。

"别碰大门。"莱娅叫道。

"太迟了。"汉边回答边用手指战战兢兢地指了指自己的鼻子,看起来他的鼻子并没有撞坏。

那扇门是由一种闪闪发亮的合金做的,似乎自己就能发光。大门正中的闭锁装置看起来非常复杂,不过已经被帝国的技术人员拆解了,并在上面安了一个红色按钮。

"等一下。"莱娅说,不过巴森已经伸出手按了上去。按钮闪了一下,金属舱门打开了,露出了后面向星球内部延伸的通道。巴森向后退一步,回头看了看莱娅。

"抱歉,小姐,您刚才说话了?"

第二十八章

　　穿过闪着光的舱门后，走廊的样子就完全变了。那感觉就好像不曾经历太空航行，就猛然从一个世界来到了另一个世界。下行的坡道十分陡峭，上面覆盖着薄薄的一层牙齿一样的银色突起物，那东西硌着他们的趾头，并在他们走动时改变形状。走廊的尽头又分出很多岔口，很高，但窄得吓人。汉觉得，似乎只要自己没有直盯着，那些走廊就会改变位置。走廊的几何形状很奇怪，汉觉得自己有些看不懂。走廊内的地面似乎总是在扭向不可能的方向。他有种怪诞的感觉，似乎周围的空气都在试探他。

　　汉见过至少几百，甚至几千种异星科技产品。他深知每个外星种族的身体和心灵都有独特的地方，这让他们的产品和建筑独一无二。他觉得，不论克基巴克人的外形是什么样子，他们的心灵肯定是他前所未见的。走廊弯弯曲曲，布满曲线的墙壁由闪亮的钢与深蓝色的合金组成，在他们前进时似乎还在不断变化。有时候还有奇怪的闪光和声音传来。汉无法确定这是某种古代计算机系统的警报，是艺术作品，还是紧张导致的幻觉。整个建筑各处的角度总是有那么点儿脱离常规,而墙壁和地面的质地又让人感觉很不舒服,既有些过分亲密又有些让人害怕。

每隔几百米,墙上就有一个帝国调查队留下的浅浅印记。他们继续沿着敌人已经探查过的道路前进。克基巴克人的古老文明如此迷人,同时又如此令人困惑,汉忍不住想要去洗手,而且看起来,其他人也或多或少地有类似的想法。

"有点儿恐怖。"进入一间巨大的圆形大厅时斯卡莉特说。那间大厅差不多有五百米宽,天花板上悬挂着许多长长的金属链似的东西。清澈的、像水一样的液体顺着链子流了下来,将整个地面都弄得光滑而发亮。

一滴液体啪的一声滴到巴森的肩上,巴森略有些不快地抹掉那东西,"不得不说,这些克基巴克人没有活到我们的时代,我可一点儿也不遗憾。"

"说到这个。"莱娅说,"有人知道前面还要走多久吗?感觉好像这条路根本没有尽头。"

"这边。"汉用爆能枪指了指。滴水大厅另一头的一条通道旁,一个背包大小的盒子上,一盏小小的红灯正在闪闪发光。尽管那东西是帝国的,但在这么一个让人感觉难受的陌生环境中,看到熟悉的人类设计的东西确实让人感觉安心了一些。再往前的地方时不时会传来几声微弱的回声,是人的声音,冲锋队的声音,而且听起来很惊恐。在一个转弯处,汉抬起手臂示意大家都停下。他探出脑袋看了一眼,然后又赶紧缩了回来。一大片爆能枪能量束擦着他的脑袋飞过,让他感觉脸颊都烧呼呼的。

"多少人?"他用盖过枪声的声音问道。

"十来个?差不多吧。"汉回答,"他们都在一个什么机器的前面。应该是在守卫它。"

"是那装置吗?"

"我怎么知道?好大一群冲锋队员都在向我开火呢。"

斯卡莉特已经打量起了周围的墙壁和通道,她那眯缝着的眼睛里充满了兴奋。莱娅紧盯着那个拐弯处,随时准备着迎接敌人。爆能枪的火力渐渐弱了下去,烟雾弥漫在走廊中,到处都是一股刚打过仗的气味。斯卡莉特取出数据板,不过上面的全息图非常模糊,于是她又将数据板收了起来。

"我觉得应该有办法能绕过去。"她叫道。

"很好。你们俩,吸引他们的注意力。"莱娅说,"斯卡莉特,你和我一起,我们想办法绕过去。"

汉和巴森取出爆能枪,两个女性折回了刚才的滴水大厅。巴森很随便地向拐弯处开了两枪,对面的能量束立刻又射了过来,声音比塌方还要响。

"这些小孩紧张过度了吧。"巴森说。

"换你的话不紧张吗?"

"哦,我也会紧张的,伙计。"巴森又开了一枪,"不紧张才有鬼呢。"

汉和巴森吸引着帝国的火力,时间似乎非常漫长。汉本以为帝国冲锋队的人会冲过来,但他们并没有。看来不管守卫的是什么,他们都很清楚自己的职责。

一声巨响传来,接着就是各种叫喊声。汉和巴森对视了一眼,汉从拐弯处探出头小心地看了看。一道黑色拱廊前的地上有一块大格栅,十具身穿白色铠甲的尸体躺在上面。斯卡莉特和莱娅站在尸体旁,手中握着爆能枪。

"再次见到两位女士真是荣幸。"巴森说,"我们正准备去看望你们呢。"

"这个不是我们找的装置。"斯卡莉特说。拱廊的远端还有一间宽敞舱室。舱室的一侧有个窗户似的开口,旁边的竖井的直径和整个房间外加拱廊的长度差不多,竖井倾斜向下,底部是一片深不见底的黑暗。舱室墙壁上有一个非常复杂的面板,上面亮着红、绿、黄、蓝四种颜色的灯,旁边的地上还躺着一个冲锋队员。有人在一张纸箔上写着"绿绿蓝红——下。

红蓝绿黄——上。不要碰其他东西。"

"看来我们应该是在'上'?"莱娅说。

"有个办法可以确认。"斯卡莉特回答。

"咱们是不是应该先讨论一下?集思广益?"巴森问,不过斯卡莉特已经开始扳第一排开关了。指示灯的灯光开始变换,深处传来一声轰鸣,像是巨大的金属弹丸发射的声音,整个舱室一阵震颤,开始沿着倾斜的竖井滑了下去,黑色的拱廊和那些尸体迅速消失在了身后。他们朝着黑暗的深处降落了下去,速度越来越快,风也越来越大。一种新的气味渐渐地变得越来越强烈:是一种刺鼻的气味,让汉想起了自己孩提时代待过的一艘飞船,那艘飞船引擎失灵融毁时就是这种味道。这让他感觉很不舒服。

"你觉得这建筑有多少年头了?"莱娅问。

汉正准备说出自己的猜测,斯卡莉特就回答道:"加拉西恩觉得至少有几百万年。"

"总体来看,运转仍然良好。"莱娅说。

他们经过了五个巨大的穹顶大厅,经过时的速度非常快,除了金属栅格的阴影和闪亮的灯光外,汉什么都没看到。接着他们就又被竖井吞下,坠入更深的黑暗。气温开始升高,空气变得凝重,但感觉并不沉闷。巴森站在舱室的边缘,抱着胳膊,看着下方的黑暗。汉走到他的身旁。很容易就会产生错觉,好像他们才是静止的,移动的是周围的走廊。

"感觉好像被吞下去了一样,是不是?"巴森评价道。

"说到这儿,"汉说,"你觉得我们已经下降了多深?"

"十五、二十公里吧。"巴森说,"比起驾驶飞船来算不了什么。"

"比起爬楼梯来就厉害了。"

"这倒是。"

脚下的地板一晃。汉哼了一声。

"怎么了?"莱娅问。

"开始减速了。"汉回答,"不管目的地是哪儿,我们都快到了。"

倾斜的竖井的另一头出现了亮光,比星星的光芒都还要暗。光线渐渐变得越来越亮,越来越强。舱室的速度在随着终点的接近而逐渐减缓。汉蹲低身子,希望能有更多的掩护。要是下面也有十几个冲锋队员的话,那他们的到来将不会是件太舒服的事。其他人似乎都有类似的想法,舱室的速度越来越慢,并最终停了下来,所有人也都各自在舱室里找好了掩护。

舱室轻轻地对接上了一条和顶端那条看起来一模一样的黑色拱廊。停下的时候,那种沉闷的金属轰鸣声又响了起来。汉进入前方的走廊,远处大厅的方向传来了凌乱的脚步声。他准备好爆能枪,巴森、斯卡莉特、莱娅也在墙边找好有利的位置。走廊里回声很响,很难说清来的是谁,有多少人,不过脚步声很清脆,不像战地靴那么沉重。汉在心里希望,那不是战地靴的声音。

出现在转角处的是一个礼仪机器人,机器人的表皮上有绿色的锈斑,脸上那一成不变的惊讶表情倒是很符合眼前的情势。看到眼前的四个人,机器人停下了脚步。一时间几个人都一动不动,一言不发。

"噢!"说完,机器人转身就走。汉和巴森立刻跟了上去,斯卡莉特和莱娅殿后。走廊的尽头镶嵌着一排直径三米的圆环,门应该就在那里。机器人朝右侧最远的那个圆环走了过去。汉快步上前拦住了机器人的去路,他举着双手,掌心向外,一副善意的姿态——要是没有挂在食指上的爆能枪的话。

"没事的。"汉说,"我们不会伤害你的。"

"你才不会。"巴森说。

"埃西奥主人不会容许这种事!你们不能打扰他!我会拼死阻止你们的!"

"恕我冒昧。"巴森上前一步低吼道,"你只是个礼仪机器人。"

机器人发出了尖厉的警报声,与此同时,一根冒着火花的电线从它的胸口伸出,射进了巴森的手臂。赏金猎人抽搐了一下,打了个趔趄,然后将那小玩意儿拔了出来,尖端还带着一点他的血肉。

"你看,"巴森说,这回语气里一点儿礼貌的成分都没有了。"你刚刚证明了我的观点。"

"不!别伤害我!"机器人尖叫道,"埃西奥主人!救命啊!救命啊!有入侵者!"

"L-3?"

机器人转动着脑袋,寻找着声音的来源。斯卡莉特和莱娅走了过来,高高的黑色穹顶上射下的灯光照亮了她们的轮廓。

"谁?"机器人叫道,"你是谁?"

"这就把我给忘了啊?"斯卡莉特说。

"你是……艺术课家教?"机器人叫道,"你已经死了啊!"

"没死。"斯卡莉特说,"而且我也不是艺术课家教。女士们,先生们,请容许我向你们介绍 L-3PO,埃西奥·加拉西恩的礼仪机器人兼研究助理。"

"是你!"机器人尖叫道,"都是因为你!"

"其实,是因为园丁。"斯卡莉特说,"说来话长了。倒是你,为什么不在我的朋友们把你搞成一张薄铁片之前告诉我们,我们要找的东西在哪里呢?"

"我不会背叛主人的!"

"你当然会了。"说着,巴森向前走了一步。

机器人夸张地后退了几步。

"不!停下!伤害我对你没有任何好处!装置已经激活了。埃西奥主人正在破解控制单元，不过那设备的计算控制装置很奇怪。他……还没有取得多大的进展。而且那个装置很久很久都没有使用过，不是特别稳定。我不容许你们打扰他。他的工作非常复杂、非常重要。"

"他在哪儿呢呀，L-3？"

机器人回头看了看身后的那一排门，它的伺服电机呜呜地响着，挥动的手臂咣咣作响。斯卡莉特点了点头。

"L-3？"斯卡莉特说，"你还记得我在花园派对上说过的话吗？"机器人转向斯卡莉特，眼睛里忽然放出了光，不知道是因为惊讶还是警觉。"现在就是时候了。"

斯卡莉特一枪打在机器人的脖子上，直接将机器人的头整个儿从那发蓝的肩膀上轰了下来。机器人身子一僵，向后倒在了地上。它的脑袋滚落在地，眼中的光芒也渐渐暗淡了下去。

"你是个糟糕的艺术课老师。"说完，L-3PO 就彻底失去了能量。

"花园派对？"汉问。

"说来话长。"斯卡莉特回答，"走吧。"

汉和莱娅在最左侧那扇门前摆好警戒姿势，巴森站在另一侧。斯卡莉特花了点儿时间才找到控制面板，不过不一会儿，那扇门就颤动一下，门板分成十几片叶片滑开了。

门后的地面是一片钢质丝网，下面是一个大得惊人的洞穴，一股炽热钢铁的气味伴随着强风扑面而来。一个身披深色斗篷的人正站在一个看起来像是玻璃长桌的东西前，手指在桌面上滑动着。两个球形机器人悬浮在他的两个肩膀上，光滑的表面上缓缓地闪着暗红色的光。汉走进洞穴，脚下的网格看起来非常脆弱，根本撑不住他的体重，不过他站上去时，那丝网连形状都没有改变一丝一毫。脚下深处，一个巨大的球体正在散发着暗淡的深红色光芒。汉感觉十分纠结，因为他根本无法想象这些东西的真实大小。风从他身旁吹过，就像一个巨大而又古老的东西在轻声低语。那个球体的距离有一百米。不，有一千米。汉心里一颤，仿佛自己的空间感都要被颠覆了。他想象着自己驾驶千年隼号在这室内飞行的情景，那感觉才又变得真实了一些。

尽管如此，眼前的景象还是令人叹为观止。

"这个星球是空心的。下面那个——"汉用爆能枪指了指，"我觉得就是星核。"

"我记得我下过命令，不许任何人打扰！"那个站在桌旁的人叫道，"你们不知道这里面有多大的能量吗？不知道这工作有多复杂吗？你们这么一直打扰我，会把我们全都给毁了的。"

"我知道。"斯卡莉特说，"不过那是不会发生的。"

那人直起身子转了过来。埃西奥·加拉西恩比汉预料的年轻得多，他的五官端正，甚至可以用帅气来形容。随风飘动的齐肩长发就是 R3 的全息影像里的那种蜜黄色。他的笑容如同刀锋一般明快而尖利。他扫视着眼前的这几个人，视线在莱娅和斯卡莉特身上停留的时间最长。

"是莱娅公主吧。"加拉西恩说，"还有我的前任艺术课教师。看来她是你的人了。"

"埃西奥·加拉西恩。"莱娅说，"皇帝的马屁精，专业掘墓人。"

"为您效劳。"加拉西恩讽刺道。

"我们是为了超空间阻断器来的。"斯卡莉特说，"交出来的话，我们可以考虑把你关起来。"

"而不是杀了我？"

"而不是把你交给你那失望透顶的主子。"斯卡莉特说。汉注意到加拉西恩畏缩了一下。他们身后的圆形大门收缩关闭，巴森也转过了身，打开了爆能枪的保险。他们所在的那张网只是连接在这个中空世界内壁上的一系列网络中的一张。适应了这里的大小后,汉认出了挂在石质穹顶上沿着整个球体延伸开来的平台。加拉西恩靠在玻璃桌上,抱着胳膊。熔融的星球核心就像个小太阳一样在下方转动着,散发着光和热,在他的脸上投下了阴影。

加拉西恩盯着莱娅,那两个机器人不断地在他身后升起落下,变换位置,划出一个个"8"字形。伴随着一阵大笑声,加拉西恩的肩膀颤抖了起来。

他张开双臂,"你想要吗?好啊,给你。"他挥手指了指周围——桌子、平台、地下旋转的星核。所有一切。最后的一丝幽默消失在他的眼中,他整个人看起来就像一具尸体。"你们打算拿它怎么办?"

莱娅和斯卡莉特对视了一下,热风吹拂着他们的头发。巴森咳嗽了一声,将痰吐到了丝网下那比海洋还要深的虚空中。

"不得不说——"汉说,"在我的想象里,那东西要小得多。"

第二十九章

斯卡莉特朝加拉西恩走了几步,手中的爆能枪始终指着加拉西恩的心脏。加拉西恩对此却毫不在意,他再次转向玻璃桌,桌面上的指示灯光在他的脸上不断地闪烁着。

"从桌子边走开。马上。"斯卡莉特说。

"不然呢?"加拉西恩问。

"我猜会杀了你吧。"站在门口的巴森说,"一般都是这样。"

不过,加拉西恩看起来还是没有多大的反应。

"你们打扰我,威胁我。我猜也杀了不少我的人吧?真粗鲁啊,公主。我觉得我们已经没有必要继续交谈了。"机器人旋转的速度已经快到了人眼跟不上的地步,空中的"8"字形就像是衬在加拉西恩身后的银色飘带一样。

"好吧。"汉说,"有什么计划?"

"原计划是进来,杀了他,拿走超空间阻断装置,回到地表。看起来从第三步起就有问题了。"

"也许该重新制定一个。"

"正在制定呢。"

"又来一次。"汉说,"看来做计划真不是我们擅长的工作。"

"我们可以抓他做人质。"巴森说。

"现实情况应该是,"加拉西恩说,他的声音非常镇静,甚至可以说有点被逗乐的感觉。"你们都放下武器,向我投降,然后乞求我大发慈悲。你们有枪?我所拥有的却是全银河前所未见的最伟大的武器。"

巴森举起爆能枪。"我们可是四比一呢,要我说。"

斯卡莉特嘘了一声要他闭嘴。

"更大的炮,"加拉西恩看着玻璃桌子,"更猛的枪,能炸掉行星的玩意儿,这都很不错。能够掌控话语权。现在呢?控制交通?这才是力量。暴力的唯一作用就是确保别人按你的要求行事。只要有办法迫使对方就范,那还要战争干什么?叛军又能如何?皇帝会解散舰队,那玩意儿已经没有用处。你们这种人注定灭亡,这一切都要拜我所赐。"

汉挪向右侧,丝网在他的脚下发出了轻微的声响。加拉西恩看了看他,冷笑了一声,又移开了视线。风吹动着他的袍子啪啪作响。

"你知道皇帝会拿这东西做什么。"莱娅说,"这力量不会是你的,只会是他的。"

"我的野心不大。去我想去的地方,干我想干的事情,有几个世界向我俯首称臣,"加拉西恩说,"拣点儿陛下的残羹剩饭,我就很满足了。不过谢谢你,还知道为我考虑。"

"够了。"说着,巴森举起爆能枪,这一次汉和他不谋而合。汉扣下扳机开枪的同时,加拉西恩冲他一挥手,一个悬浮机器人像他的手的延伸一样飞了出去,打得汉向后退去,他的那一枪从加拉西恩的肩头擦过,汉竭尽全力才没被打倒。第二个机器人也将巴森打倒在了丝网上。上气不接下气的巴森不住地咒骂着，机器人再次俯冲，击中了他的肋部。巴森捂着胸口想要站起来，结果又摔倒在了地上。他的脸上充满了痛苦和愤怒的表情。

"投降吧。"莱娅说，"我会确保你的人身安全。"

"公主，带上你的仆人，放下你的武器，别再浪费我的时间了。比起你们来，我还有很多更有趣的事情要关心呢。"

莱娅移向左侧，离开其他人。如果他们分散开来的话，加拉西恩的机器人就难以同时阻止他们所有人。汉学着她的样子，又向右走开了几步。

"别把你自己看得太高了。"莱娅说，"运送你们过来的歼星舰已经是一堆残渣了。一个义军突击群正要进入这个星系。而且现在的形势还是四比一。"

"三比一。"加拉西恩说，其他人还没来得及反应，加拉西恩就大叫着朝莱娅的方向挥了下双手。两个机器人立刻俯冲，击中了莱娅的胸部和腹部。莱娅尖叫了一声，机器人将她整个人都提了起来，拉过了丝网的边缘，扔了出去。汉心里一空，他一边冲向加拉西恩一边开枪射击。斯卡莉特则冲向了莱娅的方向。

加拉西恩转向汉，脸上写满了非人类的狂怒。汉的爆能枪击中了他。

加拉西恩后退了两步，汉打中了他的胸口，而他一脸惊讶的表情：你居然想打伤我？

"他有盔甲！"汉叫道。

"打头，小子！"巴森喊道。莱娅还在尖叫。汉的视线越过加拉西恩，看到了趴在地上的斯卡莉特。斯卡莉特的整个身子都探到了外面，只有腿还钩在丝网上。从汉站的地方只能看到莱娅挣扎着的模糊身影。

一道银光从汉的身旁闪过，他扣动了扳机，多年的历练和迅捷的反应获得了回报，一个机器人掉在了地上，滚到了平台的边缘。汉瞥到了第二个，那机器人身上似乎伸出了刀刃，巴森在他身后叫了起来。

加拉西恩的双手像老虎钳一样钳住了汉的双手，汉感觉双手手腕的骨头似乎都要裂开了。伴随着手指剧烈的疼痛，他的爆能枪被加拉西恩夺下。看着左手轻轻握着爆能枪的加拉西恩，整个宇宙似乎都缩小到了只有他们两个人。汉不禁想道，不知道被自己的武器打死是一种什么感觉？他挥起另一只拳头，却被加拉西恩挡住了。拳头打上加拉西恩的手臂，感觉就好像打在了混凝土上，不过汉又打了一拳。加拉西恩回敬一下，汉的脸被打中了，一阵刺痛从鼻子上传来，他的嘴里立刻充满了鲜血的味道，整个世界都轰鸣起来。

斯卡莉特挪动着身子，她的一只手抓着莱娅，另一只手焦急地在腰带上摸索着，寻找可用的工具。加拉西恩顺着汉的视线看了过去，他咧嘴一笑，用汉的爆能枪击中了斯卡莉特的腿。斯卡莉特大叫了一声，但并没有松开公主，也没有停止手头的寻找。汉用手肘猛击加拉西恩的耳朵，这一下总算有了点效果。加拉西恩后退了两步，用爆能枪指向了他。

巴森射出的一道能量束破空而至。老米里亚尔人跪在地上，开枪的那只手搭在残肢上。加拉西恩伸手向他一指，剩下的那个机器人向他飞了过去，将他逼到墙角，准备进行下一轮进攻。拖延的这点时间对汉来说已经足够了。汉抓住加拉西恩手中的爆能枪一拧，加拉西恩膝盖一弯，转了个身。

敌人强壮而坚定，爆能枪的枪管一点一点地指向了汉。加拉西恩扣动扳机，能量束擦着汉飞过，灼伤了汉的耳朵，空气中满是头发烧焦了的味道。有个东西在他们身后爆开了，一根如蛛丝般闪着光的缆绳从莱娅和斯卡莉特的方向射了出来。是斯卡莉特的抓钩。莱娅大喊起来。

汉使尽全力想要将爆能枪挪开，但枪口却离他越来越近。加拉西恩恶狠狠地笑着，睁大的眼睛里满是对汉死期将至的确信。

巴森冲了过来，拼尽全力狠狠地撞在了两个人的身上。汉被撞倒在地，他趴在丝网上，脑袋晕乎乎的，感觉自己好像被爆能枪打中了。加拉西恩还站在原地，但巴森正站在他的前面，用完好的那只拳头猛击加拉西恩的喉头。在他们身后，莱娅已经用双手抓住了平台边缘，正抬腿让膝盖搭上平台，斯卡莉特的抓钩线就缠在她的身上。斯卡莉特已经在她旁边站了起来，举着爆能枪，寻找机会一枪结果加拉西恩，不过巴森挡住了她的视线。

在巴森的猛烈进攻之下，加拉西恩终于后退了一步。他满脸是血，至少有六七道伤口。巴森的手指关节也擦破了不少。枪声响起——连续的三枪——汉以为是斯卡莉特开的，但巴森却胸口冒着青烟倒在了地上，一脸震惊的表情，那只完好的手还抓着加拉西恩的袍子边缘，残肢还在蹭着袍子，好像要用那已不存在的手指抓住什么。

"汉！"莱娅叫道。

汉扭过头，斯卡莉特开枪了。加拉西恩一挥手，机器人又向她们飞过去，莱娅和斯卡莉特赶紧躲避。汉大叫一声，弯下腰朝加拉西恩冲了过去。那种感觉就好像撞在了一堵墙上。不过巴森抓住了加拉西恩的脚踝，就连加拉西恩被撞得跟跄也不肯松手。加拉西恩像一棵从根部被砍倒的树一样向后倒去，脸上的表情也由恼怒变成惊讶，再由惊讶变成难以置信，一阵枪击声和金属的撕裂声响起，第二个机器人也被打倒了，但汉没有回头去看。

巴森松开了握着加拉西恩脚踝的手，这个狂人尖叫着从平台边缘消失了。他坠向几千公里下闪烁着光芒的星核，一层又一层的平台边缘离他远去。

汉跪在巴森旁边，老赏金猎人胸口的伤很深，散发着浓烈的肉被烧焦的气味，那张黄绿色的脸上也失去了血色，整个人呼吸微弱。他眨了眨眼睛，看着汉，汉忽然感觉喉咙很堵，那种感觉让他自己都吃了一惊。

"坚持住，老兄。"汉说，"我们马上就给你包扎。"

"汉，老伙计。"巴森说，"你骗人的技术还是那么烂。"

"说什么呢！我可厉害着呢。"

"这次可不是。"

斯卡莉特一瘸一拐地走了过来，她手里的小医药箱显然应付不了这种程度的伤害。汉从她的眼神中看出，斯卡莉特自己也是这么认为的。

"不过我们还是搞定他了。"汉说，"就像过去一样。"

巴森咧了咧嘴，好像是想笑。他扭头透过丝网向下看了了看。"看起来，他可能会活得比我还长。这一路掉下去可够受的啊。"他喘了口气，"说实话，刚才哪怕只动一丁点儿脑子，我也不会那么做。"

"说明你还是过去那个家伙。"

斯卡莉特撕开巴森伤口上的衣服，喷上麻醉剂。巴森叹了口气，咽了口口水。

"如果真是这样，而且真的有死后的世界的话，我会和过去那个家伙好好谈谈的。他可*真够蠢的*。"

莱娅来到了他们的身旁。巴森身下的星核光芒将他映成了一道剪影，同时照亮了低着头的莱娅的脸。莱娅的表情温和、镇静而又坚强。巴森又咳嗽了一声，声音低沉刺耳。

"你看，汉，老伙计。我要是有两只手，肯定搞得定他。"他咧嘴一笑，"所以到头来全都是你的错。"

"彼此彼此。"汉说，不过面前的巴森已经是一具尸体了。汉捡起丝网上巴森的爆能枪，插进自己的枪套。三个人站在老米里亚尔人的身旁，好长时间都一言不发。汉不由得想起了自己以前和巴森一起度过的时光。

"原来他是个好人。"斯卡莉特说。

"不，他不是。"汉说。

"是个朋友吧。"莱娅说。

"也没是多久。"

最后,所有人都转身离开,走到了加拉西恩之前所在的那张发着光的玻璃桌旁。明亮的桌面上满是奇怪的字母和游移的图形。汉从来都没有见过这样的文字,不过其中一些图案却让他感觉眼熟——一个大半是红色的圆,一连串不同位置点缀着三角形的直线——感觉可能是某种技术读数,却无从知晓究竟指的是什么。

"有你能看懂的地方吗?"莱娅问。她皱着眉头,看着那些读数,就好像只要集中注意力就能看出点名堂一样。汉仍然在因为刚才的搏斗而略略发抖,但他尽力遮掩着。

"也许能看懂一点吧?"斯卡莉特说,"让我……让我看看吧。"

"之前我还以为你遇到麻烦了,公主殿下。"汉说,他觉得自己的声音干涩空洞,一点儿说服力都没有。莱娅抬头看了看汉,脸上温和的表情表明,她听出了汉声音里的关心。汉刚才想说的其实是,*我以为我要失去你了*。

"还好运气没那么差。"莱娅轻声说。汉忽然产生了一种想要抱住她,亲吻她的冲动,这让他自己都吃了一惊。一时间,莱娅的表情似乎有了一种不同的意味——理解?希望?抑或是两者兼而有之。她眨了眨眼,避开了汉的视线。"你觉得他落到底了吗?"

"如果他们真的挖穿地幔,通到了星球的核心,那他还得再下落差不多五个小时。"斯卡莉特说,她还在研究桌面上的图案,"不过在撞上之前,高温就会烧焦他的肺,把他变成一个火人。"

"恶人有恶报。"汉说,"你能弄明白这玩意儿吗?"

"不能。"斯卡莉特回答。

"我以为你有说明书。"

"说明书就是加拉西恩写的,他也搞不定。至少不是完全搞定。我尽力吧。"

汉点了点头,转身从桌旁离开,想要联系丘巴卡和千年隼号,了解地表上的情况。他的直觉告诉他,就在他们到达克基巴克废墟底部的时候,帝国舰队已经跳跃进了这个星系,现在上面一定正在进行大规模的激战。通信器没有信号,不过这也是意料之中的事。

巴森·雷的尸体静静地躺在那里,闭着眼睛,一脸的慈祥、安宁,仿佛已经超脱了死亡。他曾是个出色的走私犯,喜爱虚张声势和寻求刺激,每个走私犯或多或少都具有这样的品质。然而,后来的他被生活击垮了,沦为一个三流的赏金猎人,欠了一屁股债,充满绝望。本来,汉也有可能步他的后尘,成为另一个巴森·雷。他们的际遇差不多,性格也差不多。汉真不知道为什么一切会变得如此不同。

莱娅走了过来,她的手里还握着爆能枪。

"在想他吗?"她问。

"我在想,他是我认识的人里唯一一个从赫特人贾巴那里偷了东西,却由地其他原因而死的家伙。"汉说,"还有,他救了我们。"

"真复杂。"

"宇宙本来就很复杂。"汉说,"除非你是卢克。"

"你觉得他不复杂?"

"不复杂。他就是个喜欢飙飞船的农场小子。没有比那更简单的了。"

"他不会一直那样的。"莱娅说,她的声音里有一丝痛惜的意味。

"没人会一直不变的。"

第三十章

"看起来很复杂。"汉说,他觉得这话真是全宇宙里最大的轻描淡写了。

"这可是一个行星级别的机器,用的又是我们不懂的外星语言,那个外星种族还灭绝了。所以确实有点儿复杂,没错。"斯卡莉特指了指闪光的装置,"不过,加拉西恩确实取得了些进展。要是我能弄明白是哪个东西在发挥作用,我觉得我们能行——别碰那个!"

汉赶紧收回手。"那个?很危险吗?"

"我觉得应该是。"斯卡莉特说,"这个小宝贝儿导通的能量大得惊人。加拉西恩的笔记里有很多关于微小的不平衡迅速变大的记录。而且,你也知道,要让整个星球的地壳不塌陷到暴露的核心上需要巨大的力场,你一定不想把那玩意儿给关了。"

斯卡莉特按了一下,屏幕亮了起来。她迅速翻过好几张控制面板的翻译图表,根本没有减慢速度去阅读。

"你能看明白他的工作吗?"莱娅边看桌面上闪过的那些信息边问。

"不太能，不能。"

"好吧。"说着，莱娅抓住了斯卡莉特的手，不让她再继续操作。"里肯将军率领的突击部队就要跳跃进来了。等他来了之后，我们再研究怎样阻止帝国飞船跳跃进来。到时候我们就有时间……"

一道爆能枪能量束从莱娅脸旁擦过，汉都能看到她眼中的反光。紧接着，一连串能量束接踵而至，不过汉已经将莱娅和斯卡莉特拉倒在了地上。他用自己的身体遮住莱娅，尽管很清楚这样也只能为莱娅多争取几秒钟时间，但他还是那么做了。一旦爆能枪击中了脆弱的控制台，控制台肯定会崩溃，到时候他们就都只有死路一条。

汉抬起头，想要看清开枪的是什么人。圆形的门在他们身后静静地打开了，一群冲锋队员已经在平台外占据了有利位置。其中几个人放低了手中的武器，瞄准着趴在地上的汉。*就这样了*，汉想，接着他们开枪了。

六七个冲锋队员射击了几秒钟后都停了下来。支撑控制台的薄薄的玻璃似的材料上连一丝焦痕都没有。

"哈。"斯卡莉特说。

"看来他们选的是耐用材料。"汉说，他从莱娅身上爬起来，跪在地上，抽出巴森的爆能枪从控制台的一侧回击了几枪。能有个透明的掩体还是挺不错的。不用冒险探出头就能开枪。不一会儿，两个冲锋队员就倒在了地上，其他人都退回到了外面的走廊里。他们又在门口对着里面开了几枪，只有一个人直接命中了控制面板，但面板上一点损伤都没有。

"要守卫住这里还是挺难的。"斯卡莉特说。

"我们得重新打开超波中继通信。"莱娅叫道，"要是能通知里肯将军开始进攻——"

"有点儿腾不出手啊。"斯卡莉特说。

"不能让他们控制这里。"莱娅说。她蹲在控制台的另一侧，开始朝门口射击,迫使冲锋队进一步后退。

莱娅和汉同冲锋队进行着收效甚微的对射,斯卡莉特则研究着控制面板。"我觉得……我觉得阻断超波通信的应该就是这个。应该是。"

"快动手!"莱娅在激烈的交火声中叫道。汉一枪击中了一个冲锋队员的大腿,将他打倒在地,那人拖着残腿爬到了交火区之外。汉能看到爆能枪击中的地方,但是要是能站起来瞄准,他还能打得更准。又一波爆能枪射束击中了控制面板,这让汉觉得还是不要冒这个险的好。其实他并不需要赢得这场战斗,只要活下来就好。

他收回手躲避迎面而来的火力,但莱娅探出身子,又开了几枪,打倒一个冲锋队员。

"你觉得外面还有多少个?"汉问。

"过不了多久,整颗星球上的人就都来了。"莱娅回答。斯卡莉特笑了一声,但并没有抬头,她还在研究控制台。

"至少韦奇和卢克干掉了歼星舰,他们不能再向星球上投送军力了。"说完,汉又开了几枪,爆能枪指示灯闪了起来,于是他从腰带上取下一个储能单元换了上去。

"卢克!我们呼叫卢克!"莱娅边叫边取出通信器,"红波,这里是指针,能听到吗?"

"啊哦。"汉自语道。不知道冲锋队正在门外干什么,从汉所在的地方只能看到一点点,不过看样子是在安装某种使用三脚架的重武器。

"红波,这里是指针,请回话!"

"也许是有干扰吧,毕竟在地下这么深的地方。"斯卡莉特说。

"得有个人到上面干扰小的地方去。"莱娅说,"去告诉卢克,让里肯将军开始进攻,然后回来告诉我们他们还需要多久。"

"又是个烂主意。"汉低声说。

莱娅又说了句什么，不过说话声完全被冲锋队的重型武器造成的冲击波给淹没了。他们把三脚架推到门口，没有瞄准就开了火，所以只击中了控制台前一点五米处的地方。丝网地面立刻因为热量而变成了白色。

"但愿这个掩体经得住那种程度的炮火。"汉说。

"但愿地板也能。"莱娅回答。

大炮再次开火，击中了控制台那看起来非常脆弱的支架。冲击波将汉击倒在地，压得他气都喘不上来。莱娅和斯卡莉特也被震飞起来，落在了几米外的地方。

这次爆炸在支架的玻璃上留下了一块斑，有些泛黄，仔细看还有些发丝般粗细的裂纹。要是冲锋队的大炮再来一下，他们就完了。他们这仅有的掩体岌岌可危。

斯卡莉特和莱娅朝控制台的方向爬了回来。冲锋队员正在操作大炮，准备再开一炮。看起来他们也注意到了上一炮造成的损伤，正在瞄准同一个地方。

"嘿！"汉叫道，"你们知道你们瞄准的这个东西控制的是整个星球吧？知道把这东西炸坏了会发生什么吗？你们不知道？"

冲锋队的人根本没有理会他。汉站了起来，胳膊搭在控制台顶端想要瞄准。炮台后的那名士兵刚要开火，汉就一枪打在了三脚架上，打断了脚架的一条腿。大炮朝前一歪，带着炮手一起倒了下去。就在这时，火炮发射了，击中了距离炮兵小组只有一米多距离的丝网地面，巨大的声响如同雷鸣一般。冲击波将整个小组都震飞了。其中两个人落地后一动不动，身上还冒着烟。还有一个倒霉蛋翻滚着飞出丝网边缘，向着熔融的星核坠落下去。汉不由得同情起了那个冲锋队员来，希望他已经先被炮火夺去了性命。还有几个冲锋队员从门口探头窥视着这幕惨景。汉又开了几枪，迫使他们都退了回去。克基巴克人的控制台在他的手臂下闪闪发光。

汉犹豫片刻，然后拍了下控制台，又蹲了下来。

"你们怎么样?"他问。

"我没事。"莱娅说,她已经爬回了控制台旁掩护的地方,握好了爆能枪。看起来她可一点也不像是没事的样子。一缕鲜血从她的头顶流到了脸上,她的额头上也有一块瘀青。汉知道,要是他太关注这事的话,莱娅一定会不高兴,于是什么也没说。斯卡莉特呻吟了一声。

"你没事吧?"汉问道。斯卡莉特腿上的伤看起来很严重。

"没事。"斯卡莉特说,但她整个人看上去有些恍惚,"就是需要……"

她摇摇晃晃地爬起来,看着控制台,这让她暴露在了掩体之外。门口的冲锋队朝她开枪,汉和莱娅开枪还击,但对方人太多,不可能一下子都逼退回去。斯卡莉特叫了一声,抱着胳膊缩了回来。不过冲锋队也付出了代价,在撤退前又倒下两个。

"真是倒霉。"斯卡莉特边说边检查着上臂上的伤口,一道能量束击穿了她肘部靠上一些的地方。看起来伤得也不轻,不过没有流血。"你能相信吗?今天是我头一次中枪。跑了这么多年外勤都没事,今天一下子就挨了两枪。"

"不相信!"汉说,"像你这么冒失的人应该天天挨枪子儿才对!"

"我还以为这种事永远都不会发生到我身上呢。"斯卡莉特继续道。汉不由得暗暗希望她没有被吓到。

一个冲锋队员探出身子,扔进来一个爆炸物。那东西顺着地面朝他们滚了过来。汉一枪打在那东西上,把它打到了相反的方向。探出身子的冲锋队员赶紧向后躲避,差点儿没有躲过门口的爆炸。

"不过好像是有规律的。"斯卡莉特说,她眼睑低垂,整个身子慢慢软了下来,"我们应该问问他……"

"当然,甜心。我会呼叫他的,不管这个'他'是谁。"汉说,"莱娅,把她的医药箱找出来,给她弄点儿什么东西别让她倒了。"

莱娅从斯卡莉特的腰带上取下医药箱,在里面翻找起来。

"还记得她之前说的话吗？力场啊，能量平衡啊什么的？"汉问，"我们应该炸掉这个地方。"

"你疯了吗？"莱娅说，"如果能得到这个装置，我们就能终结战争。"

"如果——"

"它能终结战争。"莱娅抬起头，盯着汉的眼睛，又重复了一遍。汉搞不懂，她的眼神为什么能在那么柔和的同时又那么坚定。"再也没有奥德朗的惨剧，再也没有基亚穆尔的屠杀。再也不会有了，汉。这还不值得吗？我们留下。守住这个地方，直到里肯将军赶来。"

一个冲锋队员冒险探出头看了一眼，汉一枪打在他脸旁的门框上，那人赶紧又缩了回去。

"我们做不到的。"汉说，他的枪仍旧指着同一个地方，以防那个人还想探头出来，"就算我们能做到，你所谈论的是建立一个能控制所有航行的拥有绝对权力的政府。那可是银河历史上第一个能够贯彻自身意志，让其他人完全无路可逃的政府。"

莱娅朝斯卡莉特的脖子上打了一针，然后开始包扎她的手臂。斯卡莉特迷迷糊糊地咕哝着，说的话没人能听清。

"现在不是说这些的时候。"莱娅叫道。不过刚过了一会儿，她就又继续说道，"你是说，这是件坏事？只有犯罪分子才会担心这些吧？"

汉大笑一声，又朝门口开了几枪，逼退了一个从角落里探出头想要开枪的冲锋队员。

"莱娅，我也不想说得这么直接。可我们就是犯罪分子。我此刻正在冲着政府开枪。所以他们才叫我们叛军！"

"我们是为了恢复——"

"是，是，恢复荣耀的旧共和国。"汉哼了一声，"这口号我听过，姐妹。不过你告诉我：有了这种技术，光荣的旧共和国就能阻止帕尔帕廷篡权吗?"

莱娅张嘴想要回答,又皱着眉头闭上了。汉又站起来朝门口开了几枪。门口没有人,他希望那边继续没人。斯卡莉特眨眨眼睛坐了起来,揉了揉眼睛。

"应该不能。"莱娅终于承认道,"等到大家发现他的企图时,他已经控制住整个官僚体系了。"

"那么义军同盟还会存在吗?"汉柔声问。他相信莱娅一定会明白他的观点,不需要他直接说出来。

"不会。"莱娅说,她的表情甚至有些悲伤。"我绝不会滥用这种东西,这你知道。我也绝不会让别人用。"

斯卡莉特咳嗽了几声,渐渐恢复了神智。"你们在说什么呢?"她问。两个人都没有回答。

"我知道你不会的。"汉说,"我相信你,公主。但是在你之后当选的人呢?我可不认识那人。"

莱娅皱着眉将头扭到了一边。一道阴影在门廊里闪过,她立刻开了一枪,不管那东西是什么,现在都不动了。

"如果我们掌控了这东西,"汉用爆能枪指了指周围庞大的机器,"那么下一个崛起的银河帝国将永无终结。我们估计是看不到那一天的到来了,不知道这会不会让你感觉舒服一点。"

"不会。"莱娅说,"不会的。你说得对,我们把它炸掉吧。"

汉长出了一口气。"不得不承认,听你这么说,真是让人一下子放心了。"他笑着说。莱娅皱了皱眉,脸上闪过一丝迷惑的表情,接着又忽然睁大了眼睛。

"你已经设定自毁了吗?"

"嗯,斯卡莉特不让我碰的那个按钮还记得吗?我在差不多一分钟前按了。不过我一直想不出该怎么告诉你们。"

第三十一章

"你干什么了?"斯卡莉特问,她看着下方那已经由暗红色变成亮橘色的星球核心,"你到底干什么了?"

平台震动起来,一阵热风透过丝网吹来,似乎是在预示着结局的来临。汉站了起来,冲锋队的一阵火力又让他不得不躲了回去。

"不能从来时的路出去了。"汉说,"你觉得我是不是该向他们解释解释我们为什么都得离开?"

莱娅没有回答。"那边。"她指了指附近的一个平台,那个平台的墙上也有一排圆形的门,和他们这个平台上的一模一样。"我们去那边。"

"得跳好远呢,宝贝儿。"汉说。他们所在的平台距离莱娅所指的平台边缘至少有十五米。

"你的抓钩。"莱娅对斯卡莉特说,"能够抛到那么远吗?"

斯卡莉特看看莱娅,又看看汉,拼命想要把莱娅的问题和她自己提的问题联系起来。

"能。"她终于点了点头，不过点头的速度有点太快了。莱娅给她注射的防止昏迷的药物让她有些兴奋。"不过这边没有什么保险。只有抓钩那一头才有磁性。"

一个电子合成音在门口叫道："上，上，快上！"七名冲锋队员冲进了房间，泼出一片火雨，汉和莱娅从掩体两侧射击，斯卡莉特则在控制台顶上探出身子举枪还击。不一会儿，冲锋队不得不又退了回去，不过其中三人已经死在了丝网上。枪战中，射束多次与斯卡莉特擦身而过，烧焦了她的头发衣服。

"别再这么蛮干了。"莱娅说，"一天被击中三次可不好玩儿。"

下方的星核已经由橘色变成了黄色，平台的震动也越来越强烈了。不时有碎石从上方的岩壁向星核的方向掉落。

"该走了。"汉说。

"那边！"莱娅叫道，她指着斜上方平台闪亮的金属支架说，"吸到那上面。我们荡过去。"

"荡过去。"斯卡莉特重复道，"疯了吧。"

"能行的。"莱娅坚持道，"相信我。"

斯卡莉特耸耸肩，将爆能枪递给汉，从腰带上取下抓钩的操作器，设定好长度。

"我干这活儿的时候可是暴露在外面。"她说，"还有我们……荡过去的时候。"

"我来掩护。快动手吧。"汉说。斯卡莉特来到边缘处准备发射抓钩，汉一直将她挡在身后，同时用最快的速度扣动着两把爆能枪的扳机，向门口射击。其中一把枪的指示灯闪烁起来，汉大叫道："装弹！"莱娅立刻起身继续开枪掩护，换他更换储能单元。

抓钩线嘶的一声发射了出去，然后当的一声吸在了支架上。不知道支架是用什么材料做的,但磁性抓钩牢牢地吸在了上面。斯卡莉特用全身的重量拽了拽抓钩,吸得很牢固。

几个大胆的冲锋队员探出头来举枪射击,但汉和莱娅的火力又将他们逼退了回去。其中一人头盔的眼睛处被击中了,倒在了门口,半个身子还在外面。

"一次一个还是一次全部?"斯卡莉特问。

"哦。全部,马上。"汉回答,"莱娅你先,我在你后面。"

莱娅从汉身旁跑过,可是汉忙着向门口开枪,根本顾不上看她是不是已经系好了抓钩线。"汉,该你了!"莱娅边叫边朝门口开火,射束从汉的身旁向门口射去。

汉一边向平台边缘跑,一边转身射击。斯卡莉特和莱娅已经将绳索系上了腰带,于是汉全速跑了过去,抱住两个人,三个人一起荡离了丝网边缘。

斯卡莉特叫了起来,汉碰到了她受伤的手肘。莱娅喘着气,汉抱得太紧了,让她感觉呼吸困难。汉低头看了看,他们和下方已经泛白的星核之间什么遮挡都没有,只有几千公里深的虚空。加拉西恩的尸体距离太远,已经看不到了。一秒钟后,他们荡到了下一个平台上方,斯卡莉特松开绳索,所有人砰的一声掉落在了金属丝网平台上。汉垫在最底下,眼睛对着莱娅的胳膊肘,肚子则顶着斯卡莉特的膝盖。

其他两人爬起来,汉"啊!"的一声叫道。不过他根本没有时间抱怨,几道爆能枪的能量束已经射中了丝网和旁边的墙壁。

斯卡莉特冲上去打开平台上的门,莱娅跑了过去,后面的火力越来越密集。汉又回击了几枪,不过这么远的距离,不论谁打中对方都纯属运气。其中一个冲锋队员没有开枪,而是看着下面的深渊,伸着脖子,摆出了一副"开什么玩笑"的姿势。

汉又开了几枪，不让他们站定，然后跟着斯卡莉特和莱娅穿过了大门。斯卡莉特立刻在他身后关上门。外面时不时还有墙壁被击中的声音传来。

他们来到了一间小厅，小厅的尽头是一条通向斜上方的竖井，底部有一个平台，看上去和他们下来时乘坐的那个平台一模一样。

"但愿这东西还有动力。"汉说。

斯卡莉特一瘸一拐地走过去。"看上去这下面的所有东西都还有电。"

"但愿你说得对。"汉说，"这里没有其他出路，回到之前的平台上也不是个好主意。还有，整个行星就要爆炸了。"

斯卡莉特一边扳动控制台上的开关，一边在嘴里咕哝着什么。汉只听到一个"蓝"字就明白了，斯卡莉特是在重复他们下来时用的代码。他不由得想，但愿代码都是相同的；紧接着想到的则是，她怎么可能把那些都记住？

巨大的金属撞击声传来，升降平台开始缓缓爬升，汉在心里默默地说了声谢谢，谢谢宇宙间保佑英雄人物和傻瓜的神秘力量。又是一阵剧烈的震颤，震得汉差点跪倒在地。斯卡莉特抓紧控制台边缘保持平衡。莱娅则扑通一声倒在了地上。炽热的风将斯卡莉特的头发吹了起来。汉闻到了烧灼的金属和润滑剂的味道。他在心里暗暗地期盼，但愿克基巴克人的运输工具和他们的控制台一样坚固。

震动停止后，莱娅咧着嘴呻吟着爬了起来。"这次任务结束后，我得好好泡个热水澡。"

"你看。"斯卡莉特眯缝着眼睛看着汉，"我花了两年的时间收集情报，终于找到了这个地方。两年惊险的地下工作。现在终于找到了，你脑袋一拍就要把它炸掉。"

"没拍脑袋。"汉回答，"这可是深思熟虑后的结果。"

"别责怪自己。"莱娅对斯卡莉特说，"对于汉来说，深思熟虑和一时兴起很容易混淆，因为看起来都一样。"

"尽管很想就此争论一番,但我们没那个时间了。"说完,汉取出通信器,"丘仔,伙计,能听到吗?"

除了静电噪声外,通信器里什么声音都没有。

"丘仔,你没睡着吧?不然我们可就死定了。"

通信器里传来了一声号叫作为回应。

"看来我们已经上到足够高的地方了,信号可以穿透。要不要呼叫卢克,了解一下最新情况。"汉问莱娅。莱娅点了下头,取出了通信器,汉继续跟丘巴卡通话,"我们需要千年隼号马上过来。到神庙上面。这边的丛林太浓密了,飞船无法降落。我们到神庙顶上会合。"

丘仔咕哝了一声作为回答,然后就关闭了通信器。

"又要爬到顶上等人接。"斯卡莉特叹了口气。

"这次不会有冲锋队向我们开枪了。"汉回答。

"嗯,你说得对,只不过是有颗星球要在下面爆炸而已。"

"也算不完全一样嘛。"

"你们聊完了吗?"莱娅对两人说,"我们快到顶了。"

他们进入了一个房间,房间的尽头有一条通道通向他们来时经过的那条诡异的狭窄走廊。那种奇怪的合金墙面比进来时更让人疯狂。斯卡莉特取出数据板,数据板上的全息地图模糊而颤抖,就像一个梦境。她关掉地图,闭上眼睛,集中精神回想片刻,然后睁开。

"跟我来。"说完,她就拖着伤腿快步前行。她连着拐了好几个弯,汉怎么也想不起他们来时是不是这么走的,不过到最后,他们确实来到了一扇金属舱门前。行星一直都很配合,在他们走出舱门前震动得都不算厉害。不过一踏上神庙上层的石质地面,情况就大不相同了。整个星球剧烈颤抖了起来,就像一头受了刺激的班萨,尖叫着上蹿下跳,想要把背上的人摔下来。几个人在走廊里被晃得在两侧石壁上撞来撞去,这么过了几秒钟后,震颤一下子减弱下来，只剩下低沉的轰隆声。

"快跑。"斯卡莉特说。汉已经拉着莱娅跑了起来。经过斯卡莉特身旁时，他也一把抓住了斯卡莉特的手。要是在这黑暗的庙宇里走散了，根本不会有时间回去找人。

庙宇里没有见到冲锋队的人，也许是藏起来或者逃进丛林里了。地上散落着不少帝国的装备，大部分都被晃得东倒西歪，还有一些已经被天花板上掉下来的石头给砸了个稀烂。就在他们全速飞奔的时候，一块陆行艇般大小的石头从天而降，挡住了他们的去路。

斯卡莉特毫不犹豫地在前一个路口转了个弯，带他们绕了过去。天花板上的碎石尘土不断掉落，空气一片污浊。前方不远处的地板上陷下去一个坑，斯卡莉特叫道："跳！"

三人毫不减速地从深坑上跳了过去，又转过两个弯，全速飞奔了很长一段之后，他们终于呼吸到了户外的空气。

周围的树木左摇右晃，不断发出沙沙的声响，就像风暴中的海洋。巨大的树木在剧烈摇摆中接连断裂，飞船般大小的树叶从天而降，将地上的一切都压成了碎片。天空中能量场剪切力足够大的地方，到处都弥漫着光线折射形成的彩虹颜色。这座行星级装置还在挣扎着想要维持脆弱的平衡，但最终只能以失败收场。

汉纵身一跃，抓住金字塔形神庙第一级的边缘爬了上去。他伸手拉起斯卡莉特，又跑到了下一级边缘处开始往上爬，而让斯卡莉特拉莱娅上来。东方遥远的天边，一团尘云滚滚而来。爬了大概十几级后，层级间的距离变短了不少，每个人都可以独力攀爬，这又为他们节约了不少时间。

爬到距离地面足有一百多米的地方后，汉取出通信器对丘巴卡吼道："你在哪儿呢？"

伍基人也吼了一声。

"启动电路短路是什么意思？你最好赶紧把它弄好，不然我们都死定了。"

莱娅经过他的身旁，爬上那块巨石，然后停了下来。他们到顶了。斯卡莉特也爬了上去，弓着腰，气喘吁吁。汉环顾四周，除了脚下的石头金字塔和周围晃动不已的丛林外，周围什么都没有。连飞船的影子都见不到。

斯卡莉特忽然倒吸了一口凉气。汉顺着她的视线看了过去。东方的天边，大片的尘土滚滚而来。地面在不断地消失。岛屿般大小的林地不断坠落。濒临崩溃的星核散发出的白金色光芒从塌陷处喷薄而出。维持星球稳定的力场正在消失，塞马蒂五号正在吞噬自己。

"他来得及吗？"斯卡莉特问。

汉觉得她问的应该是丘巴卡，刚要回答，莱娅却开口了："他马上就会过来。"

就好像是要印证她的话一样，一架 X 翼战斗机从天而降，朝他们飞了过来。战斗机悬停在神庙上空几英尺高的地方。莱娅的通信器里传来了卢克那略带孩子气的声音："上来吧！"

莱娅爬上其中一个机翼，斯卡莉特也跟了上去。

"这只能是临时措施啊。"汉说。他们不可能就这么趴在星际战斗机的机翼上飞离行星。不过他也跟了上去，这种极端情况下，能多活一秒算一秒。

"抓紧。"说着，卢克就驾驶飞船飞离了神庙。

星球剧烈震颤着，写字楼般大小的树木都被抛上了天空，神庙也在一阵烟尘和炽热的气流中坠入星球内部。

一个黑点出现在迅速崩溃的地平线上，黑点变成黑盘，然后又变大成了全速靠近的千年隼号。一团淡黄色的烟尘靠近他们，暂时遮蔽了飞船，硫黄的刺鼻气味扑面而来，刺得人睁不开眼睛。

"我坚持不了多久了。"斯卡莉特说，她的声音听起来非常镇静，就好像是在谈论午饭吃什么一样,根本听不出来是在说行星即将崩溃时生死攸关的大事。

"不需要坚持多久。"汉说,一个暗影从下方的烟尘中升了起来。千年隼号一点点靠近,三个人都跳到了飞船顶上,穿过舱门爬了进去。

"冲吧,丘仔。"汉一边朝驾驶舱跑一边喊道。丘巴卡已经驾驶飞船以最快的速度笔直朝天空飞去。

"系好安全带!"汉对斯卡莉特和莱娅喊道。

"超空间驱动器能用吗?"他一边在驾驶席上坐好一边问。伍基人吼了一声表示肯定。"计算一下舰队现在的位置,我们马上过去。"

丘巴卡干活的时候,汉又扫描了一下周围的空间。八架X翼战斗机排成仪仗队的队形紧跟在他们身后。看不到帝国飞船的踪影。天空上的条状云带就像被爪子抓过一样。汉观察着周围的情况,天空的蓝色越来越深,星光逐渐闪现了出来。

"看起来我们都准备好跳跃了。"卢克说,耳机里他的声音干涩而平板。

"行星看起来不稳定。"韦奇的声音说。

"注意到了。"汉回答。他将推力杆拉到底,在丘巴卡准备跳跃的时候尽可能地拉大千年隼号和行星间的距离。

"悠着点儿。"卢克说。天空已经快变成黑色了,明亮的星星不停地闪烁着。

"准备跳跃。"汉对跟在后面的所有飞船说,"倒数……五……四……三……二……"

行星在他们身后爆炸了,巨大的冲击波和气流直冲他们而来。

"一。"

星空变成了道道光线。

第三十二章

广袤的太空中闪烁着点点光芒。每个恒星系都可能有可居住的行星或卫星,或者环绕着独立空间站和小行星基地。那些亮光总能给人以安慰,它们象征着生命和能量,意味着周围可能有文明存在,说明这虚空不是不可逾越的。而当星球上的生命带来过于暴烈的破坏时,这虚空又能成为某种缓冲。

千年隼号跳跃出超空间时,里肯将军的舰队正在做战斗准备。年轻的战斗机飞行员都因为不能在塞马蒂星系开战而失望不已。将军们倒是松了一口气。尽管失去了这个厉害的新式武器,但想到皇帝也没办法得到它,总算让人又放心了一些。就算有人因为同盟没有得到这东西而暗自庆幸,那他们也没有表现出来。

当然,也不是说一点儿令人高兴的事都没有。

"我看过详情报告了,索罗船长。"哈森上校边说边在写字台上敲击着手指,显得颇不自在。"你的表现远远超出了我们所有人的预期。"

"谢谢。"汉说,他假装没有听出哈森的语调中隐含的批评。"这么说你们打算付我钱了?"

哈森咬了咬牙,看着桌面。"我正想和你讨论一下。我注意到,你提出的要求比之前的约定要高得多……"

"我之前只答应飞一趟西奥兰。"汉说,"结果我们又从那儿跑到了基亚穆尔和塞马蒂。路远自然费用高。"

"可是我们的约定——"

丘巴卡探出身子怒吼了一声,哈森吓得不住地向后退缩了一下。

"不然帝国就会杀死基亚穆尔上的所有人,打破同盟,控制克基巴克人的武器。"汉说,"下次要是你想让我们不要行动先重新谈条件的话,我们也没问题。"

"当然不会。"哈森说,"只是需要几天时间安排资金而已。我去申请许可。"

"你去做吧。"汉说。

丘巴卡又吼了一声,挥了挥巨大的拳头。虽然觉得他演得有点儿过了,但汉并没有吱声。毕竟,正是因为有这些简单的小快乐,人生才显得不那么难熬嘛。他站了起来,手指一碰太阳穴,嘲讽似的敬了个礼,然后就转身朝门口走去。

回到义军舰队,看到那些七拼八凑的飞船,呼吸着三手空气净化器中循环出的空气,汉产生了一种舒适的感觉,而这种感觉又让他不由得紧张起来。他可不喜欢和任何人走得太近,不过截至目前他都不去想这个问题,以此来减缓心头的不适,而这种方法看起来也还算管用。他和丘巴卡走下狭窄的金属阶梯,朝停泊在机库里的千年隼号走了过去。两个人都没有说话,不过丘巴卡一路上一直在轻声哼哼,每当他感到心满意足的时候就会这样,就连他的步伐都有些跳跃。他们进入机库,周围一片喧嚣,到处都是飞船、工具箱、冷却液输送管、服务机器人和身着橘色连体服的飞行员，汉靠近丘巴卡轻声问："这是怎么了，心情这么好？"

丘巴卡叫了两声，又用下巴指了指机库里所有的一切。

"我们当然没死。"汉说，"从头到尾都安全得很。"

丘巴卡笑了一声。

"因为有我在啊。"汉说，"就是这么回事。"

"汉！"

汉转过身，卢克正在机库一头挥着手，他身后的 C-3PO 也在重复同样的动作。他们身旁还聚集着六七个飞行员。汉觉得他在有些人的眼中看到了崇拜的神色。向飞行员们挥手致意后，汉看了看前方的千年隼号。巴森的信标击中的位置上，新打的补丁颜色还很鲜亮，后偏导护盾上方的面板都被掀掉了，里面的电缆和能量耦合器都暴露在外面。一想到还有那么多活儿要干，他不禁觉得肩膀一沉。那些事儿都可以再等等。

"等我一下，丘仔。"说完，他向那群飞行员敬了个礼，"嘿，小子，在干啥？"

"我正在给格拉姆和阿达纳讲塞马蒂上的事呢。"卢克说。

汉点了点头，脸上闪过一丝会意的笑，转向其他飞行员。"他跟你们讲了他一个人干掉一艘帝国歼星舰的事了吗？"

"不是我一个人干的。"卢克说，"我们有八个人，韦奇指挥的进攻。那事我没说，我讲的是你和莱娅炸掉整颗星球阻止帝国的事。"

"啊，呃，好吧。那也是个不错的故事。"

"你真的骑在 X 翼战斗机的机翼上飞出大气层了吗？"一个飞行员问，她看起来比卢克还要年轻。过不了多久同盟就会脱下他们的尿裤，把他们扔到驾驶席上了，想到这儿，汉耸了耸肩。

"没有听上去那么厉害啦。"他说，"丘仔用千年隼号接住了我们。"

所有人的视线都转向了丘巴卡，丘巴卡也不由得挺直了身子，理了理身上的毛。

"接下来你们打算干什么？"卢克问。

"如果没有其他急事的话，我们打算修船。"汉说。

"那之后呢？"那个年轻飞行员问。

"我很确信到那时候会出现其他急事的。"汉说。所有人都笑了起来，就好像是听了个笑话一样。不过汉觉得这并不完全是个笑话。

"我要去看看莱娅。"卢克收起头盔说，"和我一起去吗？"

"你想让我一起去？"汉问，看到卢克真的在思考这个问题后，他立刻点了点头补充道，"当然要去，为什么不呢？尊贵的公主殿下也许能帮忙催他们快点儿付钱。"

走过飞船的走廊时，汉留心听周围的议论。绝大多数人都在谈论基亚穆尔和塞马蒂的事，不过也有一些其他的消息和流言。有人在西达维奥七号星附近看到了一队不知名的黑色飞船，没人知道那些飞船是帝国的新型舰只还是别的东西。丹图因上某人的叔叔在酒馆喝酒时，一队帝国军冲进来直接带走了酒馆老板。前往塞罗班的探险队遇到了帝国的探测器，那个地方被从新基地的候选名单上拿掉了。

传说跟钢铁和超空间引擎一样，都是义军同盟存在的基石。基亚穆尔和塞马蒂的事现在还是热点，不过迟早都会有新的传说将它们挤下热门话题榜。汉曾经有能力阻止整场战争，但他没有那样做；帝国也有可能永远掐住整个银河系的咽喉，却被汉阻止了。过不了多久，这些事就会变成遥远的传说，淹没在同盟口耳相传的众多故事当中。

他们在指挥中心旁的一间会议室里找到了莱娅。墙壁上的一圈屏幕上布满了舰队飞船示意图。一张银河系地图上，六七个小区域被用蓝色标识了出来，传感器日志源源不断地滚动着。曾经属于亨特·马斯的矮小的红色 R3 机器人正和 R2-D2 一起待在墙角，两个机器人不停地发出各种哨声。旁边，C-3PO 全神贯注地看着两个机器人，想要跟上它们的机器语言会话。

莱娅穿着一件灰色连体服，头发束在脑后。斯卡莉特·哈克坐在她对面，一身翠绿深红相间的长袍比莱娅的装束花哨至少千倍，她梳着非常复杂的发型，看上去就像一朵刚刚绽放的花朵。

"索罗！"女间谍叫道，"我正想在离开前再见你一面呢。"

"是啊。"汉说，"你看上去……呃……"

"可笑之极，是不是？"斯卡莉特说，眼中闪过一丝狂热的光芒。"我是费娅塔·巴斯卡拉达，埃穆里亚歌剧女皇，正在随公司巡演。下一站我们要去瑟达潘空间站。"

"非常危险的地方。"C-3PO 挥动着金色的手臂，"我警告过她们，可是根本没人愿意听我的。"

"啊哈。那里有什么情况？"卢克问，很明显，他连看都不敢看斯卡莉特。

"据说那里的一个工程师造了一把能够穿透偏导护盾的爆能枪。"斯卡莉特说，"估计也就是班萨饲料那样的垃圾，不过万一不是，我就要保证只有我们能把它弄到手。"

莱娅皱了皱眉。"你会唱歌剧吗？"

"不会。"斯卡莉特说，"一丁点儿都不会。这次肯定*好玩儿极了*。"

拐角处，亨特·马斯的 R3 机器人又叫了起来。斯卡莉特站了起来，她的一身衣服闪闪发光，就像微风中的水晶吊灯一样。

"谢谢，R3。"斯卡莉特说，"我知道我们时间不多了。"

"等等。"汉说，"你听得懂这东西的话？"

"听不懂，不过我很会猜。"斯卡莉特摊开双手说，"谢谢你送了我一程，船长。希望我们还能有机会共事。"

"下次可要出两倍的费用。"汉说着握了握她的手,"你可给我添了不少麻烦。"

"彼此彼此。"

丘巴卡抱着胳膊叫了一声,又咕哝了几句。斯卡莉特走到了他的身旁,把手放在丘巴卡的手上。

"我也是,宝贝儿。"她说,"不过我们会保持联系的,当然是条件容许的时候。"

丘巴卡一把将斯卡莉特抱了起来,斯卡莉特搂着他的脖子,他们一直保持着这个姿势,直到汉都有些尴尬了。伍基人终于放下女间谍。斯卡莉特示意R3机器人,同它就一起离开了。

"你这是要哭了吗?"汉问。

丘巴卡恶狠狠地吼了一声作为回答。

"好吧。"汉说,"就是一问。别太当真。"

"我们就是想过来看看你有没有事。"卢克抚摸着莱娅的手臂说,"自从回来后,你看上去就有点儿……失落。"

汉抬起头看着丘巴卡,张嘴无声地问了一句"是吗?"丘巴卡转了转眼珠,点了点头。莱娅拍了拍卢克的手,坐了下来。

"我没事。基亚穆尔的事影响深远。我们失去了不少人。"她的语气听起来很冰冷,但汉觉得自己明白其中的意义。"不过那些幸存下来的人对帝国又增添了新的仇恨。我收到了不少人和团体的联络,其中有一些,我之前想都没想过。这件事情之后,我们只会变得更强大。"

"这应该是好事才对。"C-3PO说。

"如果我们胜利的话,是的。3PO。"莱娅说。*如果失败的话,只会在坟场里白白增加更多的尸体。*这话她没有说出口,但汉从她那没有笑意的笑容里都看了出来。汉又想起了巴森,这个同盟最不可能的殉道者。宇宙很大，总会有意料之外的事情发生。

指挥中心内，阿克巴指挥官的声音传了过来。汉没有听出回答的人是谁。

"后悔吗？"卢克问。如果是其他人的话，这个问题听起来肯定会有些八卦。不过这可是卢克，他的话完全是出自关心，根本无须介意。莱娅耸了耸肩。"有点儿吧。"她说，"不过我也想不出还可以怎么办。后悔没有找到更好的解决策略，这个算不算？"

"你呢？"卢克又问。

过了几秒钟，汉才意识到，卢克是在问自己。他本想张嘴说不后悔，不过话到嘴边又咽了回去，只是耸了耸肩。"你看。"他说道，"塞马蒂上的好些小生命，关心的只是如何在他们的小沼泽里再度过一天。后来发生的那些事对它们不公平。"

莱娅抬了抬眉毛。

"你后悔的是这个？"她问。

"不行吗？挺好的呀。"

"为什么不后悔这个：明明手握结束战争的关键，最后却选择把它放弃？"莱娅说，她的声音里还带着一丝悲哀。有那么一瞬间，汉觉得自己看穿了莱娅的面具。从今往后，她将会把战争中的每一次牺牲看得更重。每一个被 TIE 战斗机击落的年轻飞行员，每一个身份暴露后在帝国监狱中被处决的间谍，每一个倒在冲锋队爆能步枪枪口下的士兵，他们之所以牺牲，部分原因就在于，她本可以获得克基巴克人和塞马蒂五号的力量来结束战争，但她却没有。

人们很容易忘记，她曾亲眼看见奥德朗的毁灭。她把自己作为幸存者的内疚隐藏得非常深，别人只会以为那是指挥军队领导同盟的压力所带来的正常反应。

汉想起了自己说过的那些关于基亚穆尔的话。他想说两句安慰的话，但却不知道该说什么好，于是只好以回答问题来作结。

"那不是结束战争的关键。"他说，"应该说，那东西是阻止别人以后做任何我不喜欢的事的关键。结束战争只是个开始，这个谁都会做。谁不会用它来拯救无辜者的生命，阻止暴徒获得更多权力？不过像这种事，一旦开始就不能停下来。"

"责任太大吗？"莱娅问。刚才那些话听起来就好像是汉向莱娅做出了道歉，而莱娅似乎也接受了他的歉意。

"责任倒不是什么问题。"汉说，"没有走私犯和小偷的银河系？那样的世界怎么会更美好？不，公主殿下，你总得给我这样的人留点儿地方吧。"

"我需要吗？"莱娅说。

"需要。"汉说，"有时候你也挺像我们这种人的。"

莱娅的目光柔和了一点。卢克看了看莱娅，又看了看汉，亮蓝色的眼珠里满是疑惑。在那令人颤抖的瞬间，某件危险的事似乎就要发生，但莱娅后撤了。她的笑容又透出了讽刺，面具又回到了她的脸上。

"有时候确实像。"莱娅说，"不过那之后我会洗澡。"

丘巴卡哼了一声，卢克吃吃地笑了起来，看上去也松了一口气。汉举起双手。"行啊，宝贝儿。你说什么都行。不过我们都知道你的真实感受。"

"你不会还以为我在嫉妒斯卡莉特·哈克吧？"

"那又没什么不好意思的。"汉说，"我这么帅。而且在西奥兰的时候，我也没得选择，只能把衣服脱掉。"

"为什么非要把衣服脱掉？"卢克问。

汉耸耸肩，"皱了嘛。不过这不是重点。重点是，对于像她那样的女人——在这个例子里是像她那样的两个女人——被像我这样的男人吸引，那真是再正常不过了。"

丘巴卡吼了一声。

"她转过去了。真的。"汉说,"不过你也知道,她很可能偷看了。"

"她确实看了。"莱娅说。

一时间,整个屋子都安静了下来。汉感觉自己的脸上火辣辣的,他极力压抑着那种感觉。

"看到了吗?"他用手指戳了戳丘巴卡的膝盖,"她确实看了。"

伍基人没有回答。在他们周围,战争工作还在继续,看起来还得持续几个月,甚至几年,直到分出胜负。汉不禁想到,等到那时候,如果他还想当叛军的话,不知道要背叛谁。

"你看。"过了一会儿之后,卢克说,"塞马蒂和塞罗班都落选了,备选的新基地越来越少了。"

"只要不建在霍斯就行。"汉说,"那地方贫瘠得一塌糊涂。"

"会找到合适的地方的。"莱娅说,"过程不会很容易,也不可能不付出代价,但我们会找到的。事情总有解决的办法。"

《盗贼荣耀》番外
银与红[①]

[①] 原标题 Silver and Scarlet,字面上的意思是银色与猩红色,既可指代银色的信用单与红色的记忆水晶,也可指代年老的卡斯卡安和同盟特工斯卡莉特·哈克(Scarlet Hark)。

"塞迪亚·沙恩。"守卫念着我身份证明文件上的名字。

"是我。"这是句谎话。

他把文件递还给我,点了点灰绿色的大头,让到了一边。我尽量摆出一副冰冷而礼貌的笑脸,进入了俱乐部。一个高档次的武器制造商打发门童时就应该露出这种表情。从湿热的室外进入干爽的室内简直就像飞跃进了另一个世界。奥尔兰是一座漂浮在远海上的漂流城市,城里的建筑由一座座桥梁连接起来,也被一条条变化不定的运河河道分割开来。这个月,海流将城市带向北方,已经接近这颗星球的赤道。下个月,就有可能转而向南,直到南方的蓝绿色冰块撞上建筑的基底,寒霜覆满桥梁的栏杆。等到那时候,我应该早就已经按计划回到义军舰队,完成了交易任务,而这个最新的假身份应该也早已在记忆中渐渐隐没。如果明天我还在奥尔兰,那一定是发生了什么意料之外的情况。

根据过往的经验,两种情况都有可能。

私人俱乐部是一座体量庞大的独栋圆形建筑,外侧的窗户足有三米高。建筑中央的黑色轴心是私人会客室和通往上层的电梯。空气中飘荡着比思竖琴的音乐,录制的音韵如此清澈,仿佛每个音符都有锋刃一样。大窗外,城市在波涛的托载下浮升,漂移,又落下,周而复始。十几艘颜色鲜艳的掠行艇在河道中轰鸣前行，人类和夸润人驾驶员似乎是在比赛谁更不怕死。我平整了一下外套下摆，假装随意地环顾四周。桌边和沙发上休息的俱乐部会员大概有十几个。我要找的是个人类，年纪比较大，不过我只见过他的照片和全息影像。我神色冷淡地按了下自己的通信器。

"L4？"

"夫人。"机器人的声音低沉而富有磁性。

"我们有多确定他就在这儿？"

"百分之九十六。"

"好吧，跟我说说剩下的百分之四是怎么回事。"

"将军可能暴露了。驾驶飞行器送他从轨道基地下来的人可能是卧底。"我的监控机器人说，"里面有麻烦吗，夫人？"

"正在找他而已。我再换个法子试试吧。"说完，我关掉了通信。塞迪亚·沙恩是萨兰技术合作社的安全工程师，这样的人在大厅里来回走动时应当脚步清脆，步伐谨慎，脸上应当毫无表情，这样才符合她曾经的军队技术人员的身份。考虑到我是在假扮她，那就装一装吧。一个服务机器人飘到我身旁，用精心设计的亲切语调问我是否需要什么饮品。塞迪亚·沙恩不喝酒，所以我要了茶。俱乐部里的男男女女只看了我一眼就再不关心。即使我头脑空白地在帝国的心脏地带醒来，他们这种礼貌而疏远的举止也会让我知晓我身处何地。

这次任务我几个月前就着手进行了，起因是一条谣言：帝国某个政治犯监狱的监狱长对他的某些囚犯产生了怜悯之心。追查花费了我几周的时间，结果那个人并不是帝国的监狱长，也不存在所谓的囚犯，而且我们的主角卡斯卡安将军对义军也没有多少同情之心。不过，尽管这条谣言的每一个要点都是错的，事情的进展却还不错。我跟踪卡斯卡安来到了恩蒂亚星系，在奥尔兰找到了他的秘密情人，还与他展开了谈判。整个过程既安全又稳当,就像是用鼻子尖顶起一只韦尔多里亚火鼠,除了最后一步——见面交易。

看到他时,我已经在大厅里绕了三圈,杯子里的茶也快见底了。他正独自一人坐在一张紧靠窗边的小高脚桌旁,一只手放在嘴上,眼睛盯着窗外河道对面银光闪闪的建筑群。刚一看到他,我就觉得没有一眼认出他来实在不足为怪。在我看过的所有照片上,他都是腰背笔直,昂首挺胸,黑眼珠中射出锐利的目光。而桌边的那个人,佝偻着身子,深色的皮肤毫无光泽,眼眶里也满是黏糊的分泌物。在椅子上挪动时,我能看出他的身体中充满力量。不过要是一动不动地坐在那儿,看上去就跟随便谁家的老爷爷一样。

我在工作中见过各种各样的叛逃者,有害怕被抓住的,有因为行事出格而兴奋异常的,还有只想着一手交钱一手交货的。桌子边坐着的这位倒是个新品种。看起来他很厌恶接下来要做的事。真可惜。我露出一脸塞迪亚·沙恩该有的那种冷漠微笑,走了过去。

"夫人?" L4－3PO 说。

"没事了。我找到他了。"

"新的问题出现了。一架飞行器刚刚降落在俱乐部上层平台上,注册码显示那是努昂·苏兰尼斯的私人飞船。"

"也许他也是俱乐部会员呢。"我并没有停下脚步。

"负责调查将军的帝国讯问官恰巧在会面时来到这里的概率只有——"

"我开玩笑呢,宝贝儿。谢谢提醒。可能的话,和俱乐部的计算机系统聊聊,想法子先拖住他。我很快的。"

"好的,夫人。"

我坐到卡斯卡安对面的位置上。他抬起头,眼中闪过一丝惊讶,随后脸上慢慢露出了哀伤的笑容,"这么说,你就是哈克了?"

"是的,先生。"我说。

"我以为要见的是个男人。"

"只是个普遍的偏见而已。"我说,"我不介意。"

我从外套口袋中取出信用单放在桌上。黑色的桌面把银色的信用单衬得更加醒目。将军皱了皱眉,从口袋中取出一块表面搪着红色珐琅的记忆水晶。我一动不动,强迫自己保持放松,尽管想到首席讯问官此刻正驾驶着飞船,在我头顶上五层高的地方降落,我就觉得脊梁发麻。

"我想,这就是我们谈过的那些设计图吧?"我问,既要显得随意,又要让对方能把话接下去。

将军皱着眉,同时点了点头,手指一直捏着记忆水晶,丝毫没有放松。我觉得,此刻要是伸手去拿,他大概会把水晶再装回兜里吧。终于,他开口说话了,语调低沉而清晰。

"你背叛过什么吗?"

我心里一沉,临阵脱逃一直都是这种交易所面临的潜在危险。通常,我可以算好时间,花几个小时搞得目标酒精上头、情绪失控,高唱关于荣耀与失去的爱的赞歌,再握着他们的小手循循善诱地轻声安慰,最后事情差不多就成了。不过这次可不行。要是他打算拒绝,下一代歼星舰的设计图将会像一缕轻烟般从我的指缝中溜走。而且,我也很可能会死无葬身之地。这可不是我想要的结果。

"有,但从不轻易背叛。"我说,"总是逼不得已。"

"后悔过你的那些背叛吗?"

"没有。"

他把记忆水晶放进手心,握紧了拳头,眼中闪出了泪光。如果换作是别的交易对象,我也不会觉得这样的表现有多令人沮丧。"我一直都是皇帝陛下忠实的臣民,一直严格遵守上级的指令。我一直在告诉自己,我们是在为银河系带来秩序,因为他们就是这么告诉我的。我又有什么资格表示异议?"

我探出身子,把自己的手轻轻放到他的手腕上。"我理解。"我说。

"如果我们这么做,我就葬送了成千上万的将士。"卡斯卡安说。

"如果不做呢?如果我们半途而废,又有多少人会死?到时候死的会是军人,还是那些生活在皇帝所谓'不够尊重'他的星球上的无辜百姓?"

"其他人都拿不到这些东西。一旦泄露出去,他们就会立刻知道是我背叛了他们。他们会把我活剥了的。"

他仍然紧握着拳头。我话锋一转,收回手,拍了拍银色的信用单。"这里面的钱足够让你安享晚年了。隐身在环域世界,找个僻静的角落,换个新身份,弄张新面孔。你会没事的。"

"会吗,哈克?我的良心难道就不重要?"

别把他逼急了,我告诉自己,他已经吓坏了,再逼他,他就缩回去了。我深吸一口气,再缓缓地呼了出去,这样可以放松肩膀,软化表情。服务机器人端着一杯新茶,嘶嘶作响地来到我的左边,窗外的城市还在随波起伏。

我大概还有两分钟。

"当然重要。"我说,"我明白你的意思,先生,你还有事情想跟我说。"

"你知道突袭布鲁宁是我指挥的吧。"

"我知道。"我说,"我在那次事件中也失去了一些亲友。"

"那座城市根本没有设防。"他说,"收到轰炸命令的时候,我就知道我不得不背叛我的皇帝、我的帝国了。那些死伤带来的不是秩序,只有死亡。他们是错的。"

"但你没有取消行动。"我说,语气比预想的尖刻得多。不过他没有缩回拳头,也没有握得更紧。

"没有用的。如果取消,结果只会是我被处决,我的副手继续执行命令。抗命不遵是一种非常愚蠢的死法。我有底线,但也不傻。"

时间大概只剩一分半了,这样下去可不好。

"在那之后,"卡斯卡安将军说道,"就有人愿意跟帝国合作了,我们的每个前哨站都有。他们又哭又喊,说有情报要卖。叛军藏在哪儿,谁帮过他们,物资和武器在哪儿……为了几个信用点,他们连自己的亲妈都能出卖。"

"他们绝望了。"我说,"他们害怕了。"

他直视着我的眼睛,直到此刻,我才注意到,在这之前,他的目光一直在躲闪。他的表情充满痛苦,压抑得让人不能呼吸。地下工作我做了很久,在某些时候,我会把卡斯卡安这种人当作是没有面孔、没有个性的敌对符号。而现在,他露出了真实面孔,那张脸的后面却并不是那个坚定不屈的统兵大将。

"我也绝望了。"他轻声说,"我也害怕了。如今我成了我所鄙视的那种人——我确实鄙视他们,哈克。我把对我的信任换成了钱,换成了安全,换成了美丽的谎言——只要做成这笔该死的交易,我就能成为所谓更好的人。"

"他们是难民,一场行星级军事行动的难民。而你是帝国最具权势的人士之一。"我说,"在我看来,你们所处的地位完全不同。"

"那我是更高尚,还是更卑劣?"

"更高尚。"我说,主要是因为这么说更有可能让他松开手。我在心里掂量着,不知道扑上去一把抢过设计图然后夺门而出来不来得及。应该是来不及。但要是现在就告诉他,我们俩可能马上就都要被帝国逮捕了,估计对情势也不会有什么帮助。

"我不觉得。"将军说,"这是一笔卑鄙的交易。这让我和他们变成了一丘之貉。我不能要你们的钱。"

他退缩了，我的通信器响了起来。我撇了撇嘴，打开通信器。"时机不好啊，L4。我正忙着呢。"

"夫人，能做的我已经都做了，那个……情况需要引起您的特别注意。"

卡斯卡安松开了手，手心里的红色珐琅质记忆水晶在窗外光线的照射下发着光，就好像他正捧着一摊血一样。我回过头，看了看俱乐部中心私人会客室和电梯那边的暗色墙面。

该执行 C 计划了。

"你能稍等一下吗？"我举起一根手指说，"我马上回来。"

我一边走向电梯，一边盘算着接下来会发生的各种情况，以及我能对实际发生的那种情况所施加的影响。服务机器人飞了过来，想看看我还需不需要什么东西来配茶，我挥手把它赶走。我的步子有点儿不稳，不知道是因为肾上腺素的作用，还是城市碰上了什么超乎寻常的浪涛。

"L4，"我对通信器说，"知道他的位置吗？"

"苏兰尼斯讯问官在一部电梯里，正在前往主楼层，夫人。"

"能把电梯关掉吗？"

"我已经关过一次了，夫人。他使用了自己的高级安保权限。我被屏蔽在外面了。"

一整套解决方案就此挂掉。往好的方面想，又有一大串东西不用考虑了；往坏的方面想，那正好是我最喜欢的一大串东西。我已经接近俱乐部中心了，"他在哪部电梯里？"

右手边，电梯门滑开，一个年长的夸润女性走了出来，不是苏兰尼斯。

"L4，他在哪部电梯？"

"查询中，夫人。"

"快点儿。"

"六号。"

我向左转,没有跑,只是走得更快了。手头的选项正在迅速变少。因为恐慌,我嘴里尝到了铜锈味儿。我没去理会那种感觉。

电梯门上是一层黑色的珐琅质,像镜子一样光洁可人。我对着镜子调整了一下形象,冷静,刻板,似乎还有些无趣。生死就在毫厘之间。电梯门滑开,努昂·苏兰尼斯正站在轿厢里,黑色的制服就像黑洞一样吞噬着灯光。他迈出一步,我假装无意地走到他的前方,然后在他想要让开的时候也做出一副同时避让的姿态,让我俩的相遇变成了一场动作失调外加社交失调的舞蹈。他皱起的眉头锋利得可以剥下基布甲虫的外壳。

"抱歉。"我说,然后问道,"您不是苏兰尼斯讯问官吗?"

惊讶让他露出了一瞬的空当,我则一脚正蹬,踹上了他的下腹。这一击的目的是把他踹回去,而且也确实有效。电梯门关上,我趁着他恢复平衡的机会溜进了轿厢,一把按下停机坪的按键。

近身格斗的关键是擒拿技巧,尤其是对手体格比我强壮得多的时候。我以肘锁开局,而他挣脱了出去——力量大与运气好,原因应该各占一半。他两次击中我的肋部,不过在狭小的轿厢里他用不上全力,而我抓住机会一个扫堂腿扫倒了他。等我的手臂勒住他的脖子,大局就算定了,不过他挣扎得很激烈,过了很久才窒息晕厥。等他终于一动不动了,我们已经到达了停机坪。趁还没人看到一个衣冠不整的武器工程师骑在人事不省的帝国讯问官身上,我赶紧按下按键,让电梯再带我们下去。

我的鞋里还有一剂镇静剂,用在他身上正合适。我让电梯停在三楼,把苏兰尼斯拖进女洗手间,扔进一个隔间。整个过程从头到尾还不到五分钟。

回去的路上,我整了整衣襟,一边抹平衣服上的褶皱,一边考虑如何把将军拉回交易里来。不过电梯门刚一打开,我就发觉一切已经完了。我们之前坐着的那张小桌旁空无一人。尽管走近后还能看到我的茶杯中冒着热气,但卡斯卡安已经踪迹全无。我的心被失望、愤怒、挫败的情绪拽得一沉,而且还不止于此。我大脑角落里的一个声音在不断提醒我,我遗漏了什么东西,情况并非表面看上去那样。

"夫人?"L4-3PO在通信器中说,"一切正常吗?"

黑色的桌子上,准备付给卡斯卡安的银色信用单闪闪发亮,旁边就是亮红色的记忆水晶。设计图和报酬他都留在了桌上。他会被抓住的,他知道这一点,而我什么也做不了,什么也阻止不了。我抬起头,看到了他,就在窗外运河的大桥上,正在离我远去。他挺直的腰背和高昂的头颅充满了骄傲。我头一次发觉,他和全息影像中的那个人一样:一个真正的战士,随时准备战斗,随时准备牺牲。

我拿起桌上银色与红色的两样物品装进口袋,然后又按下通信器。"该走了。掠行艇预热好,我们这就回飞船。得赶在苏兰尼斯醒来之前闪人。"

"是,夫人。"机器人回答,"能否问一下,您达到此行的目的了吗?"

"达到了。"我说。

"将军呢?"

卡斯卡安已经抵达大桥的另一端。他向右一转,消失在我的视线之外。

"他也达到了。"